KB261665

리무

정해리 장편소설

리무

2

아즈나, 불멸의 전설

북하우스

|차 례|

# 1장 왕의 꿈

늙은 왕은 벌써 몇 달 전부터 화려하고 아름다운 침상 위에서 성대히 죽어가고 있었다.

수많은 아내들과 자식들이 그의 침상을 지키고 있었다. 그러나 죽음의 신 야마는 쉽사리 왕을 데려가지 않았다. 시녀들은 매시간 의식이 없는 왕의 입술에 꿀물을 흘려넣었고 브라흐마나들은 향을 피우며 넋을 불러들이는 의식을 올렸다. 악사들은 왕의 잠을 깨우기 위해 악기를 연주하며 노래를 불렀다. 그러나 모든 노력에도 왕은 눈을 뜨지 않았다.

그는 계속 꿈을 꾸고 있었다. 자신의 일생이 바뀌어버린 순간의, 먼 옛날 그날을 꿈속에서 다시 재현하고 있었다.

그녀는 재스민 향처럼 달콤하고 져버린 수련처럼 애틋한 모습으로 석양이 지는 리무 강변에 홀로 서 있었다. 그녀를 보는 순간 이노아의 젊은 왕 이노프와는 깊은 사랑에 빠졌다.

"저는 이노아의 왕 이노프와라고 합니다. 그대는 어디에서 온 누구입니까? 어째서 그리도 슬픈 얼굴로 홀로 서 계십니까?"

왕의 물음에 처녀는 슬픈 얼굴로 답했다.

"제 이름은 디노프라. 모든 일족을 잃어버리고 삶과 죽음의 경계

에 서게 되었습니다. 성스러운 리무 강이 저에게 안식을 줄 수 있을
까요?”

처녀의 깊은 슬픔에 이노프와의 마음속이 찢기는 듯이 고통스러
웠다. 이노프와는 처녀의 슬픔에 마음을 공명하며 말했다.

“창조신 브라흐마께서 부여하신 생명을 버린다는 것은 죄입니다,
디노프라여. 누가 그대의 일족을 몰살하였단 말입니까?”

디노프라가 슬픔과 분노로 몸을 떨며 대답했다.

“다마코의 왕 수미마크가 제 일족을 몰살하였습니다. 일족의 복수
를 하지 않는다면 언제고 슬픔으로 저의 심장이 갈갈이 찢겨질 것입
니다.”

누구도 감히 넘볼 수 없는 강대한 다마코 왕국, 그 왕국을 다스리
는 왕 중의 왕 수미마크라면 한 일족을 몰살하는 일이 칼 한 번 휘두
르는 일처럼 쉬운 일이었을 것이다. 젊고 용감한 이노프와 왕도 디
노프라의 말에 당황하지 않을 수 없었다.

그러나 처녀는 슬프게 물었다.

“왕이시여, 제 소원을 들어주시겠습니까? 저를 위해 다마코 왕국
을 멸망시켜주실 수 있으십니까?”

한순간 이노프와는 생각했다. 그 짧은 시간에 그의 인생이 결정되
었다.

‘그래, 그녀의 소원에 나의 인생을 걸자. 언젠가 그녀의 소원을 이
루어줄 날이 올 것이다.’

그는 진심으로 답했다.

“그대의 소원을 들어드리겠습니다. 그대를 위해 왕 중의 왕 수미
마크를 죽이고 다마코 왕국을 멸망시킬 것을 창조주 브라흐마의 이
름을 걸고 맹세합니다. 대신 그대는 저의 곁에 머물러주십시오.”

그리하여 이노프와는 디노프라와 결혼하고 다마코와의 전쟁을 준비하기 시작했다. 드디어 이노아와 다마코의 전쟁이 시작되었다. 이노프와는 매일 해가 뜨면 전장에 나가 피투성이가 될 때까지 싸우고 돌아왔다.

다마코의 왕 수미마크, 그를 죽이기 위해 어떠한 희생을 치르었는가. 이노프와의 젊음은 피비린내 나는 전쟁터에서 사라졌다. 가족도, 친구도 그 전쟁터에서 잃어버렸다. 하늘에는 태양이 빛나고 있건만 이노프와에게는 지옥과도 같았다. 라자수야를 지내는 대국 다마코, 아수라처럼 강한 왕 수미마크…… 그러나 매일 밤 희망은 되살아났다. 아름다운 아내 디노프라, 그녀의 품에 안겨 있으면 참을 수 없는 피내음도 벗을 잃은 슬픔도 사라져버렸다. 태양이 떠오르면 이노프와는 다시 전쟁터로 나가 미친 듯 싸웠다.

그렇게 몇 년의 세월이 흘렀을까. 마침내 조금씩 온몸을 적시던 절망이 뼛속까지 스며들었다. 이노프와는 절망으로 가득 차서 디노프라에게 말을 해버렸다.

"누구도 수미마크 왕을 죽일 수 없을 것이오. 그는 죽여도 죽지 않는 괴물이오. 이노아에는 더이상 그에게 대적할 용사가 없고 나 또한 그와 싸워 이길 자신이 없소."

아내는 석양처럼 아름다운 눈으로 왕을 바라보며 속삭였다.

"염려하지 마세요. 저는 몇 년간 줄곧 신께 기도 드리고 있습니다. 제 일족을 죽인 수미마크를 죽일 수 있는 힘을 달라고요. 곧 그 힘을 얻게 될 것입니다."

이노프와는 아내가 자신을 위로하기 위해 하는 말이라고 단순하게 생각했다. 그는 아내의 눈을 바라보며 그녀를 위해 다마코를 상대로 전쟁을 일으킨 것을 결코 후회하지 않는다고 생각하며 잠이 들었다.

그 다음날 일어났을 때 디노프라는 사라지고 없었다. 왕의 활과 화살도 사라지고 없었다. 어젯밤에 나눴던 대화가 생각나자 이노프와는 미칠 듯한 기분으로 전장에 달려나가 아내를 찾아 헤매었다.

"디노프라! 디노프라!"

이노프와는 전장을 누비며 목이 쉬도록 디노프라의 이름을 부르며 찾아 헤매었다.

마침내 정오가 되었을 때야 비로소 왕은 아내를 발견했다. 그녀는 남장을 하고 전차를 탄 채 적에게 활을 겨누고 있었다. 그 상대는 바로 왕 중의 왕 수미마크였다. 왕은 공포에 질려 만류하려 했으나 이미 디노프라는 시위를 놓은 후였다. 디노프라의 활에서 폭풍신 루드라의 아스트라가 빛처럼 쏘아졌다. 거대한 죽음의 춤이 전장을 덮으며 날뛰었고 그 춤에 다마코 군사들이 개미떼처럼 쓰러졌다. 수미마크는 아스트라에 온몸이 갈갈이 찢겨 죽었다.

이노프와는 자신의 눈을 의심하며 그 광경을 바라보았다.

그날, 오랜 전쟁은 끝나고 대국 다마코는 세상에서 사라졌다. 이노프와는 대국 다마코의 주인이 되었다. 그러나 그날 저녁 이노프와는 디노프라와 헤어졌다. 처음 만났을 때처럼 석양이 지는 리무 강변에서 디노프라는 왕에게 마지막을 고했다.

"전하, 이제 제가 과거에 누구였는지 말씀드리겠습니다. 저는 수미마크 왕에게 제 일족을 잃기 전까지, 다마코 왕국에 있는 한 작은 호수의 요정이었습니다. 수미마크는 사냥에 미쳐 자신도 모르는 사이에 우리 일족을 죽였습니다. 수미마크 왕은 몇 달을 호수 근처에서 사냥제를 열었습니다. 다마코 왕실의 사냥제 기간 내내 호수 근처 나무를 베어 만든 횃불로 밤을 밝혔습니다. 심지어 사냥에서 희생된 동물들의 피를 맑고 신성한 디노프라의 호수에 씻었습니다. 호수 주변은 풀 한 포기 남지 않은 황무지가 되어갔고 물은 점점 수위가 낮아졌습니다. 호수에 살던 제 일족은 점점 사라지기 시작했지요. 마침내 호수의 마지막 한 방울 물까지 모두 말라버렸고 그와 동시에 제 일족도 저만 남기고 모두 죽었습니다. 다만 저만은 겨우 몸을 숨겨 간신히 살아남았지요. 그리고 맹세했습니다. 반드시 수미마크 왕에게 복수하겠노라고."

디노프라는 슬픈 눈으로 이노프와 왕을 바라보았다.

"저는 오늘 복수를 이루었습니다. 그러나 복수를 했다는 기쁨보다는 슬픔이 앞섭니다. 오랫동안 저를 지탱해온 분노가 사라지는 그 순간 전쟁터의 참혹함이 제 눈에 들어왔기 때문입니다. 저는 수많은 부인들에게서 남편을 빼앗고 수많은 아이들에게서 아버지를 빼앗았습니다. 저 하나의 분노가 셀 수 없는 죽음과 슬픔을 낳았습니다. 이런 저를 신이 용서하실까요? 이런 저를 저 자신이 용서할 수 있을까요?"

디노프라는 오랫동안 눈물을 흘렸다. 그 눈물이 리무 강으로 떨어졌다.

"이런 저를 당신은 용서해주시겠습니까?"

그 말만 남기고 디노프라는 사라졌다. 그녀의 슬픔은 안개처럼 흩뿌려지고, 모두 눈물로 화하여 사라져버렸다. 그녀는 처음부터 물의 요정이었고 결국 물이 되어 이노프와를 떠났다. 슬픔과 분노에 왕은 미칠 듯했다.

'그대가 나에게 이리 할 수 있는가! 나만을 남겨두고 떠날 수 있는가!'

왕은 사라지는 아내에게 손을 뻗었다. 그녀는 이렇게 아무것도 남기지 않고 자신을 떠나서는 안 된다. 결코 있을 수 없는 일이었다.

이노프와의 손은 허공을 붙잡았을 뿐이었다. 디노프라는 그에게 아무것도 남겨주지 않았다. 그녀를 위해 모든 일을 했건만 자신은 배신만 당했다. 그녀는 자신만을 남겨두고 떠났다.

이후 왕은 변했다. 다마코와의 전쟁에서 승리했으나 그 승리의 대가는 너무 보잘것없었다. 이노아는 전쟁이 끝난 직후 바로 사라마유의 라바 왕에게 공격당해 다마코의 영토 절반 이상을 빼앗겼다. 그러나 이노프와 왕은 상관하지 않았다. 이제 그에게 의욕을 가져다줄 수 있는 일은 없었다. 그는 두 번 다시 결혼하지 않으리라 결심했다. 왕의 주위에는 언제나 아름다운 여인들이 넘쳐났고 그녀들은 제각기 왕자들을 낳아 왕의 마음을 사로잡으려 애썼다.

그러나 왕은 누구도 사랑하지 않았다. 아니 사랑할 수 없었다.

그렇게 수십 년의 시간이 흘렀다. 이노프와의 모든 감정은 죽은 나무처럼 단단하게 굳어졌다. 그러던 어느날 왕은 옛날 디노프라를 만났던 강가를 산책하며 옛 꿈에 잠겨 있었다. 한때 자신의 마음을 채운 기쁨과 슬픔을 떠올리며 넋을 잃고 흐르는 리무 강을 바라보고 있을 때였다.

한 나이 어린 처녀가 강에서 신에게 바칠 공물을 씻고 있는 게 왕의 눈에 들어왔다. 외모는 그저 평범했으나 석양빛이 맴도는 그 순간, 리무 강가에서 그녀는 아름다웠다. 왕은 그녀에게 다가가 물었다.

"그대의 이름은?"

"바브루의 딸, 디노프라라 하옵니다."

처녀의 대답에 이노프와는 오랫동안 침묵을 지켰다. 바브루는 이노프와 왕의 늙은 신하였고 처녀는 그의 딸이었던 것이다.

왕은 궁에 돌아와 늙은 신하를 불러 말했다.

"너의 딸을 나의 아내로 맞이하겠다."

늙은 신하는 슬픔에 젖었다. 왕에게는 수백 명의 후궁들이 있었다. 소중히 키운 딸이 그들 중 하나가 되어 일생 사랑 받지 못하며 살게 되리라 생각하니 눈물이 옷자락을 적셨다. 그러나 왕은 뜻밖의 얘기를 했다.

"디노프라는 후궁으로서가 아니라 나의 왕비로 오게 될 것이다."

늙은 신하뿐 아니라 궁 안의 모든 사람들이 놀랐다. 놀람과 동시에 분노로 들끓는 자들도 있었다. 이노프와의 후궁들은 분노로 떨고 수많은 왕자들이 분노로 통곡했다.

궁으로 와 왕비가 된 디노프라는 조용히 살았다. 왕은 왕비를 특별히 후궁들에 비해 대우하지 않았다. 그녀는 그에게 있어 다른 수많은 아내들과 마찬가지였다. 그녀가 다른 아내들과 다른 것이 있다면 왕에게 불구인 아들을 낳아주었다는 점뿐이었다. 왕비에게서 태어난 꼽추는 카르타라 불리게 되었다. 왕은 카르타를 특별히 수치스러워하거나 신경쓰지 않았다. 젊은 왕비는 몇 년이 안 되어 두번째 아이, 아즈나를 낳고 야마의 부름을 받았다.

죽기 전 왕비는 왕에게 부탁했다.

"태어난 아기를 돌보아주세요. 부디 그 아이가 자랄 때까지만이라도요."

왕은 죽어가는 젊은 아내의 파리한 얼굴을 바라보았다. 아이를 남겨두고 가야 하는 그녀의 슬픔이 왕의 마음을 어둡게 했다. 왕은 처음으로 물었다.

"디노프라, 그대는 디노프라가 맞는가? 옛날 나를 버리고 갔던 그녀인가? 또다시 나를 떠나려 하는 것인가?"

젊은 왕비가 대답했다.

"네, 처음부터 저였습니다. 옛날 제가 떠난 후 전하께서는 모든 감정을 잃으셨지요. 그런 당신을 바라보는 것이 언제나 슬펐습니다. 다시 인간으로 태어나 당신께 속죄하고자 하였습니다. 그러나 전하께서는 제가 돌아왔지만 변하지 않으셨습니다. 강물은 일단 흐르면 두 번 다시 돌아올 수 없는 것일까요. 제가 전하께 남긴 상처는 저조차 지울 수 없는 상처가 되고 말았군요."

"그렇지 않다. 다만 내가 원래 이런 인간이었을 뿐이다. 나는 원래 그리 운명지어진 사람이다. 이제 그대에게 야속할 것도, 그리워할 것도 없구나. 결국 살아가는 방식을 결정하는 것은 자신의 의지. 누구도 탓할 것 없는 것을……."

왕비는 슬픔이 담긴 눈으로 왕을 보았다.

"그러나 변하실 수 있지 않겠습니까, 그 언젠가는요?"

"나 또한 그것을 원한다. 그러나 그대조차도 가능하지 않았지. 이제 무엇이 나를 변하게 하겠는가?"

왕비는 다시 사라지고, 왕은 또 홀로 남았다.


이노프와 왕은 왕세자를 지목하지 않은 채 깊은 잠에 빠져들었다. 왕위계승과 관련된 결정권은 왕실의 원로들에게 돌아갔다. 혈통을 중시하는 그들은 정실 왕비에게서 태어난 왕자 아즈나를 선택했다. 그것이 어제의 일이었다.

이노프와에게는 수십 명의 살아 있는 아들들이 있다. 그들은 나이 순에 따라 순서를 바꾸며 왕의 침실을 지킨다. 오전에는 손위의 왕자들이, 오후에는 손아래 왕자들이 파수를 선다. 왕의 아내들은 늙은 왕의 밤을 지킨다.

정오가 되었을 때 막내아들 아즈나가 왕의 침실에 들어섰다. 침실에는 이미 이십여 명의 왕자들이 모여 있었다. 그들이 보내는 질시와 미움의 시선이 아즈나에게 칼날처럼 날카롭게 꽂혔다. 이노프와의 모든 아들들이 아즈나를 미워하나 지금 이 자리에 있는 왕자들이 그 중에서도 가장 아즈나를 미워했다. 비슷한 나이의 그들은 비슷한 재능을 지녔고 일찍이 자라나면서부터 손위의 형들과 경쟁할 수 없어 왕위를 포기했다. 그러나 아즈나의 경우는 달랐다. 어째서 가장 나이 어린 저 녀석이 선택되는가.

아즈나는 잠자코 걸어가 관례대로 죽어가는 왕의 손을 잡았다. 아버지의 얼굴을 보며 그는 잠시 생각했다.

'그는 무슨 꿈을 꾸고 있을까.'

이제 곧 그는 죽으리라. 이런 생각을 하며 아즈나는 아버지의 손을 놓았다. 죽어가는 아버지에 대해 깊이 생각할 겨를이 없다. 살의는 방 안에 들어온 순간부터 느끼고 있었다.

어제 정식으로 계승권을 인정받고 난 후 형 카르타는 아즈나에게 말했다.

"내일 너는 왕을 알현하게 된다. 그 자리에 모든 왕자들은 그들의 도끼를 가져갈 것이다. 다른 사람들은 그것이 사라마유에서 귀중한 도끼를 잃어버리고 돌아온 너를 책망하기 위한 행동이라 생각할 것이다. 그러나 내 생각은 조금 틀리다. 왕의 침실에는 어떠한 무기도 가져갈 수 없어. 하지만 태어날 때 받은 도끼는 무기에 앞서 혈통을 상징하는 증표로 사용된다. 그렇다 해도 그것은 엄연한 무기이다. 그러니 생각해보자. 손위의 왕자들은 행동이 신중하다. 그들이 직접 나서지는 않을 거야. 다만 그들은 동생들의 귀에 독기를 불어넣는다. 아직 젊은 손아래 왕자들은 신에 대한 두려움도, 왕실 원로들의 노여움도 잊고 질투와 시기에 날뛸지 모른다. 너는 어떻게 하겠느냐?"

아즈나는 대답했다.

"왕의 침실에 들어간 자는 모두 침상 밑에 무릎을 꿇고 기도를 해야 하지. 나 역시 그렇게 할 거야. 누군가 등 뒤에서 내 목을 내리치려 할 때까지."

아즈나는 침상 밑에 무릎을 꿇고 죽음의 신 야마에게 올리는 기도문을 외웠다. 열세번째 구절을 외웠을 때 거의 들리지 않는 가벼운 발걸음이 등 뒤에서 느껴졌다. 날카로운 도끼날의 섬뜩함이 목 뒤의 솜털을 곤두세웠다.

어제 카르타가 물었다.

"아즈나, 너의 무기는 어디에 있느냐?"

무기는 왕의 베개 밑에 있었다.

모든 크샤트리아는 잠자리에까지도 단검을 놓는다. 죽어가는 왕이라 해도 그 관습을 지킨다. 아즈나는 정확히 때를 기다려 단검을 꺼내 휘둘렀다. 그의 등 뒤에 서 있던 왕자는 가가였다. 그는 옛날 아즈나를 죽이려 했었기에 가장 다급한 자였다. 그는 숨소리도 아끼며 도끼를 치켜들던 차였다. 아즈나의 갑작스러운 공격에 그는 비명조차 지르지 못했다. 가가의 팔이 그 자신의 도끼와 함께 땅을 굴렀다. 과일에서 즙이 터져나오듯 피가 흩뿌려졌다. 아즈나는 가가의 도끼를 들어 그의 목을 베었다.

다른 형제들은 멍하니 그 모습을 바라보다가 일제히 달려들었다. 누구도 소리를 내지 않았다. 왕의 침실에서 비명 소리가 나서는 안 된다. 이 순간의 불경이 소리가 되어 신에게 알려져서는 안 된다.

아즈나는 침상을 등 뒤로 한 채 도끼를 휘둘러 거침없이 형제들을 베어나갔다. 그가 팔을 휘두를 때마다 나무에서 열매가 떨어지듯 형제들의 목이 바닥을 굴렀다. 곧 침묵은 깨어졌다. 바닥을 구르는 형제들의 머리가 이노프와의 아들들에게 공포를 일깨웠다. 공포는 비명이 되어 입 밖으로 새어나갔다. 이제 누구도 아즈나 앞에 나서지 않았다. 왕자들은 다투어 이 자리를 빠져나가기 위해 도망칠 뿐이었다.

그러나 누구도 문 밖으로 나가지 못했다. 새롭게 등장한 이노프와의 아들 하나가 왕자들을 막아섰다. 추한 꼽추 카르타였다. 그는 이미 피에 흠뻑 젖은 은도끼를 들고 문 앞에 서 있었다. 카르타는 그것으로 도망하는 왕자들을 내리쳤다. 왕의 침실은 아수라장이 되었다. 살려달라는 비명과 울음 소리에 공기가 흠뻑 젖었다.

석양이 질 무렵 침실은 조용해졌다. 수십 명의 왕자들이 죽어 바닥 위 여기저기에 널려 있었다. 석양이 붉게 내려앉은 방 안을 둘러보고 카르타는 빙긋 웃었다.

"곧 밤이 되는구나. 밤에는 사람을 죽일 수 없지. 영혼이 어둠 속을 떠돌게 할 수는 없으니. 시간 맞추어서 잘되었다. 앞으로 며칠은 바쁘겠구나. 우리에게는 형제들이 정말 많으니까."

카르타와 아즈나를 제외하고 방 안에는 살아 있는 사람이 하나 더 있었다. 아즈나는 침상 위에 누워 있는 사람의 얼굴을 돌아보았다. 늙은 왕의 얼굴은 평온했다. 그러나 다시는 깨어나지 않을 것이다.

아즈나는 단검의 피를 닦고 왕의 가슴 위에 올려놓았다. 이 검은 부왕의 것, 크샤트리아의 죽음을 위해 필요한 것이다. 왕의 두 손은 가슴 위에 포개져 있었다.

다음날 해가 뜰 무렵 늙은 왕은 긴 꿈에서 깨어났다.

그는 위대한 아마 왕의 후손, 오십여 년간 이노아를 다스려온 늙은 국왕 이노프와로 오랜 잠에서 일어났다. 그러나 현실의 자신이 누구이든 이제는 상관없었다. 깨어난 후에도 늙은 왕은 꿈만을 생각했다. 꿈속에서 자신의 나이는 스물…… 그때는 디노프라가, 자신에게는 넘치도록 흘러내리는 젊음과 열정이 있었다.

그러나 디노프라는 그의 청춘도 열정도 함께 가지고 사라져버렸다. 젊음은 영원히 돌아오지 않았다. 패기도 감정도 모두 사라지고 일상의 무거움만이 그를 잠식했다. 그 뒤 회색빛 나날의 연속이었다. 한 번 닫힌 가슴에는 어떤 것도 들어오지도 나가지도 못했다. 더 이상 원하는 것도 없었다. 본능적인 욕구 충족과 최소한의 책임이 그가 하는 일의 전부였다고 해도 틀린 말이 아니었다.

그가 눈을 떴을 때 사방은 침묵이 무겁게 내려앉아 있었다. 짙은 향내음만이 고적한 방 안을 무겁게 채우고 있었다. 매번 눈을 뜰 때마다 왕의 잠을 쫓아내던 악사들의 노랫소리도 들려오지 않았다. 왕은 침상을 덮은 붉은 휘장을 바라보았다. 짙은 석양처럼 무겁게 가라앉아 있는 그것을 한참이나 응시했다. 그의 마음이 물에 젖은 솜마냥 기억에 젖어 무거워졌다. 수십 년간 쌓인 일상의 무게가 온몸에 덮쳐오기 시작했다.

'그래. 이제 꿈을 접을 시간이 되었구나.'

왕은 소리를 내어 자신이 아침을 맞을 준비가 되었음을 알렸다.

"휘장을 걷어다오."

목소리는 의외로 희미하고 낮게 가라앉아 있었다. 침상 아래에 엎드려 있던 어린 수드라 소녀가 왕의 목소리에 소스라치게 놀랐다. 소녀는 곧장 휘장을 걷어올렸으나 당황한 나머지 잠에서 깨어난 왕에게 올려야 하는 인사조차 잊고 있었다. 왕은 탓하지 않고 부드럽게 물었다.

"내가 잠들기 전, 비따가 내 옆에 있던 것 같은데, 그녀를 데리고 오거라."

왕은 자신이 총애하는 후궁 비따를 찾았다.

소녀가 떨면서 머뭇거리며 대답했다.

"와…… 왕이시여, 이제는 비따 님을 모셔올 수가 없나이다. 용서하소서."

이 대답에 왕은 위화감을 느꼈다. 뭔가가 이상했다. 수십 년간 한결같았던 일상의 아침이 바뀌어져 있었다. 그는 천천히 몸을 일으키려 했으나 생각만큼 몸은 움직여지지 않았다. 그의 몸은 기억하고 있는 것보다 훨씬 더 늙고 쇠약했다. 이노프와는 문득 자신이 생각보다 훨씬 더 오래 잠들어 있었음을 깨달았다. 그리고 돌연 기억해 냈다.

'아아, 그래…… 나는 죽어가고 있었지.'

그는 충격을 받고 탄식했다. 어째서 그 중요한 사실을 잊고 있었을까. 자신은 벌써 몇 달 전부터 화려하고 아름다운 침상 위에서 성대히 죽어가고 있었다. 수십 명의 아내들과 수백 명의 자식들이 지켜보는 가운데.

"그래, 내가 꽤 오래 잠들어 있었구나. 내가 잠든 사이 태양신의 전차가 몇 번이나 새로이 하늘을 달렸느냐?"

"왕이시여, 오늘로써 열번째 전차가 하늘에 나타났습니다."

"그래? 나의 아들들은? 그들은 어디에 있지……"

왕은 묻다 말고 다시 정신을 잃었다. 왕의 죽음을 믿어 의심치 않던 소녀는 그제서야 두려움의 울음을 터뜨렸다. 이후 왕의 의식이 되돌아왔다는 소식은 시위를 떠난 살처럼 빠르게 궁 안에 퍼져나갔다.

황혼이 될 무렵 왕은 다시 눈을 떴다. 적막한 방 안에는 왕 이외에 한 사람이 더 있었다. 그가 너무도 조용히 엎드려 있어 처음에 왕은 그의 존재를 눈치채지 못했다. 잠시 후 왕은 그의 단정한 윤곽을 알아보고 다정하게 이름을 불렀다.

"나의 아들 아즈나, 이리 가까이 오너라."

그의 막내아들이 천천히 걸어와 침상 옆에 무릎을 꿇었다. 이노프와 왕은 주름투성이인 손을 내밀어 비자야의 시각에 얻은 그의 아들의 손을 잡았다. 그리고 이 아들이 얼마나 강하고 아름다운지를 생각했다.

지금 왕의 마음에는 자신의 죽음에 대한 확신이 있었다. 자신은 오늘 해가 완전히 지기 전에 죽으리라. 이미 자신은 야마의 숨소리를 느끼고 있고 죽음의 여신이 흘리는 눈물에 전신이 흠뻑 젖어 있다.

그동안 해야 할 일을 하지 않은 것에 대한 후회가 밀려들어오며 갑작스레 늙은 마음이 다급해졌다. 시간이 없다. 숨을 한 번 들이마시고 내쉴 때마다 시시각각 자신은 죽어가고 있지 않은가.

"아즈나, 네 형들은 어디에 있느냐? 그들을 불러다오. 나는 너와 네 형제들에게 친히 할말이 있단다."

아들의 대답은 조용했다.

"카르타가 곧 올 것입니다."

"그래? 다른 아이들은?"

"그들은 더이상 없습니다. 처음부터 저에게 카르타 이외의 형제가 없었습니다."

왕은 잠시 이 대답을 마음속으로 곱씹어보았다. 그 의미를 깨달은 순간 슬픔이 창날처럼 심장을 베어오고, 온몸의 혈관이 조여드는 것만 같았다. 왕은 마른 눈이 젖어드는 것을 느끼며 충격으로 숨을 헐떡였다.

왕은 이제야 자신의 아내들이 왜 사라졌는지, 어째서 어린 계집아이 하나만이 아침을 지키고 있었는지 그 이유를 알았다. 차라리 눈 뜨지 않고 죽는 편이 나았을까? 그 편이 더 행복했을까?

'아니다. 이대로 죽을 수는 없다.'

자신에게는 아직 할 일이 있지 않은가. 왕은 있는 힘껏 몸을 일으켰고 젊은 아들의 팔이 그를 부축했다. 그 손에 기댄 채 노인은 눈물을 흘렸다.

"아즈나, 네가 네 형들을 죽였느냐? 그들 모두를?"

아즈나에게서는 여전히 나직한 대답이 흘러나왔다.

"네, 제가 죽였습니다."

왕은 파도처럼 다시 밀려온 충격에 고목나무같이 메마른 손으로 아들의 손을 움켜쥐면서 숨을 헐떡이기 시작했다. 거친 호흡 중간중간 발작적으로 마른 기침을 했다. 그의 시야에 아들들의 얼굴들이 떠오르기 시작했다. 전쟁터에서 죽어간 그의 수많은 아들들의 얼굴들이 하나하나 그의 곁을 스쳐 어디론가 사라졌다.

사랑을 줄 수 없었기에 무정할 수밖에 없었다. 디노프라가 가져가 버린, 그 감정에 집착하며 아무도 믿지 못했고 아무도 사랑하지 못했다.

이제 늙어 지친 그의 껍데기 같은 육신과 수많은 아들 중 단둘만

남아 있고 모두 그의 곁을 스쳐 어디론가 사라지고 없었다. 무거운 어둠이 그를 덮쳐왔고, 그는 눈을 감지도 못하고 어둠을 맞아야만 했다. 그 어둠 끝에 환한 빛과 함께 아름다운 디노프라가 그에게 어서 오라고 손짓했다.

그러나 불현듯 그의 몸을 받치고 있는 손이 느껴졌다. 그는 힘겹게 고개를 들어 잘 보이지 않는 눈으로 초점을 맞추려 애쓰며 아즈나를 바라보며 말했다.

"아즈나, 나의 아들아! 이제 네가 왕이다."

이 한마디를 힘들게 내뱉은 늙은 왕은 조용히 숨을 거두었다. 아들의 손을 붙잡고 있던 늙은 손에서 점차 힘이 빠지며 축 늘어졌다. 그나마 있던 온기마저 금세 사라졌다. 아즈나는 영혼이 빠져나간 육신을 가만히 안고 있었다.

시간이 얼마나 흐른 지 몰랐으나, 그의 형 카르타가 들어왔다. 그는 부왕의 죽음에 조금도 놀라지 않았다. 그는 말없이 시신에 절을 한 후 동생을 돌아보았다. 왕의 손은 아즈나의 손을 잡은 채 굳어져 있었다. 카르타는 억센 손을 뻗어 시신의 손으로부터 동생의 손을 손쉽게 풀어버렸다.

"이제 가자구나, 아즈나."

형의 말에 아즈나는 일어섰으나 시선은 여전히 늙은 왕의 얼굴에 있었다. 카르타는 부드럽게 그러나 질책하듯 동생에게 말했다.

"어린애 같은 얼굴을 하고 있구나. 어서 일어나라."

아즈나는 얼굴빛을 고쳤으나 표정을 완전히 숨기지는 못했다. 그는 재가 되어 리무 위에 뿌려질 아버지의 시신을 바라보았다.

애증이 교차하고 과거의 기억이 물밀듯 갑자기 밀려왔다. 한 번도 따뜻한 말을 건넨 적도, 관심을 보여준 적도 없다. 그러나 사라마유로 떠나기 전에 지금은 죽어버린 형제 가가가 자신을 봄을 늦추고 태어난 아이라고 비난했을 때, 아버지는 그를 혼냈다. 어쨌든 그 덕에 자신이 살아 있는 것이었다. 제일 연약하던 시절에 카르타만 자신을 지켜준 건 아니었다. 그는 최소한 자신이 죽지는 않게 해주었다. 그러나…… 그는 이제 가고 없다. 이제 내가 왕이다. 지금은 앞으로 나갈 시기이니, 뒤돌아보지 말자.

이날, 이노아의 왕 이노프와가 병사했다. 아즈나…… 이노프와의 막내아들인 그가 이노아의 새로운 왕이 되었다. 삼 년 전 사라마유에서 열린 왕자들의 무예시합에서 우승하여 리무의 모든 나라에 그 이름을 떨친, 이노아 인들이 수십 년간 바라 마지않은 강한 왕. 그의 즉위식에 울려 퍼진 고동 소리는 전쟁의 시작을 알리는 소리가 되었다.

머지않아 그의 이름을 따서 불리워질 대전쟁 아즈나의!

# 2장 아쉬바메다의 제물

"왕자의 일행이 보이느냐?"

라쉬는 벌써 다섯번째 똑같은 말을 되풀이하며 얼굴을 찌푸렸다. 하늘이 맑고 기온이 높아 바산타의 계절이 가까워졌음을 실감케 했다. 원래 사라마유와 이노아의 국경을 이루는 산 마슈데하는 한여름에도 눈으로 덮여 있어 봄이 오지 않는 산이란 별명까지 있었다. 그러나 요사이에는 오히려 흐린 날이 적어 봄의 신이 새로이 축복했다는 소문이 돌고 있었다.

라쉬는 사라마유와 이노아의 국경 마슈데하 산을 수비하는 책임을 맡은 관리였다. 그는 이곳의 총사령관을 맡은 지 일곱 해를 맞이하고 있다. 여기에 오기 전까지는 왕궁 치안의 최고 담당자로 부와 명예를 누리던 자리에 있던 자신이다. 옛 지위에 비해 국경수비는 성가시고 까다로운 자리였다. 인접한 이노아가 툭하면 소 떼를 빼앗는 도발 행위를 하고 연중행사처럼 거의 매년 한두 번의 격한 전투가 벌어졌다.

그러나 라쉬는 지금의 자리에 그다지 불만이 없었다. 비록 왕궁 치안을 담당하다 실수로 파직되어 이 먼 곳까지 오게 되었지만 이곳에서 그의 지위는 절대적이었다. 마치 왕인 것마냥 으스대며 살 수 있었다. 자신보다 더 높은 사람이 없다는 것이 얼마나 맘 편한 일인지.

하지만 올해엔 불행한 일의 연속이다. 이노아가 또다시 군대를 일으켰는데, 그 수가 일만은 되어 보인다고 하니 유달리 신경이 쓰였다. 그러나 그보다 더 운이 나쁜 것은 어찌된 영문인지 모르게 왕성에서 아비뉴아 왕자가 이곳에 온다는 소식이 도착한 것이다.

'왕자가 이곳까지 올 필요가 뭐가 있단 말인가.'

라쉬는 불만스레 생각하며 눈을 가늘게 뜨고 평원 너머를 보다가 멀리서 이는 흙먼지를 어렴풋이 보았다. 즉시 눈 좋기로 소문난 부하 하나에게 확인시키려 했으나 그럴 필요도 없었다. 이미 저쪽에서 라쉬의 일행을 발견했는지 고동을 울려 왕자의 일행이 도착했음을 알렸다. 라쉬는 즉시 나아가 왕자를 공손히 맞이했다.

왕자의 일행은 약 삼백 명이었다. 왕자의 나이가 아직 열일곱에 불과했기에 왕자 개인의 기는 아직 없었다. 대신 코끼리의 상아가 그려진 사라마유 왕실의 기가 펄럭이고 있었다. 라쉬는 미리 준비해 둔 처소로 왕자를 안내했다. 그러면서 그는 계속 흘끔흘끔 왕자를 관찰하였다.

라쉬가 일곱 해 전 왕성에서 마지막으로 보았을 때는 어린 소년이었던 왕자 아비뉴아였다. 그러나 지금은 큰 키에 몸은 삼나무처럼 곧고 이목구비가 반듯하여 어디에 내놓아도 손색이 없을 성인으로 자라 있었다. 더없이 시원한 흑요석 빛깔의 눈은 이유시크 왕을 그대로 빼닮아, 라쉬는 왠지 껄끄러운 기분에 눈을 마주치기조차 부담스러웠다.

처소에 들어선 즉시 라쉬는 왕자 앞에 무릎을 꿇고 발의 먼지를 깨끗이 털어내어 경의를 표했다. 왕자는 두 달이 넘는 긴 여행을 했음에도 불구하고 별로 지친 기색이 없었다. 그는 웃는 낯으로 라쉬의 접대를 받으며 왕과 왕실과 대신들과 왕국의 평안을 묻는 긴 질문에 모두 답하였다. 그는 라쉬의 초조함을 알기라도 한 듯 바로 자신이 온 목적을 꺼냈다. 그것은 실로 라쉬를 안심시키는 내용이었다.

"열일곱이 되었으니 슬슬 왕국을 돌아볼 때가 되었다고 생각했소. 특히 이 마슈데하 지역은 이노아와의 분쟁이 있어 늘 유념해두고 있소. 이번에 오는 길에 이노아에서 군사를 일으켰다는 소식을 들었는데 그대는 승산이 얼마나 된다고 생각하오?"

라쉬는 당장 대답했다.

"심려치 마십시오. 이노아는 거의 매년 한두 차례 접전을 시도하나 그뿐입니다. 이노아의 왕자들은 저들끼리 다투며 자신의 전과를 올리려고 사라마유와 전쟁을 벌이지요. 그러나 그것은 제살 깎아먹기에 불과합니다. 이노프와 왕이 그들을 방치해두는 것이 신기할 따름이지요. 이번에도 늘 그래왔듯 왕자 중 하나가 군사를 일으킨 것입니다. 아직 어느 왕자가 통솔하는지는 알지 못하나 사라마유의 승리를 장담할 수 있습니다. 이제껏 수십 년을 그래왔듯이요."

이 대답에 아비뉴아는 고개를 끄덕였다.

"그 말을 들으니 안심이오."

이 외에도 몇 가지 질문이 오고갔으나 달리 라쉬를 긴장시키는 질문은 없었다. 그러던 중 하인 하나가 들어와 조심스럽게 아뢰었다.

"마하마 님이 즉시 뵙기를 청하옵니다."

라쉬는 이 소리에 마침 잘되었다고 생각하며 기뻐했다.

"왕자님, 제 아들 중 하나인 마하마가 이곳에 온 모양입니다. 이 자리에 동석시켜도 괜찮을까요? 그는 영광스럽게도 아쉬바메다의 제물을 지키는 책임을 맡고 있지요."

대희생제 아쉬바메다를 입에 담을 때 저도 모르게 라쉬의 말에 힘이 들어갔다.

"신의 제물이 국경의 땅까지 밟았나 봅니다. 지금부터 돌아간다면 딱 아쉬바메다의 시기에 맞춰 수도 마하사라마에 닿을 수 있겠군요. 제가 아쉬바메다를 못 보는 것이 정말로 유감스럽습니다."

아비뉴아는 흔쾌히 허락했다.

"그렇소? 나도 전부터 아쉬바메다의 제물 지킴이를 한번 만나보고 싶었소. 들어오라 하시오."

왕자의 허락이 떨어지자 라쉬는 마하마를 들어오라 일렀다. 만약 이후 무슨 일이 벌어질지 라쉬가 미리 알았다면 마하마는 아마 천 요자다 밖으로 쫓겨났을 것이다.

마하마가 등장해서 가장 먼저 한 말은 왕자에 대한 경의의 표현도, 아버지에 대한 안부 인사도 아니었다. 그는 들어서자마자 엎드려 조용히 고하였다.

"죽여주십시오. 말을 잃어버렸습니다."

이 한 마디에 공기가 얼어붙었다. 라쉬는 자기의 귀를 의심했다. 그는 무의식적으로 왕자의 표정부터 살폈다. 왕자는 별로 놀란 것 같진 않았으나 다만 가볍게 혀를 찰 뿐이었다. 라쉬는 잠시 후에야 정신을 가다듬고 아들에게 물었다.

"말이라니…… 아쉬바메다에 쓰일 그 말 말이냐?"

사실 물을 필요도 없었다. 바로 아쉬바메다에서 쓰일 제물을 잃었으니 죽여달라 했겠지.

아쉬바메다는 말을 제물로 하는 엄청난 규모의 희생제였다. 이 희생제에 쓰일 제물은 희생제가 열리기 한 해 전에 미리 준비된다. 제물로 뽑힌 준마는 그 한 해 동안 나라 안의 모든 땅을 자유롭게 돌아다니며 땅의 정기를 고루고루 받는다. 그 사이 제물 지킴이들은 목숨을 다해 이 고귀한 제물을 지키게 된다. 약속된 제물을 신에게 바치지 않는다면 일어날 일은 상상조차 할 수 없다. 제물이 라쉬의 땅에서 없어진 이상 이제 그 제물을 놓친 죄는 고스란히 라쉬 자신에게 떨어질 것이었다. 상황이 악화된다면 죽음의 형벌까지 내려질 수 있다.

'낭패다! 낭패다!'

라쉬는 마음속으로 일이 이렇게 되기까지 원인을 제공한 모든 상황을 소리치며 원망했다. 하필이면 왕자가 이 자리에 있는 이 순간에 이런 일이 일어났을까. 그 빌어먹을 말은 왜 이곳까지 뛰어왔단 말인가. 누가 마하마에게 이런 중요한 일의 책임을 맡기게 했단 말인가. 그는 이런 엄청난 실수를 저지른 책임자이자, 눈앞에 무릎 꿇고 앉아 말을 놓쳤다는 얼빠진 보고나 해대는 아들의 목을 당장이라도 쳐버리고 싶은 충동에 휩싸였다.

라쉬는 이노아에서 군사를 일으킨 이때, 국경의 수비를 맡고 있는 자신이 얼마나 훌륭히 책임을 이행하고 있는지를 이 귀한 방문객에게 보여줄 참이었다. 완벽의 극치를 보여주어도 시원치 않을 판국에 제물을 놓쳤다는 보고나 해야 하다니 이처럼 불운할 수가 있는 것일까.

한참 만에야 라쉬는 가까스로 마음을 가다듬고 아들을 추궁했다.

"여기 아비뉴아 왕자님이 계신다. 말을 놓쳤다니 어찌된 영문인지어서 자초지종을 설명해드려라."

왕자는 지금껏 돌아가고 있는 상황을 지켜만 보고 있다가 우선 마하마를 향해 꾸짖듯 입을 열었다.

"우선 상처부터 치료하고 오거라. 그 후 너의 이야기를 듣겠다."

왕자는 아무 일도 없었다는 듯 태연하게 라쉬에게 고개를 돌렸다.

"이노아의 이노프와 왕이 위독하다는 소문이 계속해서 떠도는데 해 아는 바는 없는가?"

라쉬는 여전히 마음이 진정되지 않아 건성으로 대답했다.

"그가 위독한 것이 벌써 여러 해인지라……."

"다음 왕위 후계자에 대한 정보도 없는가?"

"용서하십시오. 아직 들어온 정보가 아무것도 없습니다."

그 사이 마하마는 지혈을 끝내고 왕자의 발 밑에 엎드렸다. 그러자 왕자는 마하마에게 시선을 돌렸다.

"말이 죽은 것이냐?"

마하마는 키가 작고 몸이 왜소한 청년이었다. 얼핏 보기에 십대 후반으로 보이지 않을 정도로 작은 체구에 어려 보였다. 그러나 이런 상황에도 그의 언동은 침착하고 조용했다.

"죽은 것은 아닙니다. 두 달 전 마슈데하 근처에서 만난 낯선 이들이 말을 붙잡아 갔습니다. 다른 지킴이들은 모두 죽고 저는 노예가 되어 끌려갔습니다. 그들은 이노아의 첩자로 사라마유를 살피러 온 자들이었습니다. 저는 그곳에서 노역하다 기회를 보아 탈출하였습니다."

마하마는 짤막하게 설명했으나 그 사이 얼마나 고된 일을 겪었는지는 모습만 보아도 충분히 알 수 있었다. 머리는 깨져서 천으로 지혈한 위로 피가 배어나오고 옷은 흙먼지와 말라붙은 핏자국으로 얼룩져 있었다. 얼굴이 퉁퉁 부어 오른쪽 눈은 제대로 뜨지도 못했다. 아비뉴아는 마하마의 모습을 주의 깊게 보았다.

"그렇다면 말은?"

"이노아의 병사들은 우선 그들의 왕에게 말을 바쳤고 그들의 왕이 그 말을 다시 그들에게 주었습니다."

마하마가 한 말의 여파는 다른 열 마디의 말보다도 훨씬 컸다. 아
비뉴아는 조용히 되물었다.

"지금 왕이라 하였느냐? 지금 이노아의 진영에 왕이 직접 나와 있
다는 것이냐?"

"그렇습니다."

"왕의 이름이 무엇이라 하더냐?"

"그 이상은 저도 알지 못합니다."

아비뉴아는 뭔가 생각을 하며 이맛살을 찌푸리고 입을 굳게 다물
었다. 막사 안에 있던 이십여 명의 사람들이 술렁이기 시작했다.

"그렇다면 이노프와 왕이 이번에 손수 나온다는 말인가?"

"설마…… 그 왕은 죽을 날만 기다리고 있다던데……."

"그렇다면 이노아에 새로운 왕이 추대되었다는 건가?"

여러 추측들이 난무했다.

왕자는 한참 생각해보더니 단정하듯 말했다.

"이노프와 왕이 죽었구나. 이노아는 우리에게 그 사실을 통보하지
않았다. 라쉬, 왜 이노아가 그들 왕의 승하를 알리지 않았는지 생각
해보시오."

라쉬는 잠시 생각해보더니 대수롭지 않게 말했다.

"그들과 우리가 우방이 아니니까 특별히 알릴 필요가 없었나 보지
요."

그러나 아비뉴아는 정색을 하고 말했다.

"라쉬, 이노아에서 왕이 직접 나왔다면 이번 전투의 여파는 그대
의 생각보다 커질 가능성이 높소. 그대는 이에 충분히 대비해야 하
오."

"심려치 않으셔도 됩니다."

왕자의 진지한 의견에 라쉬는 걱정으로 얼굴을 찡그리며 일단 대답했지만 속으로는 투덜거리고 있었다. 그때 누군가 갑자기 왕자와 라쉬의 대화에 끼어들었다.

"부디 제게 말을 찾아올 기회를 주십시오."

마하마가 엎드려 절하며 간청하는 몸짓을 했다. 이에 라쉬는 눈을 크게 뜨고 노여움에 불타는 시선을 아들에게 던졌다.

"무슨 건방진 소리를 하는 거냐! 말을 잃어버린 네 죄가 죽어 마땅하다는 사실을 아느냐, 모르느냐!"

라쉬는 지금 이 아들이 미워 죽을 지경이었다. 크샤트리아답지 않게 어렸을 적부터 키가 작고 몸이 왜소하여 남부끄러운 아들이었다. 다른 아들들은 모두 훌륭한 체격에 뛰어난 무예실력까지 겸비해 다른 사람들의 부러움이 이만저만이 아니었다. 물론 마하마에게도 남들이 따라올 수 없는 장점이 있었다. 그는 어릴 적부터 다른 형제들과 어울려 놀지 못하고 혼자 산과 숲에서 놀며 지냈다. 그러다 보니 짐승을 잘 알게 되어 뛰어난 사냥꾼이 되었다. 그가 특히 말을 잘 다룬다는 소문은 왕궁에까지 흘러가 이유시크 왕은 그에게 말들을 돌보는 책임을 맡겼다. 그러다 마하마가 아쉬바메다의 제물 지킴이로까지 뽑혔을 때 라쉬도 크게 기뻐하며 이 아들을 자랑스러워했다.

'그러나 이게 무슨 꼴이냔 말이다!'

이때 뜻밖에도 왕자가 입을 열었다.

"모두들 잠시 자리를 비키시오. 나는 이 자와 따로 할말이 있다."

일단 왕자의 말이 떨어지자 모두들 즉시 자리에서 일어나 막사에서 나갔다. 라쉬도 예외는 아니어서 공손히 물러나오긴 했지만 마음이 매우 불편했다. 아들에 대해 노여움이 치밀었지만 자식은 자식인지라 걱정 또한 들었던 것이다. 물론 어느 쪽이 더 큰지 알기 힘들었다.

왜 하필 왕자가 이곳에 도착하자마자 이런 일이 일어났을까. 오늘 아침, 왕자의 일행이 도착하기 전까지만 해도 이곳의 주인은 자신이었다.

라쉬는 아비뉴아 왕자와 질긴 악연마저 느껴졌다. 칠 년 전 그가 왕궁 치안을 담당하던 때, 산 채로 잡아두었던 호랑이의 올가미가 풀려 호랑이가 궁을 돌아다녔다. 그때 호랑이를 죽인 것이 당시 열 살이었던 바로 이 왕자였다. 책임에 소홀했다는 죄로 이 멀고 먼 땅까지 쫓겨나 국경수비를 맡게 되지 않았는가. 목숨을 잃지 않은 것만으로도 천행이나 어쨌든 아비뉴아 왕자가 원망스러운 것도 그의 내심이었다.

라쉬를 비롯한 사람들이 물러난 이후 막사 안은 조용해졌다. 아비뉴아 왕자는 무슨 생각을 하는지 좀처럼 입을 열지 않았고 마하마 또한 감히 먼저 입을 열지 못했다.

아비뉴아는 생각에 잠겨 있었다. 모든 것이 자신의 짐작대로 돌아가고 있었다. 아버지 이유시크 왕을 설득하여 이곳까지 온 보람이 있었다. 자신이 기다리던 대로 그가 오고 있는 것이다. 최후의 결전이 다가오고 있었다.

'그래. 이제 보름만 지나면 그날로부터 딱 삼 년이 된다.'

그러나 과연 자신은 이 순간을 기다려온 것일까. 아니면 두려워하고 있을까. 어쨌든 아즈나가 전쟁을 일으키려 한다는 생각만으로도 맥박이 빨라지고 온몸이 긴장과 흥분으로 떨려오는 게 느껴졌다.

아비뉴아는 이윽고 생각을 접고 말을 잃어버린 책임자에게 시선을 돌렸다. 마하마는 왕자에게 간절한 눈빛을 보내고 있었다.

"부디 제게 기회를 주십시오. 제가 받을 죄는 당연한 것이나 제 잘

못으로 다른 이들이 고통받을 필요는 없습니다."

마하마의 말에 아비뉴아는 미소지었다.

"너는 그 말을 좋아했구나."

"매우 좋은 말이었습니다. 어떤 신이라도 그 제물에 흡족하셨을 겁니다."

"……나도 녀석을 좋아했지. 작년 이맘때 녀석이 제물의 후보로 뽑혔다. 그래서 마지막으로 녀석과 함께 산책을 나갔는데 그때 그만 유감스럽게도 녀석을 잃어버리고 말았다. 더 유감스러운 것은 녀석이 왕궁으로 알아서 돌아왔다는 것이고."

마하마는 저도 모르게 고개를 들어 상대를 바라보다가 얼른 다시 고개를 숙였다. 아비뉴아는 신경쓰지 않고 말을 이었다.

"그나저나 골치 아프게 되었구나. 아쉬바메다의 제물을 잃어버린 것은 문제가 심각하다. 벌을 받는 것이 너만이 아닐 거라는 사실은 알겠지. 줄잡아 천 명 정도 되는 사람들이 벌을 받을 것이다. 자세히 하나도 빠트리지 말고 어떻게 말을 도둑맞았는지 말해보거라."

"그러니까 한 달쯤 전에 마슈데하 산으로 말이 갔고 저희 지킴이들은 말을 지키기 위해 쫓아갔습니다. 어느 날 밤 적의 첩자들이 기습하여 지킴이들을 다 죽였습니다. 저만 살아남아 포로로 끌려갔던 것입니다. 그들은 저를 허드렛일을 하는 하인쯤으로 생각했나 보더군요."

"이노아의 첩자들은 그 제물이 아쉬바메다의 제물임을 알고 잡아간 것이냐?"

"아닙니다. 그들은 그저 말이 필요하여 저희를 공격하였습니다."

"그래? 그렇다면 찾을 가능성이 있겠군."

아비뉴아는 자세를 고치며 물었다.

"말을 찾는 데 필요한 것이 무엇인가?"

이에 마하마는 머리를 조아렸다.

"다른 것은 필요 없습니다. 무예와 용기가 뛰어난 사람을 하나 붙여주신다면 한밤중에 몰래 말을 빼올 자신이 있습니다."

"그뿐이냐? 그곳까지 타고 갈 말은?"

"이노아의 첩자들에게 들킬지도 모르니 걸어서 다녀오겠습니다. 열흘 안에 다녀올 수 있습니다."

아비뉴아는 고개를 끄덕였다.

"좋아. 그 정도라면 내가 너를 위해 해줄 수 있을 게다. 아쉬바메다의 제물은 결코 잃어버려선 안 되는 것이지. 밤이 되면 나에게 오너라, 마하마. 너는 용사가 필요하고 나는 안내자가 필요하니, 둘이서 말을 찾으러 가보자."

마하마가 자신의 귀를 의심하는 사이 왕자는 명했다.

"이제 나가서 쉬어라."


그날 마하마는 시키는 대로 해가 저문 다음 다시 왕자의 처소를 찾았다. 그리고 왕자가 자신에게 했던 말이 거짓이 아님을 알았다. 허락을 받고 막사 안에 들어가니 아버지 라쉬가 걱정스러운 얼굴로 왕자를 바라보고 있었다. 마하마를 발견하자마자 라쉬의 얼굴이 험악해졌다.

"마하마, 말까지 잃어버리더니만 왕자님을 그 위험한 곳까지 모시고 가겠다는 게 말이 되는 소리냐!"

아들에게 호통 친 다음 라쉬는 왕자에게 간곡히 말했다.

"너무나 위험한 일입니다. 왕자님께 무슨 일이라도 발생하면 제가 어떻게 왕을 뵙겠습니까. 제발 다시 생각해보십시오."

그러나 왕자는 이미 마음을 정한 듯 무심하게 대꾸했다.

"신의 제물을 그냥 이대로 잃어버릴 수는 없지 않소."

왕자는 간단하게 무장을 하고 있었다. 튼튼해 보이는 활을 들고 등에는 전통을 메고 허리에는 단도를 하나 찬 게 다였다. 평범한 사냥꾼들보다도 훨씬 간소한 차림이었다. 건량도 모두 준비되어 있었다. 왕자는 마하마에게 짤막하게 명령했다.

"가자."

누구도 왕자를 만류할 수 없었다. 마하마는 잠자코 왕자를 따라나섰다.

아군 진영을 벗어나고서야 마하마는 비로소 입을 열었다.

"어찌하실 생각이십니까?"

"말을 찾으러 가야지."

"허나……."

"이름을 불러도 좋다."

"아비뉴아 님, 정말로 직접 가실 생각이십니까?"

앞서 가던 아비뉴아는 마하마를 돌아보며 진지하게 말했다.

"닷새 안에 말을 찾아오도록 하자. 그전에 이노아와 전투라도 벌어진다면 이래저래 큰일이니까. 이번 전투는 평소의 소규모 전투와는 상황이 다를 듯하다. 그러니 서두르자. 어서 앞장서서 길을 안내하여라."

둘 앞에는 넓은 평원이 펼쳐진 채 그 끝에 마슈데하 산이 높게 솟아 있었다. 마하마는 나아가야 할 길을 보다가 왕자를 슬쩍 살펴보았다. 왕 중의 왕 이유시크가 눈에 넣어도 아프지 않을 정도로 귀여워한다는 왕자 아비뉴아.

'왕의 귀여움을 듬뿍 받고 자랐는지, 행동이 제멋대로구나.'

마하마로서는 왕자와의 동행은 꿈도 꾸어보지 못한 것이었기에 왕자를 어디까지 믿어야 좋을지 감이 잡히지 않았다.

'소문으로는 열네 살의 나이에 시바의 아스트라를 썼다 하나 사실인지야 알 수 없지. 일말의 두려움도 없는 저 태도는 무지 때문일까, 자신감 때문일까.'

마음속으로 한숨 쉬며 마하마는 설명했다.

"우선 북서쪽으로 이틀을 가야 합니다. 능선을 따라서 가면 쉬이 마슈데하를 넘을 수 있습니다. 산을 넘은 후에는 서쪽으로는 숲이, 동쪽으로는 긴 평원이 펼쳐집니다. 거기서 북쪽으로 향해야 합니다. 길을 잃지만 않으면 이틀 안에 이노아 군의 진영에 다다를 수 있습니다."

"돌아올 때는 말이 있으니 좀더 빨리 돌아올 수 있겠지."

말이 끝나기가 무섭게 왕자는 앞서서 달려가기 시작했다. 마하마는 고개를 숙이고 그의 뒤를 따를 수밖에 없었다.

이후 그들은 이틀을 쉬지 않고 뛰어갔다. 낮에는 수면을 취하고 밤에는 계속해서 달렸다. 그 사이 왕자는 전혀 지칠 줄을 몰랐다. 날듯한 걸음걸이는 한없이 가벼워 바람의 신 바유의 날개를 단 듯했다. 마하마는 원래가 제물 지킴이로 뽑힐 정도로 몸이 날래고 체력이 좋았다. 그럼에도 왕자의 뒤를 좇기에 힘이 부쳤다. 왕자는 조금이라도 마하마가 처질 성싶으면 가차없이 그를 내몰곤 했다.

둘은 단 하루 만에 마슈데하에 닿았고 그 다음날 국경을 넘었다. 마하마의 예상을 뛰어넘는 훨씬 빠른 속도였다. 계속 힘들게 왕자의 뒤를 좇는 예상치 못한 상황이 벌어지자 마하마로서는 좋은 일인지 나쁜 일인지 분간할 수 없었다. 국경을 넘어 숲으로 들어간 뒤부터는 마하마가 앞장을 서고 아비뉴아가 그 뒤를 따랐다.

왕자는 일단 국경을 넘은 후에는 매우 신중해져 조심스레 느릿느릿 나아갔다. 그러다 보니 이야기를 할 여유가 생기자 왕자는 불쑥불쑥 마하마에게 말을 걸곤 했다. 대부분이 나아갈 방향과 이노아 군의 정황에 대한 질문이었으나 그렇지 않은 질문도 있었다.

"그대는 정확하게 몇 살이지? 적어도 나보다 열 살은 위로 보이는데."

이 물음에 마하마는 적이 당황했다. 그의 나이를 정확히 맞춘 사람은 사실 얼마 되지 않았던 것이다.

"맞습니다. 어릴 적부터 키가 작고 왜소하여 나이보다 어리게 보였지요. 그러나 그 덕분에 이노아의 진영에 붙잡혔을 때 의심을 덜 받았고……."

말끝을 흐린 것은 자신에 대해 더 말해 무엇 하나 하는 생각 때문이었다.

이에 왕자는 뜻밖의 반응을 보였다. 그는 마하마를 보며 빙긋 웃더니 갑자기 이런 이야기를 끄집어냈다.

"옛날 제왕 쉬카르데의 부하 중에 카흐마라는 장수가 있었지. 그 장수는 남달리 키가 크고 몸이 말랐다고 한다. 그가 하루는 전쟁에 전차를 타고 나가 큰 공을 세웠지. 그러고 나서 위풍당당하게 아군이 있는 곳으로 돌아올 때였다. 그 길목에는 가네샤 신에게 바쳐진 큰 나무가 하나 있었는데 카흐마는 그 나무 밑을 지나다가 그만 나뭇가지에 걸려 대롱대롱 매달리는 신세가 되었다. 삼 일을 매달리고 나서야 나뭇가지가 부러져 땅에 닿을 수 있었다지. 그는 그때 가네샤신에게 이렇게 빌었다고 한다.

'이리 키가 큰데도 가볍게 움직일 수 있었던 건 몸무게가 가벼운 덕이니 마른 몸에는 불만이 없습니다. 그러나 부디 다음 생에서는

좀더 작은 키를 소원합니다.'

　"그라면 너 같은 몸을 부러워할지도 모르지."

　아비뉴아는 말을 맺고는 칼을 휘둘러 길을 방해하는 넝쿨을 베어 버렸다. 마하마는 뭐라 반응해야 좋을지 몰라 잠자코 있을 뿐이었다.

　"그러고 보니 너는 녀석을 어떻게 길들였느냐?"

　"네?"

　"아쉬바메다의 제물 말이다. 그 녀석을 어떻게 길들였지?"

　마하마는 왕자의 말에 창백해져 고개를 숙였다.

　"……제가 어떻게 신의 제물을 길들이는 무엄한 짓을 할 수 있었겠습니까."

　"아니, 너는 분명 그 말을 길들였다. 그 행위가 발각되면 크샤트리아에서 바이샤로 떨어진다는 사실을 알고서도 말이다. 그러나 그 편이 낫지 않았을까. 말을 길들이고 엄한 벌을 받든 길들이지 못하고 엄한 벌을 받든 매한가지이니까."

　마하마는 그제서야 깨달았다. 그렇구나, 이 왕자는 그 말에 대해 너무도 잘 알고 있다. 그는 신중히 말을 골라 입을 열었다.

　"죄송합니다. 그 말은 주인이 시키지 않으면 한 걸음도 움직이려 하지 않아 길들이지 않고서는 왕성 밖으로 데리고 나갈 수가 없었습니다."

　아비뉴아는 계속해서 칼을 휘둘러 길을 만들며 대꾸했다.

　"나도 안다. 한때 나의 말이었으니까. 녀석은 내가 시키지 않는 한 한 걸음도 떼려 하지 않았지. 아슈바메다의 제물로 뽑혀 왕궁을 나가게 되었을 때도 마찬가지였다. 그래서 난 제물을 데리고 왕궁을 떠난 자가 과연 누구였을지 늘 궁금하게 생각했지. 그대는 녀석을 어떻게 길들였지?"

"먹이를 주면서 휘파람을 불었고, 홍당무로 환심을 샀습니다. 물론 녀석이 그 소리를 듣고 저에게로 달려오는 데는 꽤 오래 걸렸습니다."

뭐라고 말할 줄 알았던 왕자가 잠자코 있어 마하마는 오히려 당황했다. 마하마는 얘기를 계속했다.

"그 말은 몹시도 온순했습니다. 저는 그처럼 온순한 말을 본 적이 없었습니다. 순하면서도 겁이 없어, 달려오는 코끼리 떼 앞에서도 두려움 없이 날렵하게 비켜 설 정도였습니다."

그제서야 아비뉴아는 입을 열었다.

"그래, 나도 안다. 녀석은 바보였어. 두려움이 뭔지 모르니 겁이 없을 수밖에…… 멍청한 녀석."

아비뉴아는 갑자기 마하마를 돌아보았다.

"마하마, 어쨌든 말을 길들인 행위에 합당한 대가를 치르게 해주마. 그래, 제물 지킴이의 역할이 끝난다면 내 전차사가 되는 게 좋겠군."

마하마가 대답할 말을 몰라 잠자코 있는 사이 왕자는 혼자 웃더니 앞서 뛰어가버렸다.

마하마의 예상은 실로 정확하여 그들은 사흘째 되는 날 석양이 진 직후 이노아 진영을 발견하게 되었다. 진영의 앞에는 의식을 치르기 위한 제단이 높게 서 있었다. 막 세운 모양인지 완전한 모습을 갖추고 있지 않았다. 기둥에는 비단도 감겨 있지 않았고 금박도 덜 입혀져 있다. 그러나 규모만은 굉장하여 보는 사람을 압도했다. 이노아 인들이 단순히 성대한 희생제를 위해 이곳에 온 것이 아닌가 하는 생각이 들 정도였다.

아비뉴아가 자신의 생각을 말하자 마하마는 단호히 부인했다.

"일종의 눈가림입니다. 저들은 분명 희생제를 준비하긴 하나 실제로는 탄탄한 준비를 갖춘 부대이기도 합니다. 희생제가 끝난 이후 이들이 어떻게 움직일지는 알 수 없습니다."

아비뉴아는 수풀 속에 몸을 숨긴 채 제단을 유심히 보다가 말했다.

"어쩐지 나쁜 예감이 드는 게 제단의 규모가 너무 크다. 희생제를 치르고 전쟁을 할 계획이 아닌 듯싶다. 이번 접전에서 승리를 한 후 희생제를 치를 셈인가. 어쩌면 이 희생제를 시작으로 라자수야까지 지내겠다는 배짱일까?"

마하마는 충격으로 아무 말도 못하고 왕자의 말을 듣고만 있었다.

"게다가 이상할 정도로 적의 규모가 적어 보인다. 척 보아선 만 명이 넘지 않은 것 같은데…… 우리는 삼만이 넘는 인원이다. 저 인원으로 우리와 싸우겠다고 나선다는 것도 수상하다."

마하마는 고개를 저었다.

"아닙니다. 저 인원만큼의 군사가 후방에 있습니다. 거리상 반나절 안에 올 수 있는 가까운 곳에 숨어 있지요. 이노아에서 이렇게 많은 군사들이 나온 것은 매우 이례적인 일입니다. 이노아에는 이제껏 정식 왕위 후계자가 없었고 이노프와 왕은 왕자들에게 일정한 수 이상의 군대는 결코 허락하지 않았습니다. 수십 년간 이노아가 수십 번의 전투에서 패했어도 전력에 별 손상이 없었던 것은 그 때문입니다."

"그 전투들 대부분이 제대로 된 전투라 부르기 어렵다는 말이겠지. 계란으로 바위치기도 정도가 있는데 이노프와의 아들들은 요행을 바라는 자가 많았군. 그만큼 그들끼리의 경쟁이 심했다는 이야기도 되겠지. 그러나 저 정도의 인원과 준비로 볼 때 이제 이노아의 내부 갈등은 끝났다는 이야기다."

아비뉴아는 적진을 똑바로 바라보다가 돌연 입을 열었다.

"말해봐라. 그를 본적이 있느냐?"

"누구를 말씀하시는 겁니까?"

"이노아의 새 왕 말이다."

"모르겠습니다. 새 왕이 등극한 것은 분명하나 그를 보거나 이름은 듣지 못했습니다."

"그러나 그라고 생각하지 않느냐?"

이 말에 마하마는 난처해졌다. 그는 왕자가 말하는 게 누구인지 쉽게 짐작할 수 있었다. 아비뉴아는 지금 삼 년 전의 무예시합에서 이유시크 왕에게 화살을 겨누었던 아즈나 왕자를 말하는 것이 분명했다. 이후 사라마유에서는 암암리에 아즈나라는 이름이 금기시되어 입에 담는 자가 없었다.

"그…… 일지도 모르겠습니다."

아비뉴아는 마하마가 당황하는 것을 눈치채더니 슬쩍 웃었다.

"그래, 지금은 말에 대한 것만을 생각하자. 말은 저곳의 어디에 있는가?"

"진의 서쪽에 있습니다. 낮에는 제단 공사장에서 짐수레를 끕니다."

아비뉴아는 이 소리에 살짝 웃었다.

"아쉬바메다의 제물이 짐수레를 끌고 있다고 하면 궁의 브라흐마나들이 펄쩍 뛰겠군. 그러나 녀석에겐 오히려 어울릴지도 모르겠어."

마하마는 땅에 그림을 그리며 설명했다.

"왕자님, 짐말들은 밤에 진의 서쪽에 배치됩니다. 노예들이 지키기는 하나 그리 엄중한 감시는 하지 않습니다. 말 하나 빼오는 일은 크게 어렵진 않을 거라고 생각합니다."

"좋아. 밤이 되면 출발하자. 너는 북쪽부터 말을 찾아라. 나는 남쪽을 살피겠다."

둘은 그대로 해가 지기를 기다렸다.


이윽고 밤이 되었다. 해가 지자 시끌벅적한 이노아 군의 진영이 조용히 가라앉았다. 아비뉴아와 마하마는 조심스럽게 이노아의 진영을 향해 접근하기 시작했다. 마하마의 말대로 접근하기는 어렵지 않았다. 들짐승들을 쫓기 위한 횃불들이 곳곳에서 타오르고 말들을 돌보는 노예들은 그 주위에만 둥그렇게 모여 있을 뿐 움직이는 사람은 거의 없었다. 멀리 떨어진 막사 안에서는 장수들의 웃음 소리와 노랫소리가 드문드문 밖으로 새어나올 뿐이었다.

둘은 대부분의 노예들이 잠들기를 기다려 어둠에 숨어 있다가 이윽고 말들 틈으로 숨어들었다. 말들 중 한두 마리가 깨어나 울거나 발굽으로 땅을 긁는 등 약간의 소란이 일어났다. 꼬리를 휘두르며 시끄럽게 구는 말도 있었다. 그러나 주목을 끌 정도는 아니었다.

하지만 일은 쉽게 풀리지 않았다. 마하마는 좀처럼 말을 찾아내지 못했다. 그는 낮은 휘파람을 불며 말을 찾았으나 시간만 흐를 뿐이었다.

'이상하다. 어째서 보이지 않는 거지?'

어느덧 새벽이 가까이 오고 있었지만 마하마는 오백여 마리가량의 말들을 모두 확인했으나 제물은 찾지 못했다. 아비뉴아와 만났을 때 그의 얼굴은 새파래져 있었다. 둘은 말들의 그림자 사이에 숨은 채 속삭였다.

"죄송합니다. 말이 없습니다."

왕자는 잠시 무언가를 생각하더니 입을 열었다.

"말이 다른 곳에 옮겨갔을 가능성은?"

마하마는 초조함에 입술을 깨물며 생각했다. 그가 흠칫 몸을 떨었을 때는 이미 상당한 시간이 흐른 후였다.

"한번은 제가 이곳에서 말을 돌보며 짐을 나르고 있는데 어떤 사람이 나타나 아쉬바메다의 제물에 다가갔습니다. 그 사람이 뭐라고 말을 하였는데 그게 하도 이상하여 지금도 똑똑히 기억하고 있습니다.

'그래. 너는 나를 위해 바쳐진 아이니 짐말로 하기에는 아깝구나. 전투용 말로라도 써줘야겠구나?'

그 사람은 꼽추이나 신분이 매우 높은 듯했고 이름은 카르타라 하였습니다. 어쩌면 말은 그 자의 명에 의해 전투용 말들이 있는 곳으로 배치되었을지도 모릅니다."

아비뉴아의 표정이 순간적으로 굳어졌다.

"카르타라는 이름을 가진 꼽추라고?"

"네."

"곤란하게 되었다. 그는 왕의 형이다. 이노프와의 정실 왕비가 낳은 첫째 아들이지."

마하마는 숨이 막히는 것을 느꼈다.

"어떻게 하시겠습니까?"

"전투용 말들은 어디에 두느냐?"

"쿠베라신의 방향인 북쪽입니다. 그쪽이 길한 방향이니."

"우리가 갈 수 있겠느냐?"

마하마는 생각하다가 고개를 저었다.

"말을 찾는 것은 문제가 아닙니다. 짐승을 두는 곳에는 노예들이 항상 돌아다니니 별다른 감시를 하지 않습니다. 그러나 말을 꺼내오는 것이 문제입니다. 이곳의 짐말과는 틀려 그곳에서 한밤에 말을 움직인다는 것은 전투가 일어났다는 것과 같은 소리입니다. 명 없이 말에 손대는 자는 즉시 발각될 것입니다. 초소에서 지키는 사람 수도 이곳의 열 배가 넘습니다."

"그렇다면 너무 위험이 크다. 돌아가는 편이 좋겠다."

아비뉴아는 말하자마자 망설임 없이 말 그림자 틈에서 일어섰다. 그러나 마하마는 움직이려 하지 않았다.

"왜 그러고 있느냐?"

"저는 어차피 죽을 목숨입니다. 그러니 말을 찾고 싶습니다."

아비뉴아는 잠시 망설이다가 마하마를 바라보았다.

"내가 너의 생명을 살려주겠다고 약속한다면?"

"아무리 아비뉴아 님이라고 하셔도 그러실 수 없으실 겁니다. 저의 죄는 알려지는 대로 죽음밖에 없고 말을 찾는 것 외에는 다른 방도가 없습니다. 저는 말을 찾아야 합니다. 그것이 저의 일이니까요. 저는 전하로부터 직접 임명받은 아쉬바메다의 제물 지킴이입니다."

아비뉴아는 어둠 속에서 고개를 끄덕였다.

"네 말이 맞다. 나는 왕이 아니지. 나의 말은 왕이 내린 명보다 결코 앞설 수 없다. 내가 잠시 잊고 있었다. 아쉬바메다의 제물을 잃어버린 죄의 깊이를. 너는 어차피 죽겠구나. 그렇다면 함께 말을 찾아보는 것도 좋겠다."

마하마는 눈앞의 왕자가 도대체 무슨 말을 하는지 잠시 귀를 의심했다.

‘그가 나와 위험을 같이하겠다는 것인가?’

"아비뉴아 님, 그건 너무 위험합니다."

그러자 아비뉴아는 미소를 지었다.

"나는 별로 위험하지 않다. 오히려 위험한 것은 네 쪽이지."

마하마는 마음이 떨리는 것을 느꼈다.

저도 모르게 마하마는 목소리를 높였다.

"제가 어찌 되든 말을 찾아오겠습니다. 왕자님께서는 퇴로를 열어 주십시오. 북쪽 길목이라면 쉽게 열릴 것입니다."

"목소리를 낮춰라. 북쪽으로 간다면 주둔해 있는 이노아 군과 만날 가능성이 있지 않느냐."

"말 한 마리가 사라졌다 해서 병사들이 반나절 이상 추적할 가능성은 없습니다. 중간에 서쪽으로 방향을 틀 수 있을 것입니다. 숲에 닿는다면 도망칠 확률이 높다고 생각합니다."

말하는 사이 말 한 마리가 깨어나 히잉거리며 울었다. 아비뉴아는 몸을 반쯤 일으켜 주위를 살펴본 후 다시 앉았다.

"좋아. 너는 이제부터 북쪽 진영 안으로 들어가서 미끼가 되어라."

"네?"

"적당하다 싶을 정도로만 혼란을 일으켜라. 그러다 주목을 받았다 싶으면 바로 전력질주하여 북쪽으로 향해라. 이노아 장수들에게 쫓길 텐데 그 다음이 위험하다. 죽지 말고 도망쳐라. 기회가 된다면 서쪽으로 방향을 틀어 숲에 들어가 숨어라. 나는 너를 믿겠다."

"그렇다면 아쉬바메다의 제물은요?"

아비뉴아는 검을 쥐더니 먼저 움직이기 시작했다.

"네가 진영을 어지럽히는 사이 내가 꺼내오마. 나중에 만나자."

왕자는 서슴없이 나아가기 시작했고 마하마는 그 뒷모습을 지켜보았다.

머릿속이 혼란했지만 명에 따르는 수밖에 없었다. 망설이다가 마하마는 말을 하나 골랐다.

"일어나라. 나 때문에 잠을 깨워 미안하구나."

고삐를 잡아끄니 말은 잠에서 깨어 일어났다. 말 한 마리가 일어나자 다른 말들도 움직이기 시작하여 곧 주위는 부산해졌다. 마하마는 말에 올라타고 곧장 북쪽으로 달리기 시작했다.

갑작스러운 소란에 놀란 노예들이 소리를 지르자 곧 막사 안에서 몇몇 장수들이 뛰쳐나왔다. 그들은 말을 탄 마하마를 발견하자 곧장 활을 쏘아댔다. 마하마는 재빠르게 그들 사이를 통과하였다. 화살 하나 맞지 않고 북쪽 진영에 갈 때까지 무사할 수 있었던 것은 운이 좋다고밖에 할 수 없었다.

그러나 북쪽 진영은 노예와 짐말뿐이던 서쪽 진영과는 달랐다. 불침번을 서고 있던 병사들은 마하마를 본 즉시 침입자를 알리는 고동을 불었다. 순식간에 주위가 시끄러워졌다. 북쪽 막사 안에 있던 장수들도 모두 잠에서 깨어나 무기를 들고 뛰쳐나왔다.

그 순간 마하마는 기묘한 자긍심을 느꼈다. 아쉬바메다의 제물을 지키게 되었을 때보다 더 큰 자긍심이었다. 자신의 혼자 힘으로 이 고요하고 정연된 진영의 일부를 흐트러놓은 것이다.

'우스운 일이다. 이런 순간에야 사는 보람을 느끼다니.'

그는 곧 흥분을 누르고 침착히 화살을 피해 달렸다. 그러면서 말들이 있는 곳을 한순간이나마 바라보았다.

'저 안에 그 말이 있을 텐데.'

이후 마하마는 왕자가 명했던 대로 북쪽으로 있는 힘껏 도망치기 시작했다. 그의 등 뒤로 장수들의 고함이 들려왔다.

"말을 꺼내와라! 무엇들 하느냐!"

마하마는 이노아 장수들이 자신을 추적해오고 있음을 등 뒤에서
울리는 말발굽 소리를 통해 알았다. 화살이 계속해서 날아들었으나
자신을 맞추지 못했다. 마하마는 계속해서 북으로 내달았다. 누가
말을 탄 자신을 따라올 수 있을까. 새삼스러운 자신감이 그를 덮쳤
다. 아쉬바메다의 제물 지킴이로 뽑힌 자신이었다. 사람들은 그의
왜소한 몸을 비웃으나 가벼운 체중은 말을 탈 때 도움이 된다.

그는 말의 등에 바짝 몸을 붙여 화살을 피하며 생각했다. 그대로
두어 시간을 달리니 날이 어렴풋이 밝아오기 시작했다. 마하마는 이
제 그 자신은 염려없다고 생각했다. 그러자 갑자기 왕자에 대한 걱
정이 치밀어 올랐다. 이대로 자신만 도망쳐도 좋은 것일까. 왕자는
과연 무사할까?

'아무래도 안 되겠다. 이 자들을 따돌리고 돌아가보자. 왕자는 혹
넘쳐나는 자만심에 홀로 싸우고 있는 것이 아닐까. 왕자가 시바의
아스트라를 쓰고 한 번에 천 명의 군사를 쓰러뜨릴 수 있다는 헛소
문을 곧이곧대로 믿을 수만은 없지 않은가.'

마하마는 말을 멈추고 돌아섰다. 장수들은 꽤 떨어져 있었다. 마
하마는 그 중 하나를 겨누어 힘껏 활을 쏘았다. 한 명이 순식간에 말
에서 굴러 떨어졌다. 그러나 그 사이 다른 장수들이 가까워져버렸
다. 다시 몇 대의 화살을 쏘았으나 빗나가고 말았다. 마하마는 다시
말고삐를 잡아 서로 방향을 틀어 달리기 시작했다. 장수들은 계속해
서 그를 쫓았다.

뒤를 쫓는 자들 중 한 장수의 화살이 마하마를 계속 위협하더니
결국 그 장수의 화살이 마하마가 탄 말의 엉덩이에 꽂혔다. 말은 고
통과 놀람으로 앞발을 들고 치솟았고, 그 바람에 마하마는 땅으로

팅겨져버렸다. 다행히 폭신한 풀밭에 떨어져서 그는 몸을 구부려 목을 보호하며 풀밭 위를 굴렀다. 그리곤 곧장 몸을 일으켜 수풀 사이를 기어 도망치기 시작했다.

장수들이 멀리서 소리 높여 웃는 소리가 들렸다. 그들은 수풀 사이에서 마하마를 발견하더니 화살을 쏘았다. 마하마는 몸을 굴려 피하며 계속 전진했다. 그들은 단번에 마하마를 죽일 수 있음에도 불구하고 바로 죽이려 하지 않았다. 일부러 화살을 빗맞추며 마하마가 피하도록 내버려두고 있었다. 마하마는 땅에 떨어진 이후 줄곧 죽음의 공포에 떨었으나 적들이 자신을 가지고 놀고 있다는 것을 깨닫자 분노가 치밀어 오히려 침착해졌다.

'야마여, 나와 저들을 함께 죽게 하소서!'

마하마가 이를 갈며 신에게 기도하는 찰나였다.

그때 그는 한순간 경악하며 자신의 눈을 의심했다. 탐스러운 갈기에 흰 점이 박힌 낯익은 말이 눈에 들어왔던 것이다. 아까 자신이 탄 말을 쏘아맞춘 장수가 그 말에 타고 있었다. 놀란 나머지 아무 생각도 들지 않았지만 마하마는 힘껏 휘파람을 불었다.

순간 이마에 흰 점이 있는 말이 말 그대로 껑충 뛰어올랐다. 말을 타고 있던 장수는 미처 대처할 사이도 없이 땅에 떨어졌다. 말은 그대로 마하마에게 달려왔다. 마하마는 눈 깜짝할 사이에 말에 올라타 곧장 달리기 시작했다.

이노아 장수들의 분노 어린 고함이 등 뒤로 울려 퍼졌다. 그들이 화살을 비오듯이 쏘았으나 아까 말에서 떨어진 사람만큼 활에 능하지 못했다. 화살은 모조리 빗나갔고 잠시 후 마하마는 이노아 인들이 점으로 보일 만큼 멀리 떨어졌다.

살았다고 생각하니 긴장이 풀려 노곤해졌다. 그는 한참을 말 등에

축 늘어져 있었다. 이윽고 그는 말에서 내려 고삐를 끌고 숲으로 들어가며 몇 번이고 말을 쓰다듬었다.

"너는 나를 죽이기도 하고 살리기도 하는구나, 아쉬바메다의 제물아. 도대체 어떻게 이곳에 있었던 게냐."

마음이 진정되었을 때 그는 자신이 어떻게 살아난 것인지 생각했다. 그리고 그는 마침내 깨달았다. 어째서 아쉬바메다의 제물이 이곳에 있는지, 누가 자신을 구한 것인지.

'설마 그리 된 것일까?'

마하마는 자신의 생각을 의심하며 몇 번이고 되풀이해서 생각했다.

'그는 내가 이리 행동할 것을 알았던 것일까?'

마하마는 태양이 떠오르는 동쪽을 멍하니 바라보았다. 이윽고 그는 그 자리에서 경건하게 무릎 꿇고 신에게 기도를 올렸다.

'비슈누여, 당신의 가호 아래 그를 무사히 돌려보내주십시오.'

모든 것은 마하마의 생각대로였다. 마하마의 목숨을 구한 것은 아비뉴아였다. 아비뉴아는 마하마가 진영 안에서 소란을 일으킬 때 몰래 전투용 말들이 있는 곳으로 갔다. 그는 그곳에서 자신이 찾으려던 말을 쉽게 발견했으나 마하마의 말대로 말을 데리고 진영을 빠져나갈 수는 없음을 알았다. 그는 대담하게 결심했다.

'뭐, 해보지 않고는 모르는 일이지.'

아비뉴아는 말 그림자 속에 숨은 채 땅에 엎드려 때를 기다렸다. 잠시 후 막사에서 뛰쳐나온 장수들이 마하마를 쫓기 위해 소리쳤다.

"말을 끌고 와라! 말을!"

그때 아비뉴아는 가장 먼저 날래게 일어서서 장수들에게 아쉬바메다의 제물을 끌어다주었다. 어둠 속에서 장수들은 아비뉴아가 노예 중 하나려니 생각했다. 아비뉴아가 분명 더이상 빠를 수 없을 정도로 기민하게 움직였음에도 장수 하나는 말에 올라타면서 아비뉴아의 머리를 걷어찼다.

"누가 너더러 이렇게 늦어도 좋다 했느냐."

아비뉴아로서는 누군가에게 발길질을 당한 것이 처음이었으니 화가 날 만했다. 그는 장수를 보며 속으로 생각했다.

'오냐. 내가 너만은 꼭 죽여주마.'

그러나 사실 주위가 어둑어둑하여 그 장수의 얼굴을 제대로 본 것도 아니었다. 그는 다른 노예들처럼 조심스레 걸어 조용히 막사의 그림자 속으로 숨었다. 이제 서쪽 진영으로 가 짐말들 중 하나를 훔쳐 타고 도망가면 될 것이다. 그러나 아비뉴아는 문득 발이 땅에 못박힌 듯 박혀버렸다.

'아즈나.'

그 이름이 순식간에 아비뉴아의 마음을 지배했다. 그는 마치 아즈나가 어둠 속에 있기라도 한 듯 어둠 한쪽을 뚫어지게 노려보며 생각했다.

'이제 왕이 된 녀석이 이곳에 있다. 그 녀석이 삼 년 전의 약속을 지키려고 여기에 와 있다.'

지금 아비뉴아의 기분은 옛날 무예시합 때와 흡사했다. 설명할 수 없는 증오에 휩싸여 아즈나에게 단검을 던졌던 그때처럼 아비뉴아는 잠시 정신이 혼미할 정도의 살의를 느꼈다. 그가 살아 숨쉬는 것을, 이 세상에 존재하는 것을 어떻게 참을 수 있을까. 그러나 곧 아비뉴아는 가쁜 호흡을 진정시키며 이성을 되찾았다.

'스스로 죽을 생각을 하다니……'

자신을 꾸짖으며 그가 막사의 그림자 속에서 일어섰다. 그때 낯익은 목소리가 귀를 울렸다.

"한밤에 무슨 소란이냐."

이 단 한 마디에 아비뉴아는 벼락이라도 맞은 듯 움직임을 멈췄다. 움직임을 멈춘 것은 그뿐만이 아니었다. 일순 그 자리에 있던 모든 사람들 역시 동작을 멈췄다. 시끌벅적했던 진영이 순식간에 조용해졌다. 모든 사람들이 일제히 꿇어 엎드렸다.

"왕이시여."

아비뉴아는 자신에게 주어진 얄궂은 운명을 탓하지 않을 수 없었다. 그는 횃불의 붉은빛 사이로 자신과 같은 날, 같은 시에 태어난 사람을 뚫어지게 바라보았다.

'아아…… 나와 그는 만나지 않을 수 없는 운명인가!'

이노아의 왕 아즈나가 그 자리에 서 있었다. 키도 자라 있었고, 무엇보다 왕으로서의 권위와 위엄으로 한층 더 커 보였다. 여전히 그는 달처럼 아름답고 신처럼 고귀했다. 왕이 된 이제 짙은 위엄 또한 몸에 배여 있었다.

아비뉴아는 갑자기 아즈나를 처음 만났던 때의 기억이 떠올랐다. 당시 찬드라의 빛 아래에 있던 아즈나와 마주했을 때 느꼈던 정체를 알 수 없는 꺼림칙함과 살의, 그 모든 것이 지금 아비뉴아의 마음속에서 되살아났다.

그 둘이 서로를 죽이기 위해 태어난 것만 같았다.

그때 누군가 아비뉴아를 발견하고 찢어지는 호통을 쳤다.

"무엄하다! 당장 엎드리지 못할까!"

아비뉴아의 주의는 온통 아즈나 한 사람에게만 집중되어 있던 터였다. 처음에 그는 병사의 호통이 자신을 향한 것인지도 알지 못했다. 호통친 병사는 막사의 그림자 속에서 아비뉴아를 향해 다가왔다. 순간적으로 아비뉴아는 그 병사의 복부를 힘껏 걷어찼고 병사는 토하면서 땅을 굴렀다.

'내가 그의 앞에서 무릎 꿇을 것 같으냐.'

그는 곧장 어둠 속에서 활을 집어들어 시위를 걸었다. 이노아 인들은 막사의 어둠에 숨어 있는 낯선 자를 경계했다.

"수상한 자가 숨어 있는 것 같습니다."

아즈나 역시 뭔가 이상한 낌새를 느낀 모양이었다. 그의 얼굴이 굳어졌다. 그는 나직하면서도 분명한 음성으로 외쳤다.

"나와라!"

아비뉴아는 그 말대로 활의 시위를 당긴 채 불빛 앞으로 걸어나왔다. 삼년 만의 재회가 이렇게 이루어지게 되었다.

"키가 큰 줄 알았더니 별로 크지도 않았구나, 아즈나."

아비뉴아의 목소리를 듣자 아즈나의 얼굴이 일순간 굳어졌다. 뚫어질 듯 아비뉴아의 동작 하나하나를 주시하던 그가 경고했다.

"쏘지 마라. 쏘면 죽는 건 너다."

이 말은 아비뉴아에게 한 말이 아니었다. 호위병 중 하나가 화살을 날리려다 흠칫 활을 내려놓았다. 아즈나는 그대로 잠시 아비뉴아를 보았다. 차고 어두운 그 눈빛에 아비뉴아는 생각했다.

'내가 그를 보듯 그도 나를 보는구나.'

아비뉴아는 문득 쓴웃음을 지었다.

'이건 정말 옛날과 반대 상황이군.'

그는 지금 상대에 대해 탄복할 지경이었다. 삼 년 전 그때, 그는 어떻게 자신을 겨눈 화살을 쏘지 않고 견디어냈을까. 흥분과 충동으로 손끝이 떨려왔으며 이미 시위를 놓아버린 게 아닌가 하는 생각이 이 짧은 순간 몇 번이나 들었다. 자신이 시위를 놓고 그가 죽는 장면이 마치 과거에 보았던 일마냥 생생하게 눈앞을 스치고 지나가며 유혹했다. 아비뉴아는 마음을 다지기 위한 주문처럼 뭔가를 중얼거렸다.

"리무……."

그러자 마음이 가라앉았다. 아비뉴아가 중얼거린 소리를 아즈나 또한 들었다. 그는 천박한 아이를 보는 것마냥 경멸어린 눈으로 아비뉴아를 노려보다가 마침내 입을 열었다.

"사라마유의 왕자 아비뉴아, 이곳에 무슨 일인가?"

왕의 말에 이노아 인들은 놀랐다. 그들은 하나같이 왕에게 활을 겨눈 불순한 자를 죽이고 충성심을 과시할 생각이었다. 그러나 이제 그들은 화살을 쏘면 네가 죽게 된다는 왕의 경고가 무엇인지를 새삼스럽게 깨달았다. 시바의 아스트라를 쓴 아비뉴아의 이름을 모르는 자는 이곳에 없었다.

아비뉴아가 담담하게 대꾸했다.

"나는 말을 찾으러 왔을 뿐이다."

아즈나는 자신에게 겨누어진 시위 끝을 비웃듯 바라보며 나직이 물었다.

"그래서 이 한밤에 말을 훔치기 위해 이곳까지 온 것이냐?"

아비뉴아는 얼굴이 화끈 달아올랐다. 수치를 느끼는 것이 아니라 분노 때문이었다.

"나는 이노아의 병사가 훔쳐간 사라마유의 말을 찾으러 온 것이다."

항변하는 아비뉴아의 목소리가 조금 떨렸다. 아즈나의 초연한 얼굴을 당장 찢어발기고 싶어 견딜 수가 없었다. 가라앉았던 마음이 다시 꿈틀거리기 시작했다.

'지금 활을 겨누고 있는 것은 나다. 내가 너를 죽이지 못할 줄 아느냐. 후의 일이 어찌되든 난 지금 너를 죽일 수 있단 말이다.'

아즈나가 말했다.

"말을 찾았다면 그럼 이제는 사라마유로 돌아가고 싶은가?"

아비뉴아는 아무 말도 하지 않았다.

"그렇다면 허락하겠다. 돌아간 다음 정식으로 나에게 도전하라, 전쟁터에서!"

아비뉴아가 침묵을 지키는 사이 아즈나는 내뱉듯이 말을 이었다.

"도망치려거든 지금 도망쳐라! 너와 나는 삼 년의 약속을 했고 아직 바산타의 계절은 오지 않았다. 생명을 부지할 수 있는 기간이 열흘이나 남았음을 감사히 여겨라. 이제 꼬리를 말고 개처럼 도망쳐 그대 아버지 품에 숨어라. 이유시크에게 나의 말을 전해라. 이노아는 이 순간부터 사라마유와의 전쟁을 선포한다!"

아비뉴아는 아즈나의 눈을 노려보았다. 분노로 목소리가 가라앉자 쉬어 있었다.

"그전에 시바의 아스트라가 너의 심장을 뚫을 것이다, 아즈나."

그때 부드러운 낮은 목소리가 울렸다.

"아니오. 그대는 그럴 수 없을 것이오, 아비뉴아 왕자. 타국의 왕을 대하는 예의를 안다면 수치와 다르마를 모르는 행위를 접으시오."

웬 남자 하나가 불쑥 나타나 아즈나와 아비뉴아 사이를 가로막아 섰다. 아비뉴아는 그의 굽은 등과 추한 외모를 곧 알아보았다. 카르타, 그는 삼 년 전과 조금도 달라지지 않았다. 어둠 속에서 빛나는 그의 눈에서는 여전히 힘과 위엄이 넘치고 있었다. 그가 일깨우는 말을 듣고서야 아비뉴아는 깨달았다.

'그래, 아즈나는 더이상 나와 같은 신분이 아니다. 그는 왕이 되었지.'

붉은 횃불빛 사이로 카르타가 웃고 있는 것이 보였다. 추한 얼굴에 띤 웃음이 흡사 아수라를 연상케 했다.

"자, 이제 그대는 우리의 왕을 죽일 수 없습니다. 대신 나를 죽일 수는 있겠지요. 그리 하겠소?"

아비뉴아는 카르타가 말한 순간 갑자기 깨달았다. 죽음을 각오하고 시바의 아스트라를 쏘더라도 아즈나를 죽일 수 없음을. 이유는 알 수 없다. 시바의 아스트라는 몇천 몇만의 장애물이 가로막더라도 모든 걸 부수고 표적을 맞추고야 만다. 그러나 그럼에도 불구하고 이번만큼은 시바의 아스트라조차 소용없다. 카르타가 아즈나를 감싸고 있는 한은!

결국 아비뉴아는 활을 떨구었다. 그는 휙 뒤돌아서서 한 장수의 손에서 말 한 마리를 낚아챘다. 수천의 화살이 자신을 노리는 가운데 그는 말 위로 올라탔다. 마음에 굴욕감이 넘쳤다. 그는 아즈나를 바라보지 않고 그대로 말을 달렸다. 말은 순식간에 달려 이노아 군의 진영을 검은 점으로 만들었다.

'이제야 나는 안다. 사라마유에서 도망쳐나올 때의 너의 기분을…… 그래, 너는 그 기분을 나에게 똑같이 느끼게 해주려는 거겠지.'

그는 미친 듯 말을 타고 그대로 질주했다. 목숨을 구제받은 치욕이 독사 나가의 독니처럼 심장을 찔러왔다.

정오가 되어 태양이 따갑게 내리쬘 때 말을 탄 사람 하나가 서쪽에서 나타났다. 아비뉴아는 처음에 그가 이노아의 병사라 생각했으나 그는 다름 아닌 마하마였다. 마하마는 그동안 이노아의 진영을 돌며 왕자의 소재를 찾고 있었던 것이다. 그는 아비뉴아를 보고 기쁨의 환성을 질렀다.

"아비뉴아 님!"

그는 원래 언동이 침착하고 조용해 이처럼 소리를 지르는 일이 드물었다. 아비뉴아는 그와 함께한 시간은 짧았지만 그 사실을 알고 있었다.

아비뉴아는 마하마가 환성을 지르며 아쉬바메다의 제물과 함께 달려오는 걸 보면서 쓴웃음을 지었다. 그리곤 그는 자신이 도망쳐온 북쪽을 돌아보았다.

'아비뉴아, 아비뉴아, 그를 죽이지 못해 괴로우냐? 야마처럼 다가와 소중한 것들을 빼앗아갈 그가 두려우냐?'

속으로 자신에게 말을 걸었다.

이틀 후, 두 사람은 무사히 사라마유의 진영으로 되돌아왔다.

# 3장 이노아와 탄타마사의 동맹

아비뉴아와 마하마, 두 사람이 아쉬바메다의 제물과 함께 무사히 돌아왔을 때 가장 기뻐한 사람은 라쉬였다. 그는 달아났던 목이 다시 붙은 양 흐뭇해했다. 그의 기쁨은 아비뉴아 왕자가 지금 바로 이곳을 떠나겠다는 의사를 표명했을 때 배로 증가했다. 그는 즉시 그 말에 찬동하며 이곳은 전쟁 경험이 없는 왕자가 있기에 너무 위험한 장소임을 넌지시 알렸다. 아비뉴아는 라쉬의 의견에 순순히 고개를 끄덕였다.

"나는 아직 성년도 아니고 전투에 나가는 것 또한 아버님께 허락받지 못했으니 당연한 말씀이오."

아비뉴아의 명에 의해 마하마가 이노아 군의 정황을 설명했다. 그는 아버지에게 이번 전투의 위험에 대해 경고했으나 라쉬는 좀처럼 아들의 말에 귀를 기울이려 하지 않았다.

"적의 인원이 예상했던 것보다 두 배가 더 많다 한들 무슨 대수겠느냐. 저들이 이만이라 해도 우리편은 삼만이 넘는다. 우리가 이 인원으로 그들을 싸워 이길 수 없으리라 생각하느냐. 나는 수차례 이노아와 싸웠으나 승리만을 거듭했다."

아버지의 지나친 자신감이 마하마의 마음을 어둡게 했다. 나중에서야 마하마는 왕자 앞에서 아버지에게 충고했던 행위를 후회했다.

왕자 앞이었기에 아버지가 더욱더 호언장담한 것이 아닌가 싶었다. 왕자는 라쉬의 장담을 듣고만 있다가 말했다.

"나는 곧 떠날 것이오. 그대의 승리를 믿어 의심치 않소. 승리의 봉화가 켜지는 것을 보고 가지 못해 아쉬울 뿐이오."

왕자의 일행은 라쉬의 배웅을 받으며 곧 수도 마하사라마를 향해 출발했다. 출발 직후 아비뉴아는 경호 책임자인 크샤트리아 모호메아를 불렀다.

"명령한다. 두 달 뒤 그믐날까지 왕성에 도착하지 못한다면 너의 목을 치겠다."

모호메아가 놀라 이유를 묻자 왕자는 대답했다.

"나는 이노아의 왕으로부터 직접 사라마유에 대한 선전포고를 들었다. 지금부터 국경에서 벌어질 전투는 문제가 되지 않는다. 이 전투는 앞으로 일어날 대전쟁의 시작에 불과하니 한시바삐 왕에게 이노아의 선전포고를 전해야 한다. 아쉬바메다 또한 얼마 남지 않았다."

모호메아는 이 설명에 납득하고 부하들을 재촉하기 위해 물러났다. 그러나 아비뉴아의 옆에서 말머리를 함께하고 있는 마하마는 그 설명에 납득이 가지 않았다. 그는 어차피 아쉬바메다의 제물을 수도에 데려가야 하기 때문에 왕자 일행과 동행이 되었다. 제물 지킴이의 역할이 끝난 후에는 아비뉴아의 보좌를 맡게 될 예정이었다.

"아비뉴아 님, 이번 전투에 있어 우리에게 얼마의 승산이 있다고 보십니까?"

마하마는 단도직입적으로 물었고 왕자는 질책하듯 말했다.

"전투는 승산을 따지는 게 아니다. 당연히 우리가 이겨야 하지 않겠느냐. 그러나 적어도 새 왕이 통솔하는 이노아가 어느 정도의 힘을 갖추었는지 알 수 있는 탐색전이 될 것이다."

이 대답을 들은 마하마의 마음은 흐려졌다. 왕자는 이긴다고 말하지 않았다. 단지 이겨야 한다고 말하는 것이다.

'왜 이다지 불안한가. 이 몇 년간 사라마유는 이노아와의 전투에서 패한 일이 없다. 그러나 그것은 어디까지나 과거의 일일 뿐이다. 이노아는 과거의 이노아가 아니다. 늙은 왕이 죽고 젊은 왕이 등극했다. 혹시 아비뉴아 님은 이 전투에는 미련을 두지 않는 것이 아닐까.'

이렇게 생각하니 마음이 오싹해졌다. 마하마는 북쪽을 뒤돌아보며 인드라 신에게 전투의 승리와 아버지 라쉬의 안전을 기원했다. 아비뉴아는 마하마의 기도가 끝나기를 기다렸다가 조용히 말했다.

"서두르자."

모호메아가 대단한 기세로 서두르고 있어 둘만이 어느덧 뒤쳐져 있었다. 일행을 따르기 위해 속력을 내며 그들은 마슈데하를 떠났다.

라쉬는 일단 아비뉴아 왕자가 떠나자 홀가분해졌다. 그리 맘 편한 상황은 아니었다. 닷새 후 이노아 군이 마슈데하를 지났다는 소식이 들려왔다. 그리고 사흘 만에 선전포고를 알리는 적의 사절이 도착했다. 라쉬는 지겨운 얼굴로 이노아의 사절들을 맞이했다.

"이노프와 왕에게는 백 명이 넘는 아들들이 있는데 그들은 하루가 멀다 하고 사라마유에 싸움을 걸어대지. 그들이 사절을 보내 전하는 말은 언제나 같다. 시작은 언제나 다마코 왕국을 쓰러뜨린 위대한 이노프와 왕에 대한 찬양과 수십 년 전 동맹을 깨고 다마코의 영토를 차지해버린 라바 왕에 대한 비난이다. 끝은 항상 이제 자신이 아버지의 분노를 대신 전하겠다는 내용이다. 나는 이제 지겨워서 더는 들을 수 없다. 좀더 새로운 선전포고는 들을 수는 없단 말이냐. 그럴 수만 있다면 나는 소원이 없겠다."

선전포고를 하기 위해 온 이노아의 사절을 맞이할 때면 라쉬가 으레 주위의 측근들에게 하는 말이었다.

그러나 이번에 새로운 이노아의 왕 아즈나가 보낸 사절은 간단하고도 명료했다. 사절은 정식으로 이노프와 왕의 죽음을 알리고 이노아 군은 곧 사라마유의 수도 마하사라마에 진군할 테니 막아볼 테면 막아보라는 것이었다. 바라던 대로 신선한 선전포고를 들은 셈이었지만 라쉬는 대노하여 군대를 정비했다.

다음날 마슈데하의 남쪽 끝자락에서 시작하여 남북으로 길게 펼쳐진 평원에서 전투가 시작되었다. 라쉬는 삼만의 군사를 초승달 형태로 배치시켰다. 일만의 기병을 둘로 나누어 양쪽 끝에 포진시켰고 중심은 궁수부대를 앞세운 보병을 세웠다.

'적의 수는 우리보다 적다. 분산시키면 불리할 것을 알 테니 밀집시키는 편을 택할 것이다. 그러면 우리는 초승진으로 이노아 군을 조여들어가면 된다.'

이것이 라쉬의 판단이었으나 그의 판단은 크게 빗나갔다. 이노아 군은 두 군단으로 나뉘어 동과 서에서 각각 포위하여 공격해오기 시작했던 것이다.

만 명이나 되는 이노아 군 전부가 기병이었던 것이다. 그들이 달려오는 소리가 마슈데하를 울렸다. 사라마유 군이 어찌 손쓸 사이도 없이 이노아의 기병은 빠르게 이동하여 사라마유의 후미부터 공격하기 시작했다. 전방에 있던 궁수부대가 후방으로 오기 전에 사라마유의 보병은 큰 손실을 입었다. 그뿐만이 아니었다. 원래 초승진의 중심에는 가장 약한 군사들이 배치된다. 전투중 중앙의 군사들은 후퇴하고 양쪽의 군사들은 전진하여 적을 포위하는 것이 초승진을 사용하는 전술인 것이다. 사라마유의 후미를 장악한 이노아 군은 빠른 기동력을 살려 북으로 진격하며 가장 취약한 초승진의 중심부터 공격하기 시작했다. 그들은 두어 시간 만에 초승진을 찢어놓는 데 성공했다.

사라마유 군은 초승진으로 이노아 군을 포위할 생각이었지만 정작 형세는 완전히 거꾸로 돌아갔다. 사라마유의 군사는 둘로 나뉘어져 이노아 군에게 포위당한 채 세찬 공격을 받게 되었다.

라쉬는 진의 서쪽에 있었다. 일이 이렇게 되자 그는 분노와 공포에 하얗게 질린 채 외쳤다.

"원형으로 뭉쳐라! 코끼리들은 어디 있느냐? 그들을 어서 남쪽으로 보내라."

마침내 코끼리 부대가 와서 이노아의 기병들을 짓밟기 시작했다. 이 무시무시한 코끼리들의 앞을 막을 수 있는 건 아무것도 없다. 전차는 깨지고 말들은 죽어나갔다. 평소에는 그토록 순한 짐승들이건만 일단 발광하기 시작하면 누구도 그 앞에 대적할 수 없었다. 코끼리 부대에게 피해를 입은 것은 이노아 군만이 아니었다. 코끼리들은 북에서 남으로 이동하며 사라마유의 보병들 또한 짓밟아 뭉개버렸다.

이노아의 기병들은 코끼리 부대를 맞자 일단 물러났다. 후퇴하는 것처럼 보였으나 사실 시간을 끌려는 속셈이었다. 동쪽에 있는 사라마유 군에게는 코끼리 부대도 총사령관 라쉬의 지휘도 없었다. 그들은 우왕좌왕하다가 이노아 군의 말발굽 아래 짓밟혔고 일단 기선을 제압 당하자 사정없이 무너지기 시작했다. 진열은 흩어졌고 보병인 노예들은 도망갔다.

서쪽의 사라마유 군이 코끼리 부대를 앞세우고 어느 정도 진열을 가다듬었을 때 동쪽의 군사는 완전히 패한 이후였다. 일이 이쯤 되자 라쉬는 분노로 이성을 잃고 이노아의 왕을 찾아 전장을 헤매었다.

"아즈나 왕은 어디 있느냐? 내가 너의 목을 베어주마!"

그의 말에 화답이라도 하듯 이노아의 왕 아즈나가 시체의 산을 넘어 동쪽에서 나타났다. 라쉬는 상대의 전차 위에서 휘날리는 왕의 깃발을 발견하고 상처 입은 맹수처럼 울부짖었다.

"네가 이노아의 새로운 왕이더냐! 이 젖비린내 나는 애송이 놈!"

그때 오른편에서 이노아 장수의 전차 하나가 불쑥 나타나 라쉬에게 활을 쏘기 시작했다. 라쉬에게 활을 겨누려던 아즈나는 라쉬를 그에게 맡기고 코끼리들이 미쳐 날뛰는 곳으로 전차의 방향을 돌려버렸다.

아즈나는 시선을 마하라자라는 이름의 코끼리에 돌리고 있었다. 코끼리는 몸에 수십 대의 화살을 맞고도 쓰러지지 않고 크게 울부짖으며 궁수들을 짓밟고 있었다. 아즈나는 세 대의 화살로 먼저 코끼리의 보호장구를 깨어버렸다. 다음 창을 던지니 이 거대한 짐승은 결국 땅에 쓰러졌다.

한편 라쉬는 적의 왕을 눈앞에 두는 터에 한낱 장수 따위는 상대하지 않으려 했다. 그러나 그가 누구인지 알았을 때 그는 새로운 노여움에 불타고 말았다.

"너더냐, 스카마! 그래, 내 너부터 죽여주마!"

그 장수는 라쉬가 이전의 전투에서 몇 번이나 만났던 상대였다. 라쉬의 아들들 중 하나가 그의 손에 죽은지라 라쉬는 결단코 그만은 자신의 손으로 죽이겠다고 맹세한 바가 있었다.

격렬한 싸움이 펼쳐졌다. 라쉬는 뛰어난 용사였으나 깊은 증오와 전투의 패배로 마음이 어지러웠다. 그에 반해 스카마는 강할 뿐 아니라 대단히 냉철했다. 그는 교묘히 활을 쏘아 라쉬의 전차사와 말부터 죽여 없앴다. 그 후 기동력이 사라진 라쉬의 주위를 돌며 공격할 기회를 노렸다. 마침내 라쉬는 그의 화살에 죽어 쓰러졌다.

그의 죽음과 동시에 이노아는 승리를 알리는 고동을 불었다. 남은 사라마유의 장수들은 완전히 기가 꺾여 도망쳤다. 전투는 이노아의 대승으로 끝을 맞았다.

이노아로서는 실로 오랜만에 맞은 벅찬 승리였다. 이노아 인들은 승리의 환희에 젖어 눈물을 흘렸다. 이 전투에는 죽은 이노프와 왕의 가호가 있었으리라. 이제 우리는 신의 축복을 받은 새로운 왕을 맞이했다. 이노아는 이제 두 번 다시 패배를 맞지 않으리라.

왕에 대한 함성이 울려 퍼졌다. 이 승리로 말미암아 이노아와 사라마유, 두 나라의 역사는 새로운 국면을 맞이하게 되었다.


한편, 마하마는 왕자 일행과 수도를 향해 떠나면서도 마슈데하에서 벌어질 전투가 염려되어 견딜 수가 없었다. 밤이 되면 그는 틈틈이 높은 지대에 올라가서 멀리서 전투의 승패를 알리는 봉화 불빛을 살피곤 했다.

마침내 열흘째 되는 날 그는 봉화의 불빛을 발견하고 마음을 찢기는 듯한 깊은 슬픔을 느꼈다. 밤하늘을 밝히는 봉화의 수는 전투에서 아군이 전멸했음을 알리는 내용이었다. 그는 즉시 이 사실을 왕자에게 가서 알렸다. 왕자는 이 소식을 듣자 얼굴이 굳어졌다.

"그렇군, 라쉬의 군이 전멸했구나."

이 한마디를 던져놓고 아비뉴아는 깊은 생각에 잠겼다. 이노아 군은 마슈데하 일대의 수천 마리 소 떼를 전리품으로 약탈한 후 자기네 수도로 돌아갈 것이다.

'문제는 그들이 다시 내려오는 그 순간이다.'

마하마는 슬픔에 잠긴 채 물었다.

"이를 예상하셨습니까?"

아비뉴아는 침묵하다가 대답했다.

"그가 왕이 된 이상 이노아가 전과 같지 않으리라 예상은 했다. 그는 언제고 나를 죽이러 올 것이다. 또한 나도 그를 죽이러 갈 것이고. 네 아버지 일은 안되었다. 비록 패했으나 그는 나름대로 자신의 소임은 다했다. 사라마유는 이제부터 이 패배를 기점으로 새롭게 이노아를 볼 수 있게 되겠지."

왕자가 패한 장수에 대해 이렇게까지 말하는 것은 자신을 위로하기 위함임을 마하마는 잘 알고 있었다. 그는 슬픔을 참고 그 자리에서 물러났다.

이후 왕자의 일행은 패배를 알리는 사절단처럼 되어버렸다. 경호책임자인 모호메아는 이제 목이 달아날까 두려워서가 아닌, 북쪽의 이노아 군이 무서워 귀경을 서둘렀다. 왕자의 일행은 한 달 만에 사라마유의 왕성에 도착했다.

왕성에서는 왕 중의 왕 이유시크가 하루하루 아들을 기다리고 있었다. 그러나 그는 아들이 벌써 돌아왔다는 소식에 매우 놀랐다. 아들의 귀가는 예정보다 거의 한 달이 일렀다. 아직 왕자의 환영식 준비가 시작조차 되지 않은 터였다.

'깃발도 화환도 준비되지 않은 수도에 이리 급하게 돌아오다니.'

어쨌든 왕은 친히 아들을 마중나갔다. 아비뉴아는 자신이 되돌아왔음을 신에게 고하고 호수에서 목욕을 하였다. 그가 목욕을 마치고 나왔을 때 아버지가 그를 맞았다. 햇살이 부자의 머리 위를 따스하게 내리쬐는 가운데 그들은 재회의 기쁨을 누렸다.

"여행은 어떠했느냐, 아비뉴아?"

이유시크는 인자하게 말했다. 그는 아들의 즐거운 경험담을 기대했으나 아비뉴아는 짧은 인사의 말을 끝내자마자 최악의 소식을 아버지에게 전했다.

"아버님, 삼만의 군사로 국경을 수비하던 라쉬가 대패하였습니다. 이노아의 새로운 왕 아즈나에게요!"

아즈나의 이름이 아비뉴아의 입에 오른 순간 왕 중의 왕 이유시크의 안색이 변하였다. 왕은 아즈나를 너무나도 생생히 기억하고 있었다. 삼 년 전, 그 소년은 아비뉴아를 거의 죽음의 문턱까지 끌고 간 것도 모자라 감히 자신의 가슴에 화살을 겨누었다. 지금도 그때의 분노로 잠을 설칠 정도가 아닌가.

"그가 왕이 되었다 했느냐? 라쉬의 군사가 그에게 패했다고?"

아비뉴아는 조용히 대답했다.

"네, 그가 왕이 되었습니다. 그리고 저는 그에게서 직접 사라마유에 대한 선전포고를 들었습니다. 그는 이 전투를 시작으로 사라마유를 침공할 것입니다. 올해 안에 이노아의 대군이 마하사라마로 올 것입니다. 곧 대전쟁이 일어납니다."

이 소식은 이유시크 왕의 분노를 자아내기에 충분한 것이었다. 그는 휙 돌아서서 북쪽 하늘을 노려보다가 냉엄하게 말했다.

"그들이 온다면 오라고 하여라. 우리는 이곳 마하사라마에서 그들을 물리치면 되는 것이다."

"그럴 수 없습니다."

"어째서?"

"이노아뿐 아니라 사라마유에 적대감을 갖고 있는 다른 나라들도 문제입니다. 이노아는 그들의 도움을 얻어 사라마유의 수도를 포위할 수 있습니다. 그렇게 되면 우리는 고립되어 패할 가능성이 큽니다."

이 대답은 왕의 마음을 크게 흔들었다. 왕은 마음을 가라앉히기 위해 잠시 손을 뻗어 태양을 향해 기도를 올렸다. 기도를 마치고 왕은 단언했다.

"아비뉴아, 국경 전투에서 패한 것은 그리 엄청난 손실이 아니다. 이노아가 우리에게 덤벼들 것은 자명하나 다른 나라들이 그와 동맹을 맺으리라는 보장은 어디에도 없다. 아마도 너는 탄타마사를 생각하는 것이겠지. 어찌 되든 우리도 전쟁 준비를 해야 할 것이다. 우리는 최소한 이십만 이상의 대군을 모을 수 있다."

아비뉴아는 잠시 침묵을 지키며 생각에 잠겼다.

거대한 리무 강은 대륙을 가르고 사라마유는 그 중 동편에 위치해 있다. 리무의 동쪽에 위치한 나라들 중 이노아 외에는 사라마유에 감히 대항할 나라가 없다. 그러나 강을 건너면 충분히 큰 세력을 갖춘 나라들이 여럿 있다. 스얌바라, 탄타마사, 하바라, 수나 등이 그들이다. 그러나 그들 중 사라마유에 대항할 배짱을 갖춘 나라는 탄타마사뿐이리라. 스얌바라는 영토는 넓으나 무력이 약하다. 하바라는 사라마유에 절대적인 우호를 맹세했고 수나는 타국의 일에 관심이 없다. 결국 리무 공주를 사라마유에 인질로 보낸 탄타마사밖에 없는 것이다.

리무 강 주위에는 이외에도 수백, 어쩌면 수천에 이를 수많은 나라들이 있다. 큰 마을 하나가 영토의 전부인 나라들도 얼마든지 있다. 그러나 이들은 세력이 작고 힘을 통합하기 어렵다. 적어도 몇 년 정도의 단시일로는 어림없는 일이다.

자, 어떻게 해야 좋을까. 북으로 인접한 이노아는 얼마 안 있어 물밀듯 쳐들어올 것이다. 그리고 강 건너 서쪽에서는 분명 그 여섯 형제들이 이노아와 동맹을 맺어 사라마유로 쳐들어올 것이다.

아비뉴아는 입을 열었다.

"일이 일어난 후에는 늦습니다. 이제 우리는 확실한 정보가 들어왔을 때 바로 움직일 수 있는 칼 같은 판단이 필요합니다. 그 판단은 아버님께서 내리셔야 합니다. 아버님, 탄타마사는 충분히 우리에게 싸움을 걸 능력을 갖춘 대국입니다. 그 나라를 주시하여야 합니다."

왕은 아들의 얼굴을 보았다. 어린 아들을 무릎 위에 앉히던 기억을 떠올리며 그는 시간이 어쩌면 이리도 빠르게 지나간 것일까 생각했다.

"너는 그와 삼 년 후를 약속했더냐?"

"네, 바산타의 계절로 이미 접어들었습니다."

"나 역시 비슈누의 아스트라를 내게 겨누었던 그 소년을 잊은 것은 아니다."

왕은 하늘을 바라보며 길게 한숨을 쉬었다.

"옛 생각이 나는구나. 나도 이노프와의 아들과 싸운 적이 있었다. 그의 아들 중 특히 뛰어난 하나가 나의 아버지 라바 왕을 비롯하여 모든 형제들을 죽였지. 그리고 나는 그를 죽였다."

아비뉴아는 묵묵히 있다가 천천히 말을 꺼냈다. 자신은 이 말을 하여 어쩌면 아버지의 노여움을 사리라.

"아버님, 우리는…… 이 수도를 떠나야 할지도 모릅니다."

이유시크는 처음에는 할말을 찾지 못해 침묵한 채 아들의 얼굴을 지그시 바라보았다.

"……무슨 소리냐?"

"우리는 적들이 마하사라마를 포위하게 두어서는 안 됩니다. 사라마유가 몇만의 군사를 모으던, 적들이 몇만의 군사로 쳐들어오건 간에 말입니다. 일단 마하사라마를 포위당하면 사라마유는 오랜 시간을 거쳐 생기가 마르게 될 것입니다. 제 판단으로는 시기를 놓치지 않고 이동하여 적을 무찌르는 일이 사라마유가 살 길입니다."

"적들이 이곳까지 오기 전까지 싸우자는 말이냐? 그러나 적들이 여러 갈래로 올 것을 생각하면 그리 할 수 없다. 이 수도를 지키는 데만 적어도 오만의 군사가 필요하다. 병력을 여러 갈래로 나눈다면 전투에 지장이 생긴다."

아비뉴아는 드디어 마음속에 든 생각을 입 밖에 내었다.

"마하사라마를 버린다면요?"

이번에야말로 이유시크 왕은 크게 놀랐다. 처음으로 이유시크는 아버지가 아닌 왕의 얼굴이 되어 아들을 보게 되었다.

"무슨 말을 하는 것이냐?"

아비뉴아는 무릎을 꿇고 두 번 절한 후 입을 열었다.

"저 역시 그리 되지 않기를 절실히 바라고 있습니다. 그러나 적들이 마하사라마를 포위하려 전진해오는 순간이 온다면 그리 할 수밖에 없을 것입니다."

이유시크 왕은 한참 동안 꿇어 엎드린 아들을 내려다보았다. 무거운 침묵이 부자 사이를 감쌌다. 왕은 한참 만에야 굳은 얼굴로 입을 열었다.

"지금 네가 한 말을 잊어라, 아비뉴아."

아비뉴아는 조용히 대꾸했다.

“네.”

“이제부터 전쟁이 시작되고 끝날 때까지 열릴 모든 전략회의에서 너의 발언을 금한다. 알았느냐?”

“네.”

왕은 이걸로 대화를 마치려 했다. 그러나 아비뉴아에게는 아버지에게 말하지 않으면 안 되는 것이 한 가지 더 있었다. 왕이 노여움을 눌러 참고 있다는 사실을 아나 지금 말해야만 하는 일이었다.

“아버님, 청할 게 하나 있습니다. 이는 반드시 아버지께서 들어주셔야만 하는 것입니다.”

왕은 딱딱한 목소리로 말했다.

“말해보아라.”

아비뉴아는 다시 한번 절하고 고하였다.

“탄타마사의 왕녀 리무를 고국으로 돌려보내주십시오.”

이 말에 왕은 화를 내려다 그만두고 대신 이렇게 말했다.

“공주를 돌려보내면 탄타마사가 기뻐 절이라도 할 듯싶으냐? 아비뉴아, 탄타마사가 정말 사라마유에 대항하려 든다면 공주가 어디에 있든 전쟁은 일어날 것이다. 리무 공주가 살든 죽든 상관없다. 다만 공주는 탄타마사 왕실의 외동딸이고 혼기에 접어든 나이니 그만한 가치는 있겠지.”

왕의 말투가 조금 부드러워졌다.

“말해봐라, 아비뉴아. 너는 어릴 적부터 리무 공주와 가까웠지. 네가 원한다면 공주를 가져도 좋다.”

아비뉴아는 그제서야 일어섰다.

“아닙니다, 아버님. 제가 원하는 것은 그녀가 고국으로 돌아가는 것입니다. 간절히 부탁드립니다. 부디, 그녀를 돌려보내주십시오.”

아비뉴아가 이처럼 이유시크 왕에게 무언가를 간절히 부탁하는 일은 처음이었다. 왕도 그 사실을 알았다. 문득 어떤 생각이 떠올라 왕의 마음을 무겁게 했다.

'이 아이는 다 자랐다. 강하고 현명하며 다정하다. 내가 아비뉴아를 위해 한 일이 모두 다 옳았던가? 옳지 않은 일은 없었을까? 이 아이가 나에게 손을 뻗은 순간 난 그에게 모든 것을 주리라 생각했다. 리무의 권위를 포함하여 그 모든 것을…… 그러나 어쩌면 내가 한 일들의 일부는 이 아이의 다정한 마음에 상처를 주는 괜한 일들이 아니었을까?'

예전에 아내 소마사 왕비가 했던 말이 갑자기 떠올랐다. 그러나 왕은 고개를 흔들어 공연한 생각들을 지웠다.

'아비뉴아는 내가 생각하는 것보다 훨씬 더 리무 공주에게 마음을 주고 있구나. 그래, 그뿐이다.'

왕 중의 왕은 승낙했다.

"알았다. 네 생각이 옳을 수도 그를 수도 있다. 나는 볼모를 잡는 편이 우세하다고 믿는 왕이었다. 그러나 너는 손을 내밀어 화해하는 편을 택하는 왕이 될지도 모르지. 공주를 돌려보내도 좋다. 그러나 반드시 그것이 네게서 나온 생각임을 탄타마사에 알려라. 명을 내려두겠다."

이로써 부자의 대화는 끝났다. 그들은 나란히 왕궁으로 돌아왔고 아비뉴아는 곧장 어머니를 만나기 위해 내궁으로 향했다. 소마사 왕비는 오랜만에 돌아온 아들을 보고 크게 기뻐하였다.

"어서 오려무나, 아비뉴아. 그러나 웬일로 이리 일찍 도착했더냐? 환영 인파가 준비되기도 전에 왕성에 돌아오다니."

아비뉴아는 인사를 올리고 어머니와 재회의 기쁨을 나누었다. 소마사 왕비는 아들이 뭔가를 매우 서두르고 있음을 알고 이상히 여겼다. 아니나 다를까, 아들은 곧 입을 열었다.

"어머니, 부탁이 있습니다. 리무 공주를 이곳으로 불러주시지 않으시겠습니까?"

그리고 그는 아버지와 나눈 이야기 중 일부를 어머니에게 들려주었다. 소마사 왕비는 국경에서의 패배 소식을 듣고 얼굴에 우려의 빛을 띠었다. 그러나 그다지 염려하는 것은 아니었다. 그녀는 지금보다 훨씬 젊었을 때부터 이보다 위급한 소식을 수없이 들어왔던 것이다. 하지만 아비뉴아가 왕에게 내놓은 이야기의 전모를 들었다면 상당히 놀랐을 것이다.

"라쉬의 군대가 패했다니 참으로 애통한 일이구나. 또 리무 공주를 보내다니, 공주를 위해서는 참으로 좋은 일이다. 그렇다만……."

소마사 왕비는 고개를 절레절레 흔들었다.

"아비뉴아, 공주를 꼭 보내야 하느냐? 만일 네가 좋다면 내가 너를 위해 힘써볼 일이 있을 텐데."

그러나 아비뉴아는 가볍게 웃으며 고개를 저었다.

"리무 공주의 스바얌바라는 그녀의 어머니가 주선할 일이지요. 그렇다고 제가 그녀의 스바얌바라에 참석하지 않을 거란 이야기는 아닙니다."

왕비는 애정과 걱정이 어우러진 표정으로 아들을 보다가 시녀를 불러 리무 공주를 데려오라 일렀다.

잠시 후 리무가 도착하여 인사했다. 과연 아비뉴아도 오랜만에 리무를 만나자 쉽게 입을 열지 못했다.

삼 년 새 리무는 사슴처럼 부드러운 눈에 활짝 핀 연꽃같이 아름다운 아가씨로 자라 있었다. 빼어난 아름다움은 아니었지만 타고난

기품과 정감 어린 다정함이 그녀를 더욱 돋보이게 했다. 소마사 왕비는 딸 같은 소녀를 보며 흐뭇해하면서도 아쉬운 한숨을 쉬었다.

'잠시 보낸다고 생각해야지. 결국은 이곳으로 돌아올 테니까.'

리무는 오랜만에 돌아온 친구를 향해 살포시 미소를 지으며 반겼으나 아비뉴아는 그 눈길을 피했다. 그는 갑자기 냉정한 어조로 입을 열었다.

"리무, 그가 돌아올 것입니다."

리무는 아비뉴아의 달라진 태도에 주춤했다. 그녀가 기억하는 아비뉴아는 예전의 그 하얀 고양이처럼 다정한 존재였다. 그러나 몇 달 만에 만난 그는 날이 선 칼날과도 같아 섣불리 손을 대다가는 베일 듯 느껴졌다.

"곧 당신의 사촌 형제들이 당신을 맞이하러 올 것 같으니 그전에 당신을 탄타마사에 돌려보내려 합니다. 당신은 돌아가서 그들에게 전해주십시오. 리무, 그대를 돌려줄 테니 리무 강을 건너지 말라고요. 만일 그들이 강을 건넌다면 그 한 걸음 한 걸음에 그들 형제들의 목이 하나씩 날아갈 것이라고 경고해주십시오."

여기까지 이야기하다가 아비뉴아는 고개를 들고 리무를 바라보았다. 이미 그의 눈에서는 아까와 같은 냉정함은 사라지고 없었다. 그의 눈은 예전처럼 다정했으나 어딘지 슬픈 빛을 띠고 있었다.

"리무, 아버지를 대신하여 내가 사죄하였다는 말도 전해주십시오. 그들에게 나를 믿어야 한다고 설득해주십시오. 그들이 이노아의 왕을 믿을 수 있다면 나 또한 믿을 수 있지 않을까요."

리무는 아비뉴아가 말한 바를 모두 알아들었다. 정중한 사과였으나, 또한 냉혹한 선포이기도 했다. 자신이 알고 있던 소년의 모습은 어느새 사라져 있었다.

리무는 일어서서 공손히 인사했다.

"고마워요, 아비뉴아. 나는 언제까지나 당신을 잊지 않겠습니다. 이곳에서 나는 매우 행복했습니다. 나는 탄타마사만큼 사라마유를 사랑하게 되었으니 모두가 만족할 수 있는 방법을 찾아보겠습니다."

아비뉴아는 리무를 보다가 눈길을 떨구었다.

"다시 만날 수 있겠지요. 돌아가서 준비하십시오. 당신은 곧 떠나게 될 것입니다. 서둘지 않으면 우기가 시작되기 전까지 탄타마사에 닿을 수 없습니다. 당신이 떠날 때 내가 배웅하겠습니다."

그것으로 대화는 끝이었다. 소마사 왕비는 아들의 입에서 나온 말에 놀라는 한편 안타까웠다.

리무는 소마사 왕비에게 인사하고 자신의 처소로 돌아갔다. 거처로 돌아가는 내내 그녀는 슬픈 기분이 되어 과거의 일들을 생각했다.

성인의 저주를 받아 고양이가 되었던 아비뉴아를 만났던 일, 무예 시합, 아즈나가 은도끼를 주었던 일, 카르타의 두 개의 머리를 가진 새의 이야기까지 머릿속에서 많은 기억들이 떠올랐다. 이제 그들은 더이상 어린아이가 될 수 없었고 그 천진하던 시절로 되돌아갈 수 없었다.

리무는 계속해서 씁쓸히 생각했다.

'그렇다면 왕이 된 아즈나는 어떻게 자랐을까?'

이유시크 왕은 아들과의 약속을 지켰다. 며칠 후 왕의 명이 정식으로 떨어졌다. 그에 따라 리무는 고국으로 돌아가게 되었다. 그녀를 사랑한 많은 사람들이 그녀의 떠남을 슬퍼하였다.

리무 또한 정든 사람들과 헤어지는 것을 슬퍼했다.

아쉬바메다가 열리던 날, 각계각층의 수많은 사람들이 마하사라마로 모여들었다. 그러나 리무는 그날 해가 뜨기 전 마하사라마를 떠났다. 몇 시간 후면 아쉬바메다라는 대규모 희생제로 떠들썩해질 도시였건만 리무의 일행이 떠날 때에는 아직 모두들 잠들어 있어 대로에도 지나가는 사람이 얼마 없고 고요했다. 아비뉴아는 약속대로 왕성 밖까지 리무를 배웅했다. 리무가 옛날처럼 친근하고도 다정하게 마지막으로 인사했다.

"안녕, 아비뉴아."

그리고 다시 허리를 굽혀 인사했다.

"다르마의 길이 언제나 그대와 함께하기를."

이때 아비뉴아는 갑자기 자신의 금목걸이를 풀어 리무의 목에 걸어주었다. 그것은 이유시크 왕이 그가 갓난아기 때 아들에게 선물한 것이었다. 소마사 왕비를 비롯한 어느 한 사람도 아비뉴아의 목걸이에 손대지 않아 아비뉴아는 그것이 원래 자신의 목에 있어야 하는 것인 양 생각하고 한 번도 풀어본 적이 없었다. 옆에 있던 마하마가 아비뉴아의 행동을 놀란 눈으로 지켜보았다. 사라마유 인인 마하마는 금목걸이를 선물하는 것이 어떤 의미인지 누구보다도 잘 알고 있었다.

"안녕, 리무."

아비뉴아는 조용히 인사하고 떠나는 리무의 뒷모습을 오랫동안 바라보았다. 리무도, 리무가 탄 하얀 코끼리도 태양이 떠오를 때쯤에는 이미 점이 되어 사라져버렸다. 그 순간만큼 아비뉴아가 후회했던 순간도 다시없었다. 참을 수 없는 슬픔과 그리움이 북받쳐 마음이 어두워졌다. 아비뉴아는 후회하고 또 후회했다. 어째서 그녀를 보내버렸을까. 어째서 그녀를 놓아버렸을까. 그러나 그녀는 사라마유를 떠나야 한다. 그것이 자신이 선택한 길이다.

아비뉴아는 스스로를 위로했다.

'그녀가 나를 떠난 거리만큼 나는 그녀와 더 가까워질 수 있는 거다. 그녀가 일생 이곳에 있는다면 나는 결코 정당하게 그녀를 가질 수 없어.'

아비뉴아는 또다른 사람을 떠올리며 생각했다.

'그러니 이제부터 그와 나는 같은 거리에서 시작하는 것이다.'

그는 북쪽으로 시선을 던지며 중얼거렸다.

"오너라, 아즈나."

동쪽의 하늘이 서서히 밝아오고 있었다. 도시 또한 동이 틈과 동시에 깨어나 대희생제 아쉬바메다의 열기에 서서히 휩싸여갔다.

리무 강의 이름이 타마사로 인위적으로 개명된 것은 벌써 수십 년 전의 일이다. 그러나 수많은 사람들이 여전히 이 강을 리무라 불렀고 세월조차 리무의 성스러운 이름을 바꾸지는 못했다. 마슈데하 전투에서 이노아가 승리한 후 사실상 타마사라는 이름은 완전히 사라졌다. 피의 전쟁을 막기 위해 인위적으로 개명된 이름은 깨지고 모든 나라들이 리무를 주목하기 시작했다.

이노아의 사신들은 리무 강 주위의 여러 나라를 돌며 이노아의 대승 소식을 전했다. 소문은 물결처럼 퍼져나가 모두가 새로운 왕 아즈나에 대해 알게 되었다. 삼 년 전 무예시합에 참석했던 모든 왕자들은 이 순간을 기다렸다는 듯 그들이 알고 있는 아즈나 왕의 용맹에 대해 주위 사람들에게 떠들어댔다. 그 묘사 속에서 아즈나는 인드라의 아들이 되었다가 야마의 아들이 되는 등 여러 신의 아들이 되었다. 가장 지배적인 설은 아즈나가 비슈누의 화신일 것이란 설이 었다. 그렇지 않고서는 누가 열네 살의 나이에 비슈누의 아스트라를 쓸 수 있었겠냐고 사람들은 떠들어댔다.

나르 왕국의 아쇼카 왕자는 전부터 사라마유 왕국을 매우 증오했 는데 이노아의 대승 소식을 듣고 아즈나 왕에게 매료되고 말았다. 그는 부왕에게 이노아를 도와야 한다고 극구 주장하기 시작했다.

"그와 같은 왕을 돕지 않는다면 누구를 돕겠습니까? 그는 신의 아 들입니다. 그 무기력했던 이노프아 왕의 아들이 아닙니다."

그러나 부왕은 아들의 성급함을 만류했다.

"아쇼카, 이노프아 왕이 젊었을 때 그가 얼마나 강하고 무서운 왕 이었는지 네가 아느냐? 그는 다마코의 수미마크 왕을 죽였다. 또한 그의 아들 중 강했던 자가 아즈나 한 사람뿐인 줄 아느냐? 우리는 좀 더 상황을 지켜보아야 한다."

대국 사라마유의 독보적인 움직임에 불안해하던 다른 왕국들도 나르의 왕과 대체적으로 같은 입장을 보이고 있었다. 여론이 조심스 럽게 이노아를 지지하는 방향으로 흐르긴 했으나 적극적으로 지지 하려는 세력은 거의 없었다. 모두가 아직은 흐름을 지켜보자는 생각 이었다.

'이노아가 새 왕을 얻어 새롭게 일어선 것은 잘된 일이다. 이유시 크 왕은 너무 야심이 커서 불안하다. 누가 나서서 그에게 대항해준 다면 그보다 더 좋은 일은 없지. 그러나 설불리 먼저 나서는 자는 이 유시크 왕의 노여움을 입고 어떻게 될지 모르니 조심해야겠지.'

이노아 측에서는 여러 나라에서 이런 태도로 나올 것을 충분히 예 상하고 있었다. 이노아의 왕 아즈나는 여러 왕국들에게 군사 요청 같은 직접적인 조력은 꾀하려 하지 않았다.

"이노아에는 물자가 부족하다. 따라서 군사보다는 물자를 타국에게서 지원받는 것이 좋다."

히말라야와 이웃한 이노아는 리무 강 주위의 나라들 중 가장 북쪽에 위치하여 기후가 매우 추운 곳이었다. 수도를 기준으로 남쪽 지방은 그럭저럭 사람이 살 만하나 그보다 북쪽 영토에는 농사를 지을 수 없는 곳이 대부분이었다. 영토의 넓이에 비해 인구도 물자도 너무 적었다. 대전쟁을 치르기 위해서는 주변 나라의 조력이 절대적으로 필요했다. 이노아의 사절은 소식을 전하는 것에서 멈추지 않고 아즈나 왕이 좀더 적극적인 도움을 원한다는 뜻을 분명히 밝혔다.

결국 여러 나라에서 조심스러운 지원을 행하기 시작했다. 어디까지나 대외적으로는 아즈나 왕의 등극을 축하하기 위한 선물이었다. 각 나라에서는 백 대의 전차, 천 개의 활과 만 대의 화살, 오백여 필의 말 등을 이노아에 보냈다. 새로운 왕이 등극하면 선물을 보내는 것은 당연한 다르마이니 누가 그에 대해 뭐라고 말하겠는가.

리무 주위에 있는 수백의 나라들이 제각기 이노아에 호의를 표했다.

이노아가 가장 외교에 주의를 기울인 나라는 탄타마사였다. 아즈나 왕은 자신이 직접 탄타마사를 방문할 생각이었으나 사정이 여의치 못하자 결국 정중한 사절단을 세 차례 연이어 보냈다. 함께 동맹을 맺어 사라마유를 치자는 것이 그 골자였다.

사절을 맞이한 탄타마사 측에서는 즉각 답변을 보내지는 않았다. 타타마사 왕실에서는 조심스러운 논의가 계속되었다. 이노아와 탄타마사는 이제까지 별다른 교류가 있었던 것은 아니나 바꿔 말해 특별한 반목이 있었던 것도 아니었다. 게다가 그들에게는 사라마유라는 공통의 적이 있는 셈이었다. 탄타마사는 리무 왕녀를 볼모로 보낸 이후 사라마유와 극히 사이가 좋지 않았다.

이노아에서 세번째의 사절이 도착할 무렵 탄타마사의 대신들 사이에서 중의가 모아졌다. 그들은 아두르타자스 왕에게 이렇게 전언했다.

"왕이시여, 이 기회를 놓치셔서는 안 됩니다. 사라마유의 세력이 날로 커져 리무의 나라들을 위협하니 이 기회에 이노아와 손을 잡고 함께 사라마유를 치는 것이 좋을 듯합니다. 이노아 혼자 사라마유에 대적하게 방치할 수 없습니다. 이유시크 왕은 이노아를 친 다음에 반드시 탄타마사를 표적으로 삼을 것입니다. 승산이 있을 때 동맹을 맺어 싸워야 합니다."

왕도 이 생각에 동의하였으나 그가 쉽사리 결정을 내리지 못한 이유는 뭐니뭐니해도 딸 리무에 대한 걱정 때문이었다. 리무가 사라마유에 있으니 전쟁을 일으킨다면 그녀가 위험에 처할 것은 뻔한 일이었다.

왕이 마음을 굳히지 못하는 가운데 회의가 계속되었다.

몹시 위험한 결정인지라 탄타마사의 여섯 형제들 사이에서도 쉽게 생각의 일치가 이루어지지 않았다. 항상 앞서서 의견을 내놓는 사바르니가 침묵했고 호전적인 마호다니 역시 머리를 흔들었다. 쌍둥이들은 태어나서 처음으로 상반된 의견을 내놓았다. 다나는 이노아와 손잡을 것을 주장했다.

"이 일에 탄타마사의 존망이 달려 있어. 이번 기회를 놓친다면 기회는 두 번 다시 오지 않을 거야."

그러나 아반티는 반대했다.

"이노아와 손잡는 일은 몇 년을 더 두고 보는 것이 좋아. 리무의 일도 있으니 쉽사리 결정할 수 없어."

그러던 하루 여섯 형제들의 맏이이자 탄타마사의 왕세자 잔드라는 밤에 누이 리무 공주의 꿈을 꾸었다. 그는 꿈에서 깨어난 후 괴로워하며 이리저리 생각하다 결국 새벽녘에 마음을 굳혔다. 그는 아침이 밝자 곧장 형제들을 모아놓고 자신의 뜻을 밝혔다.

"일에는 시기가 있는데 나는 지금이 바로 그때라는 느낌이 온다. 우리는 탄타마사의 존망을 가장 중요시해야 하고 지금 이노아와 손을 잡는 것만이 탄타마사가 살 길이다."

그러자 막내는 참지 못하고 맏형을 정면으로 비난하고 나섰다.

"너무 위험해. 누나가 사라마유에 있다는 사실을 뻔히 알면서 이유시크 왕과 대적하겠다고? 우리가 했던 맹세는 누나를 무사히 되돌려 받겠다는 것이 아니었던가. 누나가 죽든지 말든지 상관이 없는 거야?"

잔드라는 막내 주제에 버릇없이 형에게 대든다고 날뛰는 마호다니를 말리며 아디토야에게 침착하게 말했다.

"아디토야, 나를 믿어라. 우리는 리무를 되돌려 받을 거다. 더이상 사라마유의 횡포를 참지 않기 위한 전쟁인 거다. 분명 리무가 위험해지겠지만 결국엔 무사히 우리에게 돌아올 거다. 이건 아즈나 왕이 약속한 것이다. 그는 사라마유에 볼모로 가 있는 우리의 사촌 누이 리무 공주를 아내로 원한다고 하였고 그녀에게서 태어난 아이로 이노아의 왕위를 이을 것이라 말했다. 우리는 언제든지 그녀의 안전을 최우선으로 할 것이다. 우리는 전쟁터에서 사라마유 왕족을 볼모로 잡아 리무와 교환할 수도 있다."

아디토야는 맏형의 말을 조금도 믿지 않았다. 사라마유 인 중에서 인질의 가치가 있는 사람은 이유시크 왕, 소마사 왕비, 아비뉴아 왕자 이렇게 셋뿐이다. 그 중 왕비를 포로로 하는 것은 전쟁에서 승리한 후에나 가능할 터이고 남은 것은 이유시크 왕과 아비뮤아 왕자뿐인데 그들을 생포하겠다고?

"그것이 가당키나 한 소리야? 도대체 누가 그들을 생포할 수 있는데?"

그러나 말해놓고 아디토야는 깨달았다. 그렇다. 탄타마사의 그 누구도 해낼 수 없는 일이지만, 아즈나 왕이라면 해낼 수 있을지도 모른다.

아디토야는 일단 입을 다물었고 다른 형제들은 맏이의 의견에 찬성했다. 그러나 그들 모두는 마음속으로 슬퍼하고 있었다.

잔드라는 바로 왕에게 나아가 진언했고 그의 발언이 왕의 마음을 굳게 만들었다. 아두르타자스 왕이 뜻을 정하자 탄타마사의 방향은 완전히 결정되었다. 이노아의 사절은 탄타마사에서 원하는 답변을 얻자 크게 기뻐하고 그 즉시 이번 전쟁에 대한 이노아측의 전략을 설명하기 시작했다. 아즈나 왕은 사절을 보낼 때 탄타마사가 동맹을 승낙하는 즉시 이노아의 전쟁 계획을 전하라고 미리 일러둔 바였다. 탄타마사 측에서는 이노아 사절의 입에서 준비된 전략이 술술 나오는 것을 보고 아즈나 왕의 용의주도함에 놀랐다.

전략에 관한 내용은 일단 사바르니가 들었다가 다음날 회의에서 왕과 대신들에게 설명했다.

"아즈나 왕의 전략은 이렇습니다. 이제 한 달 후 우기가 시작됩니다. 모든 준비가 이 우기 사이에 진행되어야 합니다. 석 달의 우기 동안 우리는 군사를 모으고 사신을 보내 주위 나라들의 조력을 구해야 합니다. 우기가 끝난 즉시 탄타마사와 이노아 양국에서 동시에 군사를 일으켜 사라마유의 수도를 포위합니다 이때 반년 이상의 장

기전을 각오해야 합니다. 이노아 측이 말하길 사라마유의 수도 마하사라마는 원래 요새 도시가 아니고 대륙 교통을 위하여 세워진 도시이니 물자의 보급을 끊고 고립시킨다면 아무리 길고 괴로운 시간이 지속된다 해도 결국 우리가 승리하게 될 것이라 했습니다.”

한 대신이 물었다.

“사라마유가 타국에게 도움을 얻을 가능성이 있지 않습니까?”

사바르니는 설명했다.

“그럴 가능성은 그리 크지 않으리라 봅니다. 타국의 설득 또한 우리가 해야 할 일 중에 하나입니다. 주위 나라들의 도움 없이 대국 사라마유를 쓰러뜨릴 수는 없습니다. 이유시크 왕은 원한을 산 곳도 많고 타국의 생존에 위협적이기에 승산은 우리에게 있다고 생각합니다.”

아두르타자스 왕이 물었다.

“그 말은 너 또한 그 계획에 찬성한다는 것이냐?”

사바르니는 대답했다.

“아즈나 왕의 전략이 지금으로서는 최상의 방법이라 생각됩니다. 다만 불안한 것은 탄타마사 군과 이노아 군의 호흡이 절대적으로 맞아야 한다는 것입니다. 조금이라도 시기가 엇갈리고 틈이 생길 경우 사라마유에서는 이 부분을 사정없이 공략할 것입니다.”

아두르타자스 왕은 이노아의 전략을 받아들일 것을 승낙했다. 이노아의 사신은 뜻한 목적을 모두 이루고 고국으로 돌아갔다. 그때부터 탄타마사의 전쟁 준비가 시작되었다. 탄타마사는 사돈국인 스얌바라를 비롯하여 친분이 있는 모든 나라들에게 조력을 구하는 사절을 보냈다.

시국은 바야흐로 탄타마사와 이노아의 동맹전으로 치닫고 있었다.

 그로부터 한 달 후 수라바나의 달에 접어들며 우기가 시작되었다. 이 계절에는 모든 사람들이 활동을 멈추고 집과 토지로 숨어든다. 폭우가 쏟아질 때는 보통 외출이 뜸해진다. 그러나 올해에는 좀 달랐다. 이 우기 사이에 각 나라의 사절들은 여러 나라를 바쁘게 오갔다.

 하루는 장대처럼 쏟아지는 비를 맞으며 탄타마사 왕국에 두 무리의 손님이 찾아들었다. 각기 사흘의 차이를 두고 찾아온 두 손님 중 하나는 탄타마사의 왕실에서 정식으로 초청한 손님이었다. 그러나 다른 하나는 전혀 예상치 못한 손님이었다.

 정식 손님은 탄타마사의 사돈국 스얌바라의 왕자 사나였다. 탄타마사에서는 이 손님을 맞이하기 위해 수도로 통하는 길목에 환영인파를 보내놓았다. 그러나 사나 왕자를 맞이하기 위해 보낸 축하인파들은 엉뚱하게 하바라 왕국의 데바누 왕자와 함께 돌아왔다. 이 손님을 두고 탄타마사는 고민에 빠졌다. 평소였다면 어디의 왕자든 기쁘게 손님으로 맞을 터였으나 지금은 시기가 좋지 않았다. 현재 탄타마사의 수도는 타국에게 보이기 꺼림칙한 것투성이다. 지금처럼 나라와 나라 사이에 미묘한 긴장감이 차 있을 때는 사절 하나가 오가는 것도 그리 용이한 일이 아니다.

 결국 아두르타자스 왕 대신 여섯 왕자들이 이 방문객의 접대에 나섰다. 셋째 왕자인 사바르니가 왕에게 이렇게 아뢰었던 것이다.

 "왕이시여, 저희는 데바누 왕자와 삼 년 전 무예시합에서 인사를 나눈 적이 있습니다. 그러나 전하께서는 그를 만나지 않는 편이 좋으리라 생각됩니다."

삼 년 전 그들은 모두 고만고만한 소년이었으나 지금은 달랐다. 첫째 잔드라는 왕세자가 되었고 둘째 마호다니는 탄타마사 최고의 용사가 되어 있었다. 셋째 사바르니는 예나 지금이나 탄타마사 제일 가는 지략가이고 넷째 다나와 다섯째 아반티는 형들의 날개와도 같았다. 여섯째 아디토야는 사바르니의 말을 빌자면 형들에게 반항도 할 줄 아는 놈이 되어 있었다.

그들과 만나게 된 데바누 역시 많이 달라져 있었다. 예전의 그는 무예에는 뛰어나나 우둔하게 보일 정도로 순진한 소년이었다. 그러나 하바라의 왕세자가 된 지금 데바누는 몹시도 신중한 눈을 하고 있었다. 하지만 의례적인 인사와 손님 접대의 의식이 끝난 후 여섯 형제들은 그의 근본적인 사람 됨됨이가 변하지 않았음을 알게 되었다. 그는 여전히 곧았다. 그런 만큼 그의 화술에는 속임수나 얼버무림이 없었다.

"제가 이곳에 온 까닭을 아시리라 믿습니다. 하바라에서는 사라마유에 기병 오천과 보병 일만오천을 지원하기로 하였습니다. 사라마유는 정식으로 하바라의 조력을 요구하였고 저희 측에서는 이유시크 왕의 청을 거절할 수 없었습니다. 현재 탄타마사도 군사를 모으는 중이겠지요. 하바라의 뜻을 전하러 왔습니다. 하바라는 중립을 지킬 수 없어 싸우는 것입니다. 이 사실을 탄타마사와 이노아에서 알아주기를 바라는 것이 저희 하바라의 입장입니다."

침묵을 지키는 잔드라 대신 사바르니가 나섰다. 의심이 많은 그는 데바누에 대해 마음 놓을 수 없다 생각했다. 하바라에서 심증만으로 탄타마사와 이노아의 동맹 여부를 떠보는 것일 수도 있지 않나 싶었던 것이다.

"그런 일이 있었습니까? 저희는 잘 모르는 일입니다. 백부님의 뜻을 확실히 들은 바 없으니까요."

그러자 데바누는 똑바로 사바르니를 바라보았다. 그 눈빛이 사바르니의 언동을 조심스럽게 만들었다.

"하바라와 탄타마사는 그동안 좋은 이웃이었습니다. 리무의 동편은 시끄러우나 서편은 언제나 조용했지요. 동쪽은 호전적인 인드라의 영토이나 서쪽은 질서를 유지하는 바르나의 영토라는 말이 돌 정도로 말입니다."

사바르니는 이렇게 대꾸할 수밖에 없었다.

"분명 그랬지요."

데바누는 말을 이었다.

"그러나 별다른 증거는 없습니다만 이제 탄타마사는 이노아와 함께 전쟁의 소용돌이를 주도하고 나섰다고 추측이 됩니다. 하지만 우리는 당신네를 이해합니다. 리무 공주를 볼모로 보낸 것을 잊을 수 없으시겠지요. 탄타마사가 이노아와 손을 잡았다는 사실은 사라마유의 사절이 저희 측에 알려온 정보입니다.

그래서 이야기하러 온 것입니다. 저희는 중립을 피할 수 없어서 사라마유에 군사를 보내는 것입니다. 하바라의 장수들은 본디 겁쟁이가 아니나 이번 전쟁에서는 겁쟁이가 될 것입니다. 날아오는 화살에 도망갈 것이고 고동 소리에 다투어 숨을 것입니다. 그리고 어느 쪽이든 대세가 결정되는 즉시 순응할 것입니다. 무슨 뜻인지 아시겠지요?"

데바누는 말을 맺고 조용히 한숨을 쉬었다.

"이제 저는 있는 사실 그대로를 듣고 싶습니다. 여러분들께서 말씀해주시는 것에 따라 저도 드릴 수 있는 정보가 있을 것입니다."

여섯 형제들은 잠시 눈짓으로 의사를 주고받았다. 그들 모두가 데바누의 말을 믿었다. 데바누는 본래 거짓말을 할 위인이 아니다.

결국 잔드라가 입을 열었다.

"당신 말씀대로입니다. 이제부터 당신은 우리의 적이 되겠지요. 그러나 우리는 당신을 무사히 하바라에 돌려보낼 것이고 그것이 우리의 답이 될 것입니다. 이노아는 아즈나 왕자가 왕으로 즉위하였습니다. 삼 년 전에 비슈누의 아스트라로 이유시크 왕을 겨누었던 바로 그 아즈나입니다. 그는 왕에 즉위하자마자 우리 측에 동맹을 제의하였고 그 제의는 우리에게 결코 나쁘지 않았습니다."

다음은 사바르니가 이어 말했다.

"당신을 믿고 말씀드리겠습니다. 사라마유에는 리무의 여섯 물줄기 중 사바르니가 흐르지요. 아즈나 왕은 이 사바르니를 중심으로 사라마유의 북쪽 영토는 이노아가 남쪽 영토는 탄타마사가 소유하기로 약속하였지요. 우리는 전쟁을 바라지 않았습니다. 그러나 사라마유의 이유시크 왕은 우리를 불안하게 만들었습니다. 남은 것은 믿음뿐이었지요. 저희는 이노아의 새로운 왕 아즈나를 믿기로 결정하였습니다."

이에 데바누의 얼굴이 창백해졌다.

"믿음인가요? 삼 년 전 나는 아즈나와 무예시합에서 맞붙었습니다. 그때 나는 그가 언제고 왕이 되리라 생각하였습니다. 그 시합에서 그의 뛰어난 재능이 나에게 질투와 시기가 무엇인지를 가르쳐주었지요. 그래서 지금 나는 이해할 수 있습니다. 왜 사람이 욕심을 내는지. 왜 모든 왕들이 라자수야의 권위를 그토록 탐하는지를. 모든 사람들의 마음속에 질투와 시기, 욕망이 있다는 사실 또한 알게 되었습니다."

데바누의 말에 모두들 잠시 묵묵히 침묵을 지켰다. 이윽고 데바누가 자신이 만들어놓은 침묵을 깼다.

"답해주십시오.. 여러분들께서는 아즈나 왕을 완전히 믿을 수 있습니까?"

잔드라가 냉담하게 말했다.

"아즈나 왕이 라자수야를 지내도 우리와는 상관없는 일입니다. 적어도 아즈나 왕은 리무의 권위까지는 탐하지 않을 테니까요. 먼저 탐할 수 없는 신의 권위를 탐한 것은 이유시크 왕이 아닙니까. 그는 우리의 누이까지 볼모로 데려갔습니다."

데바누는 침묵을 지키다 답했다.

"그랬지요. 사라마유를 두둔할 생각은 아니었습니다. 탄타마사가 이노아를 선택할 이유가 분명 충분합니다."

데바누와의 이야기는 이것으로 끝났다. 그가 일어서기 전 아디토야가 조심스럽게 물었다.

"형님은 찾으셨습니까?"

데바누는 사실 하바라의 둘째 왕자로 첫째 왕자 쟈나는 몇 년 전부터 실종 상태였다. 과거 무예시합 때 데바누는 형의 행방을 알기 위해 각 나라 왕자들의 거처를 돌기도 했다. 탄타마사의 형제들에게도 물으러 왔기에 아디토야는 데바누가 형을 몹시 그리워한다는 사실을 알고 있었다.

아디토야의 질문에 데바누는 잠시 대답을 못하다가 고개를 숙이며 나직이 대꾸했다.

"제가 왕세자가 되었습니다. 저는 몹시도 형을 사랑했습니다. 그러나 이제는 차라리 그가 죽었으면 합니다. 피를 나눈 형제간에도 이러하지요. 더욱이 나라와 나라가 진심으로 믿기란 정말로 어려운 일입니다."

아디토야는 아무 말도 못했다. 사절의 역할을 다한 즉시 데바누는 탄타마사를 떠났다.


스얌바라 왕국의 사나 왕자는 아두르타자스 왕이 직접 환대했다. 사나는 키가 매우 큰 왕자였다. 여섯 형제들과 삼 년 전 무예시합에서 만났을 때부터 키가 훤칠했는데 그 후로도 장대마냥 쑥쑥 자라 있었다. 사나 또한 무예시합에서 뛰어난 실력을 보여주었던 왕자였다. 비록 아디토야에게 지기는 했으나 그는 그 일로 오히려 아디토야와 사이가 가까워졌다.

사나를 맞이하러 보낸 환영 인파가 데바누 왕자를 맞이하는 실수를 했기에 사나 일행은 별다른 환영을 받지 못하고 탄타마사의 수도에 들어섰다. 이는 크게 예의에 어긋난 일이라 왕실 사람들은 사나 왕자에게 사과하기에 바빴다. 그러나 사나 본인은 털털한 성격이라 이를 신경쓰지 않았고 사과를 쾌히 받아들였다.

"그보다 좋지 못한 소식을 가져왔으니 들어주십시오."

사나는 스얌바라의 수르바늄 왕이 현재 위독하다는 전갈을 아두르타자스 왕에게 전했다. 어쩌면 자신이 탄타마사로 오는 사이에 불행한 일이 있었을지도 모른다는 소식이었다.

이 소식은 아두르타자스 왕과 바수 왕제에게 큰 충격을 주었다. 수르바늄 왕은 그들에게 있어 다정한 외조부였다. 그들은 스무 살 이상 나이 차이가 나는 어린 외사촌에게 다투어 위로의 말을 건넸으나 정작 사나 본인은 담담했다.

"할아버님께서는 충분히 오랫동안 행복한 삶을 누리셨지요. 저는 그보다 유감스러운 소식을 한 가지 더 전해야 합니다. 아두르타자스 형님께서는 스얌바라의 조력을 크게 기대하고 계셨을 것이나 불행

히도 현재 스얌바라에서는 왕위 다툼이 일어나 나라 사정이 매우 혼란합니다. 따라서 스얌바라 왕실에서 공식적으로 군사를 보내는 것은 불가능하게 되었습니다."

사나는 여기까지 말해 탄타마사의 모든 사람들을 실망시킨 다음 덧붙였다.

"그러나 너무 유감스러워 하진 마십시오. 저는 백부님으로부터 이천의 기병을 탄타마사에 보내주겠노라는 약속을 얻어 왔습니다. 이 군사는 아두르타자스 왕과 좋은 관계가 되길 원한다는 백부님의 뜻이시고 후에 어떤 일이 일어났을 경우 탄타마사의 도움을 원한다는 의미가 됩니다.

저는 아울러 보병 삼천을 보내겠다는 숙부님의 전갈 또한 함께 가지고 왔습니다. 그 전갈 역시 내용은 동일합니다. 우기가 끝난 후 이 군사들이 바로 탄타마사에 도착할 것입니다. 이러니저러니 해도 오천의 군사를 취하실수 있으실 테니 안심하십시오."

사나의 말을 끝까지 들은 후 아두르타자스 왕은 실망해야 좋을지 안심해야 좋을지 몰라 얼굴을 찡그렸다. 다른 탄타마사 인들도 약속이나 한 듯 얼굴을 찡그렸다.

나중에 마호다니는 이렇게 불평했다.

"골치 아픈 조력이다. 취하려니 찜찜하고 버리자니 아깝지 않은가."

그러나 사나는 태연했다. 그 자신이 스얌바라의 왕위 계승 다툼과 무관하지 않음에도 불구하고 그는 본국의 일에 무관심했다.

어전을 나와 여섯 형제들과 따로 만남을 가졌을 때 사나는 말했다.

"뭐, 숙부님 두 분 중 어느 한 분이 스얌바라의 왕위를 이으시겠지

요. 저희 아버지께서는 원래 크샤트리아라기보다 브라흐마나 같으
신 분이라서 정치보다는 신을 섬기는 일에 더 관심이 많으십니다.
이미 성자의 칭호 리쉬를 얻으신 분이니 왕위 계승과는 무관하게 되
셨지요.

저 역시 왕위에는 흥미가 없습니다. 제가 성미가 게으르다는 건
온 스얌바라가 다 아는 사실이지요. 이렇게 사절이 되어 심부름이나
다니는 게 맘이 편하답니다. 쉽게들 생각하십시오. 우선 쓸 수 있는
군사는 모조리 갖다 쓰시는 게 어떻습니까. 저는 탄타마사가 망하는
것은 결코 바라지 않습니다. 그랬다간 그 다음에 스얌바라가 벌집이
될 게 뻔하지 않습니까.”

잔드라가 권하는 음료를 한 모금 마시고 그 맛을 칭찬한 후 사나
는 말을 이었다.

“그러고 보니 탄타마사는 서쪽으로 수나와 이웃하지 않습니까. 수
나에는 도움을 구하지 않으셨습니까?”

이 질문에 다나가 대답했다.

“탄타마사는 수나와는 사이가 그리 좋지 않답니다. 전하께서는 수
와얌프라바 왕비님을 만나시기 전에 바리드와자라는 여인을 마음에
두신 일이 있지요. 그때 전하는 그 여인 앞에서 신분을 숨기고 사냥
꾼 행세를 하셨습니다. 그래서 그 여인은 전하가 탄타마사의 왕세자
라는 사실을 꿈에도 몰랐지요. 그 여인은 전하와 혼인을 약속하였는
데 수나의 왕에게서 구혼을 받자 마음을 바꿔 그의 왕비가 되었다고
합니다. 왜 아시지요? 마보이라는 이름의 왕자가 삼 년 전 무예시합
에 참석하지 않았습니까. 바로 그녀의 아들이랍니다.”

사나는 이 이야기를 듣고 크게 웃었다.

“그 왕자도 지금은 변했을까요? 그가 전차 위에서 울음을 터뜨리

던 일이 생생하네요."

마보이 왕자의 이야기로 분위기가 가벼워졌다. 이외에도 가벼운 주제의 이야기가 몇 차례 돌았다.

이윽고 잔드라는 큰 맘 먹고 사나에게 부탁했다.

"부디 탄타마사의 장수가 되어 싸워주시지 않겠습니까?"

사나는 고개를 갸웃거렸다.

"글쎄요. 생각은 해보겠습니다. 그런데 제가 그럴 마음이 들려면 탄타마사에 얼마 정도의 승산이 있는지부터 알아야겠지요."

사나는 살펴보는 시선으로 여섯 형제들을 바라보았다.

"여러분들께서 이노아를 그리 믿으시는 이유라도 있습니까? 물론 사라마유와 사이가 껄끄러운 것은 이해하나 이노아와 사라마유에 전쟁이 벌어질 때 사라마유를 원조하는 것도 한 방법이 될 텐데요."

마호다니는 어리둥절하여 사나가 뭘 잘못 먹었나 의심했다.

"그게 무슨 소리입니까. 이유시크 왕이 리무의 권위를 탐하는 건 세상이 다 아는데."

그러나 사나는 꿈쩍도 하지 않았다.

"어쨌든 탄타마사에서 사라마유를 원조한다면 이노아쯤이야 쉽게 무너질 테니 해본 말입니다. 말씀을 들어보니 탄타마사와 이노아의 결속은 꽤나 단단한 모양이군요. 아즈나 왕은 확실히 든든한 왕입니다. 그의 강함은 우리 모두가 직접 삼 년 전 자신의 눈으로 확인했으니까요."

사나는 마치 회유라도 하는 어조로 말을 이었다.

"그러나 이유시크 왕은 왕 중의 왕입니다. 대부분 다른 나라에서 사라마유를 원조하겠지요. 그는 적어도 이십만 정도의 대군을 모을 수 있을 것이고 사라마유 수도를 포위 공략하는 것은 매우 어려운 일이 될 것입니다. 승산이 있다고 보십니까?"

사바르니가 딱딱하게 대꾸했다.

"승산이 있습니다."

잔드라가 부드럽게 덧붙였다.

"그렇기에 당신의 조력을 구하는 것입니다. 부디 스얌바라에서 올 오천의 군사를 이끌어주십시오."

사나는 고개를 끄덕였다.

"네, 그러기로 하겠지요."

쉽게 대답이 나오자 여섯 형제들이 오히려 놀랐다. 쌍둥이들이 차례로 사나에게 과실과 음료를 권하며 기쁨을 표했다. 사나는 쾌히 받아들이며 이런 말을 덧붙였다.

"어찌되었거나 탄타마사와 이노아, 두 나라가 이리 굳게 결속했다는 것은 매우 재미있는 일입니다. 저였다면 사라마유를 믿어봤을지도 모르지요. 이유시크 왕이 언제까지 사라마유의 왕이란 보장은 없으니까요. 그의 아들 아비뉴아라면 한 번 믿어볼 만하지 않을까요. 아즈나 왕이 삼 년 전 사라마유를 탈출할 수 있었던 것은 아비뉴아가 약속을 지켰기 때문이 아닙니다."

마호다니는 못마땅한 표정을 지었다.

"이유시크 왕은 앞으로 족히 삼십 년은 더 살 겁니다. 그가 죽기를 제사나 지내며 기다리자는 말씀입니까?"

사나는 웃었는데 그 웃음의 의미가 모호했다.

"그도 맞는 말씀입니다."

열흘 후 사나는 사절의 임무를 마치고 본국으로 돌아갔다. 다음에 올 때는 오천의 군사와 함께이리라. 오천의 군사도 좋지만 여섯 형제들에게는 사나를 편으로 하게 된 것도 심히 마음 든든한 일이었다.

　이후의 나날들은 탄타마사에 있어 초조하고도 지루함의 연속이었
다. 장대 같은 비는 하루도 멈추지 않고 쏟아졌다.
　"난 이때만 되면 우기가 영원히 계속될 것 같은 느낌이 든다."
　마호다니는 불평하였으나 그가 뭐라 한다고 멈출 비가 아니었다.
그러나 기다림의 시간은 결국 끝을 맞이했다. 우기가 끝남과 거의
동시에 스얌바라에서 이천의 기병과 삼천의 보병이 도착했다. 조력
을 구한 다른 나라에서도 답이 왔다. 일부는 병사와 전쟁 물자를 보
냈고 일부는 특별히 어떤 보탬을 준 것은 아니나 전쟁의 승리를 기
원하는 정중한 회신을 보내왔다. 왕실에서 외국 사절을 접대하는 것
은 주로 사바르니의 일이었다. 다른 형제들은 그의 얼굴 표정만 보
아도 오늘 타국에서 어떤 회답이 왔는지를 알 수 있었다. 말뿐인 응
원으로는 사바르니를 감동시킬 수 없는 것이다.
　"실질적으로 도움이 되지 않으면 무슨 소용이 있지?"
　그러나 사라마유를 돕겠다고 하는 것보다는 낫기에 사바르니로서
도 불평만 할 수는 없었다. 어쨌든 사라마유를 치기 위한 군대는 전
부 마련되었다. 군사는 기병 이만에 보병 육만으로 총 팔만을 헤아
렸다. 용맹한 코끼리 부대도 갖추어졌고 충분한 전량과 그를 실을
수레들도 준비되었다. 남은 것은 군대의 편성였다. 탄타마사는 이를
의논하기 위해 회의를 열었다.
　원래 아두르타자스 왕은 직접 사라마유 원정에 나설 생각이었으
나 대신들은 왕이 수도를 비우는 것은 좋지 않다는 태도를 보였다.
탄타마사는 이노아와 달리 인접한 나라가 많아서 왕이 자리를 비우
지 않으시는 편이 좋다는 게 공통된 의견이었다.

왕 대신 왕세자 잔드라가 왕의 자리를 충분히 감당해낼 수 있다는 것이 대신들의 뜻이었다. 아두르타자스 왕은 대신들의 뜻을 받아들였고 왕제 바유도 수도에 남기로 했다.

삼일간 회의를 거듭한 끝에 군대는 다섯 군단으로 나뉘어지게 되었다. 각 군단에는 대략 오천의 기병과 만오천의 보병이 속하게 되었고 각 군단을 지휘할 책임자들도 정해졌다. 마호다니, 다나, 비루파티아, 파르슈바, 사나가 그들이었다.

왕세자 잔드라는 모든 군단의 총괄책임을 맡으며 개인적으로 오천 기병을 지휘하게 되었다. 사바르니는 때에 따라 유동성 있게 지휘 책임을 맡게 될 것이나 보통은 후방에서 전술을 연구하는 데 주력하기로 하였다. 아반티는 당연히 다나의 군단에 속하기를 원했다.

다나와 아반티 둘 중에 누구를 대장으로 할 것인지는 사실 정하기 힘든 문제였다. 그러나 아반티가 다나를 추천했고 마호다니도 이를 찬성했다. 이에 대해 사바르니는 반대는 하지 않았으나 별로 탐탁한 표정은 아니었다. 그러나 사실상 다나와 아반티는 함께 군대를 지휘하게 될 것이 자명했다. 이 쌍둥이들은 너무 닮아 누가 누구인지도 구별하기 힘들었다. 아디토야는 만형을 경호할 책임을 맡게 되었다.

모든 정비를 끝낸 탄타마사에서는 이제 이노아의 마지막 사절단이 도착하기를 기다리게 되었다. 그들은 예상보다 일찍 도착했다. 인원은 열 명 남짓으로 브라흐마나 청년 하나에 호위무사들이 여덟이었다. 나머지 한 명은 뜻밖에도 여덟 살 난 어린 소년이었다. 더욱 놀라운 일은 소년이 자신은 아즈나 왕의 명을 받은 정식 사절이라고 자랑스럽게 신분을 밝힌 것이었다.

그는 먼저 아두르타자스 왕에게 절하고 왕세자 잔드라에게 인사한 다음 아즈나 왕의 전갈을 외어 읊어주었다. 그의 어투며 말씨가지 자신의 군주와 너무도 흡사해 아즈나를 만난 일이 있던 여섯 형제들은 아즈나를 직접 대하는 듯한 놀라움을 느꼈다. 전갈의 중요한 내용은 다음과 같았다.

"우기가 끝남과 동시에 이노아 군은 사라마유의 왕성을 향해 진군을 시작할 것입니다. 두 달 후, 보름이 지기 전까지 탄타마사와 이노아는 마하사라마에 도착해 있어야만 합니다. 시기를 맞추는 것이 가장 중요한 일이니만치 단 하루라도 늦어지지 않아야 합니다."

전갈을 모두 들은 다음 아두르타자스는 어린 사신의 노고를 위로해 주었다.

형제들 중 하나가 왕에게 허락을 구하고 사신에게 질문을 던졌다.

"그대는 언제, 어디에서 아즈나 왕의 전언을 들었는가?"

소년이 대답했다.

"이노아의 왕성에서입니다. 초승달이 밤을 비추고 있었지요. 그때 창문으로 쏟아진 달빛이 참 아름다웠습니다."

"그대가 전한 내용에 혹 빠뜨림은 없는가?"

"저는 원래 무엇이든 잘 외운답니다. 그러나 사실 그날은 몹시 떨어서 머리가 흐렸지요. 그때 카르타 님께서 제 머리를 쓰다듬어주셨더니 순간 놀라울 만치 머리가 맑아졌습니다."

물은 사람은 아디토야였다. 그는 이 어린 소년을 어찌 다루어야 좋을지 몰라 잠시 난감해했다. 사절에게 물어보아야 할 내용이 아직 산더미처럼 있었다.

그때 사절단의 브라흐마나 청년 중 하나가 눈짓을 했다. 그 눈짓을 본 아두르타자스 왕은 소년에게 자애롭게 말했다.

"그대는 나이가 어려 남들보다 쉬이 피곤할 터이니 먼저 쉬도록 하라."

눈짓을 한 브라흐마나 청년만 남고 소년을 비롯한 나머지 사절단들은 먼저 어전을 나갔다. 그러고 나자 브라흐마나 청년이 모든 사정을 설명했다.

"전하, 미리 사정을 말씀드리지 못한 무례를 용서하십시오."

먼저 그는 소년의 신분에 대해 자세히 설명했다.

소년의 이름은 아티마. 이노아 왕실 사람으로 이노프와 왕의 증손자가 되는 아이였다. 알고 보니 아즈나 왕은 일부러 이 소년을 탄타마사에 보낸 것이었다. 브라흐마나 청년은 그 이유를 이렇게 설명했다.

"아티마 님의 할아버지는 과거 사라마유의 라바 왕을 죽인 마하라마 님입니다. 이유시크 왕에게 죽기는 했으나 당시 이노아에서 그의 세력은 엄청났지요. 그는 세자에 봉해진 적도 있었습니다. 그러나 곧바로 그가 죽고 그의 아들도 아티마 님이 태어난 해에 원인 모르게 죽었지요. 아티마 님은 지금 아무런 세력도 없는 평범한 아이이나 이노아에서 카르타 님을 제외한다면 유일하게 왕족의 피를 이어받은 아이입니다. 그래서 전쟁중 왕이 자리를 비우실 때 본국에 두기에는 껄끄러운 존재지요."

여기까지 듣고 나서 탄타마사 왕실 사람들도 모든 걸 이해했다.

'아즈나 왕은 왕위에 오르기 위해 모든 형제들을 죽였다고 들었는데 그도 천성이 아주 모질지는 못한 모양이다. 어린애를 죽이지 않으려 하는 것을 보니.'

아두르타자스 왕은 생각하고 흔쾌히 어린아이를 맡아주기로 약속했다. 브라흐마나 청년은 적이 안심하며 감사의 인사를 올렸다.

"관대하신 아두르타자스 왕이시여, 브라흐마의 축복이 그대의 인자한 마음에 깃들 것입니다."

그때 아반티가 입을 열었다.

"그런데 저 아이는 왜 사절 흉내를 내는 건가요?"

브라흐마나 청년은 난처한 표정을 지었다.

"흉내를 내는 것이 아니고 아티마 님은 실제로 자신이 이노아의 사절이라고 믿고 있습니다. 아티마 님은 아즈나 전하를 몹시도 존경하고 사랑한답니다. 뭐든 도움되는 일을 하려 열심이지요. 아즈나 전하께서는 아티마 님이 그냥은 자신의 곁을 떠나지 않을 것을 알고 자신이 중요한 사절인 양 믿게 만드셨습니다."

이것으로 설명은 끝났다. 진짜 이노아의 사절인 샤마라는 브라흐마나 청년은 전략에 대한 모든 세세한 질문에 답했다. 그는 대단히 명석하고 성격 또한 신중한 인재로 보였다.

이야기가 끝날 쯤 사바르니가 돌연 입을 열었다. 그는 아까부터 뭔가를 꺼림칙하게 여기고 있었다.

"지난번 이노아의 사절이 본국에 돌아가고 그대가 파견되는 데 걸린 시간을 따져보니 그대는 꽤 일찍 도착한 것 같소."

샤마는 대답했다.

"저희는 이곳에 오기까지 스바라 왕국의 도움을 얻었습니다."

이 대답에 모두가 의아해할 때 아두르타자스 왕이 물었다.

"스바라라면 영토는 작으나 매우 부유한 그 나라를 말하는가? 그 나라가 이노아를 돕고 있는가?"

"그렇습니다. 스바라의 막가 왕은 적극적으로 이노아를 돕기로 약속하였습니다."

이 말에 여섯 형제들은 서로의 얼굴을 돌아보며 얼굴을 찌푸렸다. 그들은 과거 무예시합에서 만났던 스바라의 왕자 막바가와 칼가를 기억하고 있었다. 형제들은 두 왕자 모두 별로 좋게 기억하고 있지 않았다.

사바르니가 물었다.

"스바라는 상인의 나라이니 아무래도 이해타산을 따질 듯싶은데 어째서 막가 왕이 그런 태도를 보이는가?"

"막가 왕에게는 막바가라는 왕자가 있는데 이 왕자가 삼 년 전 사라마유의 무예시합에서 돌아오다가 갑자기 원인불명으로 급사하였습니다. 막가 왕은 이를 이유시크 왕의 소행이라 생각하고 있습니다. 무예시합에서 막바가의 출중함을 보고 그가 장차 사라마유의 화근이 될까 두려워 처단했다는 것이지요. 막가 왕은 그로 인해 이유시크 왕을 매우 증오하고 있습니다."

'아니, 그런 말도 안 되는!'

여섯 형제들은 동시에 같은 말을 생각했으나 입 밖에는 내지 않았다. 사라마유의 화근이라면 아즈나를 따라올 자가 있을까? 실제로 그는 이노아의 왕이 되어 전쟁을 일으키고 있지 않은가. 그런 아즈나도 멀쩡히 이노아로 돌아갔는데 이유시크 왕이 막바가를 두려워해 죽였다고? 아니, 그에 앞서 이유시크 왕에게 스바라와 같이 작은 나라의 왕자가 눈에 들어오기나 한다는 말인가.

샤마가 말했다.

"저는 막가 왕을 만나봤는데 그는 진정한 크샤트리아다운 인물이었습니다."

이 말에 특히 사바르니가 못마땅하게 생각했다.

'크샤트리아에 망상과 어리석음이 있다는 이야기인가?'

그러나 그는 생각을 입 밖에 내지 않았다. 샤마는 사람들의 생각을 짐작이나 한 듯 이렇게 덧붙였다.

"막가 왕은 무인으로서의 자질이 매우 뛰어난 사람입니다. 그는 이번 전쟁에 직접 참여할 생각이더군요. 그동안 그의 나라는 나푸라 왕제가 맡을 예정인 것 같습니다."

스바라에 대한 이야기는 이쯤해서 마무리지어졌다. 두어 시간 후 여러 전쟁에 대한 여러 논의들도 끝나 샤마는 물러갔다. 여섯 형제들도 제각기 앞으로 벌어질 전쟁에 대해 생각하며 자신들의 처소로 돌아왔다.

# 4장 동쪽의 전투

한편 사라마유는 겉보기에는 여전히 평화스러웠다. 말을 제물로 바치는 대희생제 아쉬바메다는 성공적으로 끝났다. 그러나 수도 마하사라마에는 암암리에 긴장이 흐르고 있었다. 이유시크 왕은 메루 산 꼭대기에 선 비슈누마냥 날카로운 눈으로 주위 왕국들을 경계했다. 각 나라의 동태를 살피기 위해 공식적으로는 사절이, 비공식적으로는 첩자들이 계속해서 파견되었다. 모든 정보들은 시시각각으로 이유시크 왕의 귀에 들어왔다.

탄타마사가 이노아와 동맹을 맺었다는 정보 또한 더 빠를 수 없으리만치 빠르게 사라마유에 들어왔다. 왕 중의 왕은 확실하게 이노아와 탄타마사, 두 나라를 사라마유의 적으로 선포했다. 석 달의 우기 동안 사라마유는 이노아와 탄타마사, 두 나라를 대상으로 전쟁 준비를 했다. 이유시크 왕은 여러 나라들에게 사라마유로 원군을 보낼 것을 명령하며 냉정하게 경고했다.

"이제부터 사라마유에는 적과 아군이 있을 뿐이다. 사라마유에 맞서고 싶지 않다면 협력의 뜻을 밝혀라."

이 경고에 가장 크게 고민한 사람은 하바라의 왕 비슈바였다. 하바라와 사라마유는 화친을 맺은 나라로 당연히 원군을 보내야 한다. 그러나 애당초 두 나라의 화친에는 어떤 특별한 정이 있는 게 아니었다.

'탄타마사가 이노아와 손을 잡았다면 사라마유에 대항하여 이길 가능성도 있겠지. 이 참에 하바라도 이노아와 손을 잡는 편이 좋지 않을까.'

그러나 하바라의 왕 비슈바는 결국 사라마유를 원조할 것을 결정했다. 그는 특별한 야심을 가진 사람이 아니었다. 이유시크 왕이 왕 중의 왕인 지금의 질서를 공연히 깰 이유는 없었다.

"사라마유는 결코 쉽사리 무너질 나라가 아니다. 강한 쪽과 손을 잡는 것이 하바라의 미래를 위해 당연한 일이다."

왕은 하바라의 군사 이만 명을 사라마유로 보낼 것을 결정했으나 자신의 군사들이 공연히 남의 싸움에 끼여서 죽는 것은 바라지 않았다. 고민 끝에 그는 아들 데바누를 탄타마사에 보냈다. 데바누는 탄타마사에 가서 하바라가 어쩔 수 없이 중립을 지키지 못함을 밝혔다. 그리고 고국으로 돌아와 이만 군사를 이끌고 사라마유로 출발했다.

마침내 우기가 끝날 때쯤 타국에서 보내온 원군이 사라마유에 모두 도착했다. 하바라에서 이만, 그 외의 여러 나라에서 약 삼만, 총 오만의 원군이었다. 사라마유 내부에서 모아진 군사는 십오만, 이것으로 사라마유는 총 이십만이라는 엄청난 대군을 소유하게 되었다.

이유시크 왕은 앞으로 모든 상황을 결정지을 사상 최대의 작전회의를 열었다. 약 백여 명의 사람들이 회의장에 모였다. 사라마유의 수많은 대신들과 전쟁에 참가하기 위해 온 각 나라의 왕과 왕자들, 그들에게 둘러싸인 이유시크 왕의 모습은 천상의 신처럼 더없이 당당했다.

"우기가 끝났소. 이노아와 탄타마사의 군사가 수일 안에 사라마유

로 진격해올 것이오. 이제 우리가 크샤트리아로 태어난 그 본연의
임무에 충실하게 될 시기가 되었소. 이 전쟁을 어떻게 승리로 이끌
지 모두의 의견을 듣고 싶소.”

관례대로 가장 나이 어린 사람부터 발언권이 주어졌다. 이 자리에
는 열두어 살의 소년 왕부터 백전노장의 장수들까지 다양한 연령의
사람들이 모여 있었다. 그들 하나하나가 다양한 전략을 내놓았다.

“군사를 넷으로 나누어 수도로 들어오는 동서남북의 길목을 지켜
야 합니다.”

“아니오. 이노아는 북에서, 탄타마사는 서에서 올 것이니 북과 서
의 길목만을 지켜도 충분하오. 괜히 군사를 나누다가는 각개각파를
당할 수도 있소.”

“저도 동감입니다. 사라마유가 이십만의 대군을 거느렸다고는 하
나 이노아의 군사가 십만, 탄타마사가 약 팔만으로 그 수가 총 십팔
만이니 우리가 수적으로 뚜렷한 우세에 있는 것도 아니지요.”

“그러나 안전히 마하사라마를 지키기 위해서는…….”

여러 논의가 나오다 마침내 쟈안이라는 사라마유의 대신이 이야
기할 차례가 되었다. 그가 입을 열자 모두들 갑자기 조용해졌다. 이
유시크 왕의 장인이기도 한 그는 매우 지혜로워 뭇사람들의 존경을
받고 있었다.

“우리는 모두 수도를 포위해온 적을 어떻게 막아야 좋을지 생각하
고 있습니다. 그러나 아직 전쟁은 시작조차 되지 않았고, 우리는 아
직 포위 당한 것이 아닙니다. 따라서 이 자리에서 이노아와 탄타마
사, 두 나라를 각개격파할 수 있는 전략을 세워야 합니다.”

사람들이 과연 옳은 말이긴 하나 방법이 없지 않느냐고 수군거리
는 사이 이유시크 왕이 물었다.

"그렇다면 병력을 둘로 나누자는 뜻이오?"

쟈안은 고개를 저었다.

"아닙니다. 병력의 수가 상대적으로 우세한 것이 사라마유의 이점입니다. 이 이점을 처음부터 잃고 나간다는 것은 말도 안 되는 일입니다. 사라마유는 이 병력을 그대로 유지하며 탄타마사와 이노아를 쳐야 합니다. 좋은 방법이 하나 있습니다. 우리가 포위전을 어떻게 막아내며 수도를 지킬 것만을 생각하듯 적들도 어떻게든 우리를 성공적으로 포위하여 공격하려 할 것입니다. 그러니까……."

사람들은 쟈안이 어떤 획기적인 전략을 내놓을지 기대하며 그의 말에 집중했다. 그러나 쟈안은 자신이 내놓을 말의 여파를 아는 듯 늙은 얼굴에 어두운 표정을 떠올렸다.

"전하, 저는 감히 수도를 버리시라 충고하겠습니다."

이 말의 여파는 확실히 대단했다. 모두가 크게 놀랐다. 아무리 쟈안이 왕의 장인이라지만 어떻게 감히 왕 중의 왕에게 한 번 싸워보기도 전에 수도를 버리라 말할 수 있는가. 말도 안 되는 일이었다. 왕이 노여워하며 쟈안에게 화를 낼 거라고 다들 생각했다.

그러나 모두의 예상을 깨고 이유시크 왕은 낯빛 하나 변하지 않았다. 왕은 지리하리만치 긴 침묵을 지켜 모두의 긴장이 극에 달하게 만든 후 입을 열었다.

"나 또한 쟈안, 그대와 같은 생각이오."

모두가 기절할 듯 놀랐다. 누가 이유시크 왕이 전쟁을 치르기도 전에 수도를 버릴 결심을 하리라 생각했겠는가. 그러나 이유시크 왕은 조용히 말했다.

"그대들이 알다시피 마하사라마는 요새가 될 수 없다. 지키기에는 너무나도 까다로운 곳이지. 이곳은 아름다운 신의 도시이나 우리의 목표는 전쟁에 승리하는 것이다."

사라마유 인이 아닌 자들은 그래도 괜찮았으나 사라마유 인들은 크게 안색이 변했다. 그들은 왕의 결정에 따라 삶의 터전을 잃게 되는 것이었다.

웅성거림이 점점 커지자 이유시크 왕은 갑자기 소리를 높였다.

"그대들은 그를 기억하지 못하는가. 나에게 비슈누의 아스트라를 겨누었던 그 소년이 이제 왕이 되었다. 그의 강함을 먼저 기억하라."

그때 누군가 감히 허락받지도 않고 발언했다.

"왕 중의 왕이시여, 당신에게도 시바의 아스트라를 쓰는 왕자가 있나이다."

이 발언을 한 것은 바로 아비뉴아의 전차사(戰車師) 마하마였다. 그는 몇 달 전 마슈데하에서 패전한 라쉬의 아들이었다. 그렇기에 사람들이 그를 보는 눈은 그다지 곱지 않았다. 그는 모든 것을 감수하고 입을 열 만큼 아비뉴아의 용맹을 굳게 믿고 있었다. 그러자 왕자 아비뉴아가 처음으로 입을 열었다.

"왕이시여, 마하마의 경솔을 용서하십시오."

왕자는 줄곧 이유시크 왕의 발치에 앉아 침묵을 지키던 참이었다. 이유시크 왕이 전에 그의 발언을 금지시킨 것은 아직까지 유효했다. 아비뉴아는 침묵하면서도 모든 의견에 귀를 기울이고 있었다. 아까 쟈안이 수도를 버리자는 이야기를 했을 때 그는 문득 눈을 빛냈다.

이유시크 왕은 돌연한 질문을 아들에게 던졌다.

"네가 이노아의 왕을 이길 수 있느냐?"

이 질문은 불쑥 튀어나온 것이기는 해도 이유시크 왕의 속마음을 잘 보여주는 것이었다. 이유시크 왕은 아들을 믿었다. 그러나 아비뉴아가 아즈나의 칼에 맞아 쓰러지던 일은 지금도 뇌리에서 떠나지 않았다.

아비뉴아는 긍정과 부정을 동시에 말했다.

"저는 그를 죽일 수 있으나 그 또한 저를 죽일 수 있습니다."

그는 자신이 예전에 아버지에게 했던 말이 외할아버지 쟈안에게서 나오고 아버지가 그의 의견을 두둔하고 나선 모습을 보고 둘 사이에 미리 모종의 의논이 있었음을 눈치채고 있었다. 그는 아직 자신의 나이가 어리기에 발언의 힘을 더하기 위해 일부러 외할아버지가 나섰다고 생각했다.

그러나 아비뉴아가 깨닫지 못하는 이유시크 왕의 목적이 따로 있었다. 왕은 수도를 버리는 의견이 아비뉴아의 입에서 나올 경우, 만에 하나 그 전략이 실패로 돌아갈 때 책임이 아비뉴아에게 돌아갈 것을 염려하고 있었던 것이다.

왕은 아들을 묵묵히 바라보다가 시선을 돌렸다.

"나는 라자수야를 지낸 왕 중의 왕이다. 승리만을 거듭한 나이나 앞으로도 나의 승리가 영원하리라는 보장이 어디에 있는가? 인드라의 가호가 나로부터 멀어지지 않으리라는 보장이 있는가?"

이유시크 왕의 말이 떨어지자 누구도 말을 꺼내지 않았다. 모두가 불안한 얼굴이 되었다. 이후로도 논의는 계속되었다. 여전히 수도를 버리자는 쟈안의 의견에 찬성하는 사람은 적었다. 그러나 쟈안의 의견에 일리가 있음을 모두가 인정했고 다른 획기적인 전략이 나오지 않자 회의가 끝날 무렵 왕은 쟈안의 의견을 수용하기로 선언했다. 일단 왕이 결정을 내리자 모두가 그를 따를 수밖에 없었다.

사라마유는 수도 마하사라마를 버리게 되었다. 마하사라마의 백성들은 남쪽으로 피난시키기로 했다. 남쪽에는 사라마라는 도시가 있다. 라바 왕이 다마코 왕국의 영토를 확보하기 전까지는 사라마유

의 수도였던 곳이다. 마하사라마와는 달리 처음부터 요새로 만들어
진 도시이다. 그곳에서라면 성문을 걸어 잠그는 것만으로도 적의 공
격을 피해 몇 달이고 버틸 수 있으리라.

소마사 왕비는 마하사라마의 백성들을 남쪽의 도시 사라마까지
이끌라는 이유시크 왕의 명을 받고 한순간 아름다운 얼굴이 무섭도
록 창백해졌다. 그러나 그녀는 곧 정신을 차리고 왕의 명에 순응했
다.

바로 다음날 왕의 명령이 수도의 백성들에게 전해졌다. 왕성의 백
성들은 하늘이 무너지는 느낌을 받으며 성을 비우게 되었다. 다가오
는 적이 얼마나 강하길래 왕 중의 왕 이유시크가 수도를 버리라 명
한 것인가. 마하사라마는 신의 도시이다. 여기서 라자수야, 아쉬바
메다 희생제가 열렸던 기억이 엊그제의 일마냥 사람들의 머릿속에
떠올랐다. 아름답고 찬란한 비슈누의 축제가 열렸을 때 얼마나 즐거
웠던가. 그러나 그 모든 기억은 하룻밤 사이에 한낱 추억이 되고 말
았다.

백성들은 울면서 그들의 도시를 등 뒤로 하고 남으로, 옛 수도 사
라마로 내려갔다. 그들은 그곳에서 사라마유의 승리가 울려 퍼지기
를, 다시 그들이 마하사라마에 돌아갈 수 있는 날이 오기를 언제까
지나 기다리고 있으리라.


우기가 끝나고 보름 후, 수도가 완전히 비워지자 이유시크 왕이
이끄는 이십만 대군이 서쪽으로 출발하였다. 출발하기 전 이유시크
왕은 완전히 적막의 도시가 된 마하사라마를 돌아보며 맹세했다.

"마하사라마, 너는 앞으로 타국의 놈들에게 더럽혀지는 시련을 겪
게 될 것이다. 그러나 나는 반드시 그들 모두에게 네 안에 내딛 발자

국 수만큼의 화살을 날려주겠다."

그의 아들 아비뉴아는 아버지의 맹세를 들으며 우두커니 자신이 태어난 도시를 바라볼 뿐이었다. 아무 말도 하지 않았으나 그 또한 무수한 감정을 느끼고 있었다.

'나는 아버지와 같은 약속을 할 수는 없다. 그러나 나는 이곳에 돌아올 것이다.'

사라마유의 거대한 대군이 나아가는 모습은 흡사 숲이 움직이는 것과도 같이 웅장했다. 전차들이 선두에 서고 보병들이 그 뒤를 따랐다. 수천의 깃발들이 바람에 나부끼고 진군을 위한 악기 소리가 하늘을 뒤덮었다. 이 대단한 군단이 지나간 후에는 숲이 사라지고 평원은 황무지가 되었다. 작은 내는 아예 흔적조차 없이 사라지고 언덕은 깎였다.

사라마유 군사들의 사기는 하늘을 찌를 듯 높았다. 마하사라마를 버리고 떠나게 만든 두 나라에 대한 증오와 원망이 높은 사기로 이어진 것이다.

매일 밤 이유시크 왕의 막사에서는 회의가 열렸다. 사라마유와 동맹을 맺은 여러 나라의 왕과 왕자들, 사라마유의 내로라 하는 유명한 장수들이 모두 모여 전략을 의논했다. 이노아와 탄타마사 군의 동향이 매일매일 시시각각으로 전해졌다. 이대로 전진하다 보면 탄타마사와 한 달 안에 만나게 될 것이다. 모두들 승리가 목전에 있는 것이나 다름없다 생각하며 한시바삐 전투가 벌어져 승리를 차지할 수 있기를 바랐다.

그러나 모든 사람들이 그렇게 생각하고 승리에 목말라 하는 건 아니었다. 하바라의 왕자 데바누의 경우 하루하루가 침울한 나날들의 연속이었다. 그는 애시당초 이 전쟁에 열의를 가질 수 없었다. 부왕의 명대로 하바라 병사들에게 큰 피해를 입히지 않고 고국으로 돌아가는 것만이 목적이었다. 마음에 없는 일을 하는 것만큼 괴로운 일도 없었다.

어느 날 밤 데바누는 회의장에 들어서다가 막사 앞에 두르가 여신의 조각들이 늘어져 있는 것을 보고 흠칫 놀랐다. 주먹만 한 돌이나 나무 등으로 조각된 여신상은 한두 개가 아니었다. 이윽고 데바누는 그 조각들이 모두 사라마유 병사들이 진군 중 틈틈이 만든 것임을 알게 되었다. 데바누를 호위하던 병사 하나가 왕자의 관심을 눈치채고 설명했다.

"이런 것이 한두 개가 아닙니다. 병사들의 막사마다 수십 개씩은 늘어져 있지요."

사라마유 인들이 얼마나 애타게 승리를 갈구하는지 새삼스럽게 느끼게 되자 데바누는 마음이 무거워졌다. 어차피 아무런 발언도 하지 못할 회의장에 들어가는 일이 꺼려졌다. 어쩔 수 없이 침울하게 회의에 참석한 이날, 데바누는 문득 사라마유의 왕자 아비뉴아에게 시선을 던지게 되었다.

'그러고 보니 이상하다. 나는 그렇다 치고 아비뉴아 왕자는 어째서 회의중에 입을 열지 않을까?'

그동안의 회의에서 계속 침묵을 지킨 사람은 그들 둘밖에 없었다. 그때 아비뉴아는 자신에게 향한 데바누의 눈길을 눈치챈 듯 시선을 들었다. 데바누는 조금 당황하여 시선을 피하는데 갑자기 아비뉴아가 미소를 지었다.

다음날 진군 도중 아비뉴아의 전차가 데바누의 전차로 다가왔다. 그들은 나란히 전차를 맞대고 한참을 달렸다. 아비뉴아는 전차 위에서 대수롭지 않은 질문을 던졌고 데바누는 답했다. 그렇게 며칠을 함께 달리는 사이 둘은 좋은 친구가 되었다. 아비뉴아는 사라마유 제일가는 장인이 만든 활과 화살을 데바누에게 선물했고 데바누는 답례로 옷을 선물했다. 하바라에서 만든 옷은 가볍고도 시원해 아비뉴아는 이 선물을 매우 칭찬했다.

하루는 아비뉴아가 물었다.

"그러고 보니 형은 찾았습니까?"

데바누는 탄타마사의 형제들도 같은 질문을 던졌던 것을 기억하고 삼 년 전 무예시합 때 자신이 꽤나 시끄럽게 형의 행방을 묻고 다녔구나 생각했다. 절로 쓴웃음이 나왔다.

"아니오. 형은 정식으로 왕자의 자격을 잃어버렸습니다. 왕세자가 될 때 궁의 대신들은 언제 형이 돌아올지 몰라 모두 불안해했지요. 형이 돌아오면 나를 왕세자로 내세운 그들의 입지가 불안해질 테니까요. 결국 그들은 형이 자신의 의지로 영구 출가했음을 공표해버렸습니다. 그는 이제 돌아오고 싶어도 돌아올 곳이 없는 셈이지요. 리쉬의 칭호를 얻게 된다면 왕실의 성자가 될 수도 있겠지만 나는 형이 고행자가 될 성미가 아님을 압니다."

데바누는 형의 일을 생각하며 마음이 무거워짐을 느꼈다. 그는 아비뉴아를 바라보았다.

'내가 그와 친구가 되는 일이 정말로 가능할까? 왕가의 사람들은 형제들끼리도 반목하며 살아야 하는데.'

"이유시크 왕은 대단한 분입니다. 어떻게 수도를 비우는 일을 결정하고 가능케 했을까요. 하바라에서 그런 일을 하려 했다면 왕실이 망했을지도 모르지요. 우리 나라에서는 대신들의 발언권이 매우 강하니까요."

아비뉴아는 씁쓸하게 웃었다.

“수도를 버린 것은 그렇게 할 수밖에 없었기 때문입니다. 칭찬을 들을 일이 아니지요.”

그는 마하사라마를 생각하며 얼굴이 굳어지는가 싶더니 데바누에게 말했다.

“고맙게 생각하고 있습니다, 데바누 왕자. 하바라와는 상관없는 사라마유의 전쟁에 참가해주어서요.”

데바누는 당황해서 대꾸했다.

“그거야 그럴 수밖에 없었으니까요.”

말해놓고 대답을 잘못했다고 후회하는데 아비뉴아는 웃을 뿐이었다.

“친구에게는 고맙다고 말할 뿐입니다.”

이 대답에 데바누는 한동안 침묵을 지키다 대답했다.

“누구든 친구를 위해서는 싸워줄 수 있지요. 의욕만 있다면 사람은 무엇이든 할 수 있으니까요.”

그날 밤의 회의에서 데바누는 처음으로 스스로 발언하였다.

한편 탄타마사는 사라마유가 수도를 버리고 탄타마사를 치기 위해 서쪽으로 오고 있다는 사실을 전혀 모른 채 리무 강을 건너 마하사라마로 진격하고 있었다. 병사들의 열기는 강을 마르게 할 듯 불타오르고 있었다.

탄타마사와 이노아의 마하사라마 포위전은 그 시기를 맞추는 일이 매우 중요했다. 어느 한쪽이라도 진군이 늦어진다면 포위는커녕 사라마유의 이십만 대군의 밥이 되고 말 것이다. 무슨 일이 있어도

114

약속한 그 날짜까지 마하사라마에 도착해야 했다. 그런데 그들은 생각지도 못한 장애를 만나고 말았다.

탄타마사와 사라마유 사이에는 리무 강의 거대한 흐름이 가로막고 있다. 탄타마사의 팔만 대군이 리무 강변에 도착했을 때 갑자기 예기치도 못한 폭풍이 그들을 맞았다. 탄타마사의 여섯 형제들은 그만 새파랗게 질린 채 폭풍의 신 루드라의 미친 춤을 바라볼 수밖에 없었다.

"이게 무슨 재앙이란 말이냐. 분명 우기는 끝났는데."

잔드라는 땅이 꺼질 듯 탄식했고 마호다니는 화를 못 참고 땅을 후려쳤다. 사바르니는 자신의 좋은 머리가 아무짝에도 쓸모가 없는 때를 만나 절망했다. 오직 폭풍이 멈춰지기만을 기다릴 수밖에 없었다. 이 며칠 사이에 탄타마사의 존망이 결정될지도 모르는 일이라 더욱 조바심을 냈다.

결국 다나와 아반티가 입을 열었다.

"루드라를 위한 희생제를 열자. 그가 노여움을 거두고 폭풍을 잠재워주기를 기대하는 수밖에 없잖아."

세 형들은 그래봤자 비가 멎을까 의심했다. 루드라는 모든 신들 중에서 가장 잔인하고 냉혹한 신이다. 일단 그가 분노할 때 누가 그의 노여움을 멈추게 할 수 있단 것인가. 하긴 일찍이 제왕 쉬카르데가 루드라를 그 앞에 무릎 꿇리고 폭풍을 잠재웠다는 이야기도 있다. 그러나 이곳에는 제왕도 없고 쉬카르데와 같은 행동을 할 만큼 위대한 힘을 가진 사람도 없었다.

사바르니가 한탄했다.

"옛날 이야기는 말도 안 되는 것이지만 그래서 매혹적이라는 걸 알겠다. 누가 저 괴팍하고 고집불통의 늙은이 같은 루드라를 물리쳐

주면 얼마나 좋을까."

그러나 아디토야는 쌍둥이 형들의 의견을 지지하고 나섰다.

결국 잔드라는 해보지 않고는 모르는 일이라 생각하고 희생제를 열 것을 결심했다. 그들은 바삐 의식을 준비했다. 하루 만에 장대하지는 않으나 구색을 갖춘 제단이 세워졌고 마호다니가 빗속을 뚫고 근처 숲에 가서 멧돼지를 제물로 잡아왔다.

다음날 그들은 참담한 심정으로 장대 같은 비를 맞으며 희생제를 시작했다. 탄타마사의 팔만 군사들도 불안한 마음으로 희생제를 지켜보았다. 장작은 비에 젖어 좀처럼 불이 붙지 않았다. 비는 시간이 지나면 지날수록 더 억수같이 내리퍼부을 뿐이었다.

그 광경을 바라보는 잔드라의 머릿속에 온갖 생각이 다 스쳤다. 아두르타자스 왕을 비롯한 왕실 어른들의 얼굴이 하나씩 떠올랐다. 특히 리무 생각에 눈물을 글썽이시던 수와얌프라바 왕비를 떠올리자 잔드라는 진정 신께 간구하는 마음으로 하늘로 양손을 뻗었다.

"자애롭고 자애로운 루드라여! 부디 우리를 그대의 사랑으로 돌보소서!"

이 말은 창조신 브라흐마에 대한 기도라면 모를까, 폭풍신 루드라에 대한 기도로는 어울리지 않는 대사였다. 그러나 이 기도의 효과는 즉각 나타났다.

잔드라의 말이 떨어진 순간 그처럼 세차게 쏟아지던 비가 거짓말처럼 멈췄다. 잔드라가 기도를 끝낸 후 볼에 툭 떨어진 마지막 한 방울의 비를 끝으로 갑자기 태양이 구름 사이를 뚫고 나타났다. 태양신의 찬란한 광채가 희생제를 치루고 있는 탄타마사 인들의 머리를 비추었다.

이 뜻밖의 사태에 여섯 형제들은 그만 경악했다. 특히 직접 기도

116

를 올린 잔드라는 놀라서 숨도 쉬지 못할 정도였다. 그러나 입만 벌리고 멍청히 서 있을 때가 아니었다. 이 기적을 본 탄타마사의 군사들은 터질 듯한 기쁨에 고함을 지르며 왕세자 잔드라를 칭송했다.

"잔드라! 잔드라! 루드라의 아들이여!"

칭송은 나아가 여섯 형제들 모두에게 향해졌다.

"신에게 축복받은 탄타마사의 여섯 아들들이여! 탄타마사의 앞길에는 승리만이 있을지니."

폭풍보다 더 무시무시한 함성 속에서 사바르니가 가장 먼저 정신을 차렸다. 그는 양손을 하늘에 뻗은 후 잔드라 앞에 정중히 엎드렸다. 나머지 형제들도 얼른 그를 따랐다. 이 모습에 탄타마사의 군사들은 감격하며 이 위대한 형제들을 우러러보았다. 사기는 하늘을 찌를 듯 높아졌다. 리무의 여섯 물줄기와 같은 이름을 가진 탄타마사의 여섯 형제들에게 탄타마사 군사들은 절대적인 신뢰를 보냈다.

이러한 일이 있은 후 탄타마사의 팔만 군대는 리무 강을 건넜다. 일단 강을 건넌 다음에는 모든 일이 순조롭게 풀렸다. 모두가 마음을 놓고 진군을 계속했다. 그들의 앞에 어떤 운명이 기다리고 있는지 일말의 불안도 없는 채.


이노아 또한 순조롭게 마슈데하를 지나 사라마유 땅에 들어섰다. 국경인 마슈데하를 넘고 나서도 십만 대군의 진군은 꽤 용이하게 진행되었다. 원래 사라마유의 북쪽 영토는 다마코의 왕국의 땅이었다. 다마코가 멸망한 지 오십 년의 세월이 흘렀으나 아직도 백성들에게는 다마코 인이라는 의식이 어느 정도 남아 있었다. 그것은 사라마유 인이라는 의식이 거의 없다는 얘기이기도 했다. 이노아는 별다른 심한 저항을 받지 않으며 길을 재촉할 수 있었다. 여기에는 아즈나 왕의 뛰어난 통솔력도 한몫 했다.

아즈나는 왕이 된 지 일 년이 채 되지 않았으나 이노아 인들이 왕에게 보내는 신임은 절대적이었다. 그가 이름을 떨치기 시작한 것은 왕자들의 무예시합에서 승리한 후부터였다. 이후 왕이 되자마자 사라마유와 치른 전쟁을 대승으로 이끌었다. 지금 성공적으로 탄타마사와 동맹을 맺어 사라마유를 치는 왕을 이노아 인들은 더없이 자랑스러워했다.

원래 두 달을 예상했던 진군이었다. 그러나 별다른 장애가 없었기에 이노아는 보름이나 일찍 사라마유의 수도를 바라보게 되었다. 이 때부터 아즈나 왕은 진군을 늦출 것을 고려했다. 어차피 포위전은 이노아 혼자 할 수 없기에 탄타마사와 약속한 날짜를 지키는 것이 중요하다. 그러나 믿기 어려운 정보가 이노아 군에 들어오기 시작했다.

"이유시크 왕이 수도를 비웠다는 소문이 있습니다."

이노아로서는 도저히 믿을 수 없는 정보였다. 왕은 급히 첩자를 파견했다.

마하사라마에 닿기 열흘 전 마침내 직접 염탐하고 돌아온 자들에 의한 정확한 정보가 이노아 군에 도착했다.

"확실합니다. 왕성은 텅 비어 있습니다. 이유시크 왕은 서쪽을 향해 떠났습니다. 탄타마사를 먼저 치고 이노아와 맞설 생각인가 봅니다."

아즈나는 이 소식을 듣고 격노했다. 상아같이 하얀 얼굴이 더욱 하얗게 질려 한순간 그는 밀납으로 빚은 인형처럼 보였다.

'그놈이다. 그놈이 제 아비가 수도를 버리도록 만든 거다. 그렇지 않았다면 왕 중의 왕이 이노아를 피해 도망쳤겠는가.'

분노로 몸을 떠는 아즈나를 누군가 진정시켰다. 그는 왕의 변함없는 조력자인 카르타였다. 형이 동생을 다독거리지 않았다면 왕의 분노는 쉽게 가라앉지 않았을 것이다. 카르타는 조용히 그러나 위엄 있게 동생에게 입을 열었다.

"왜 화를 내는 것이냐. 우리는 싸우지도 않고 적의 수도를 차지한 거다."

아즈나는 처음에는 분노로 입을 열 수 없을 정도였다.

"그가 없는데? 그가 없는 마하사라마가 무슨 소용이지? 나는 그를 죽이러 왔어. 그를 죽이지 않는다면 내가 이곳에 있어야 할 아무 이유가 없어. 그뿐인 줄 알아? 왕이 될 필요조차 없었어. 그를 죽이지 않는다면 말이야!"

카르타는 대꾸했다.

"전쟁은 아직 시작되지도 않았다. 너는 이제부터도 얼마든지 그를 죽일 기회를 만들 수 있어. 이제 시작인 거다. 진정하라, 아즈나."

아즈나는 형 카르타의 말이 옳다는 것을 알았다. 분노를 잊자 냉정한 판단이 되살아났다.

"이대로 있다가는 탄타마사가 위험에 처한다. 한시바삐 사라마유군의 뒤를 쫓아야 해."

왕의 명에 의해 즉시 행군이 중지되었다. 곧장 작전회의가 시작됐다. 이유시크 왕이 수도를 버린 사실에 모두가 놀랐다. 온갖 조롱과 멸시가 왕 중의 왕에게 쏟아졌다. 이제 이유시크 왕은 더이상 왕 중의 왕이 아니다. 라자수야를 지내고 인정받은 모든 권위가 이제 그를 떠난 것이다.

그러나 조롱만 하고 앉아 있을 때가 아니었다. 이노아는 서둘러 새로운 전략을 짜야 했다. 탄타마사와 힘을 합쳐 사라마유를 치는,

그 기본적인 전략 자체가 깨어진 것이다.

"이렇게 된 바에야 마하사라마를 점령하고 사라마유 군이 돌아오기를 기다려 칠 수밖에 없습니다. 사라마유가 이십만 대군이라 하나 탄타마사와의 전투에서 손실을 입을 테니 어느 정도의 승산이 있다고 생각됩니다."

장수 하나가 이렇게 말했으나 아즈나 왕은 고개를 흔들었다.

"아니, 승산이 없다. 사라마유의 이십만 대군을 맞는다면 탄타마사의 팔만 군사로는 대적해낼 수가 없다. 사라마유는 큰 손실 없이 마하사라마로 돌아올 것이다. 이후 이노아의 십만 군사로 사라마유의 대군과 싸우게 될 것이니 매우 위험하다. 내 생각에 방법은 하나이다. 탄타마사는 계속해서 마하사라마를 향해 동쪽으로 진군하고 사라마유 군은 탄타마사를 치기 위해 서쪽으로 가고 있다. 따라서 이노아는 사라마유 군의 뒤를 쫓아 그들의 후미를 쳐야 한다."

그러나 대부분의 신하들이 왕의 말에 난색을 표했다.

"왕이시여, 시기를 맞추기 어렵습니다. 우리가 사라마유 군을 따라잡는 건 사라마유 군이 이미 탄타마사 군을 전멸시킨 후에나 가능할 것입니다."

왕의 의지는 확고해 보였다.

"허나 그 수밖에는 없지 않은가. 원래 우리는 두 달 안에 마하사라마에 도착할 예정이었다. 그러나 진군이 빨라져 우리는 예정보다 보름의 시간을 벌었다. 이 보름을 얕볼 수는 없다. 탄타마사 또한 일단 사라마유의 이십만 대군이 자신들에게 진격해온다는 사실을 알면 후퇴하며 시간을 벌 것이다."

이에 몇몇 신하들이 얼굴을 찌푸렸다.

'탄타마사가 아예 강을 건너 도망치지는 않겠지. 만에 하나라도

그리되어 동맹이 깨진다면 사라마유의 이십만 대군을 이노아가 떠 맡게 되는 건데.'

신하 하나가 생각을 입 밖에 내었으나 이노아 왕은 이를 일축해버렸다.

"동맹은 신뢰가 없이는 불가능하다. 입을 다물어라."

왕은 잠시 곰곰이 생각하더니 말을 이었다.

"우리가 꼭 마하사라마에 가야겠는가? 이제 그곳은 텅 빈 그릇에 불과하다. 지금부터 서쪽으로 방향을 돌려 서둘러 사라마유 군을 쫓는다면 틀림없이 시기에 맞출 수 있을 것이다."

이때 스카마라는 이름의 장수가 발언했다.

"왕이시여, 우리는 반드시 마하사라마에 가야 합니다. 적어도 그곳을 거친 후 탄타마사를 구원하기 위해 떠나야 합니다. 군사들은 그동안 마하사라마만을 바라보며 진군해왔습니다. 그곳을 거치는 것과 거치지 않는 것은 군사의 사기에 엄청난 영향을 줍니다. 대신 우리는 다른 방법으로 시간을 벌어야 합니다. 우리에게는 삼만의 기병이 있습니다. 그들을 먼저 출발시켜 제시간에 맞춰 탄타마사를 구원하는 건 어떻겠습니까?"

아즈나 왕은 스카마를 주시했다.

"탄타마사의 팔만 군사와 이노아의 기병 삼만으로 사라마유의 이십만 대군과 대적하자는 것인가?"

"네, 승산은 충분히 있습니다. 탄타마사는 서쪽에서, 이노아는 동쪽에서 각각 사라마유 군을 포위할 수 있습니다. 사라마유는 이노아 군이 십만인 사실을 압니다. 삼만의 기병을 십만 대군인 양 느껴지게 한다면 어찌 되든 그들은 주춤할 것입니다. 곧장 전투를 벌이지 말고 사절을 보내 최대한 시간을 끌어야 합니다. 설령 전투가 벌어

지더라도 후퇴하는 작전을 펴면서 나머지 칠만의 군사가 도착할 때
까지 시간을 끌 수 있습니다."

스카마는 아즈나 왕보다 열 살 정도 연상인 장수로 큰 덩치에 우
둔해 보이는 외모를 가지고 있었으나 사실 누구보다도 기민하고 냉
철한 사람이었다. 열다섯 살 때부터 마슈데하에서 발생한 여러 전투
에 나갔고 매번 공을 세웠다. 그러나 아군의 패배 앞에서 그 자신의
공을 별로 인정받지 못했다. 스카마가 승리를 경험한 것은 아즈나
왕의 통솔 하에 치른 두 달 전의 전투가 처음이었다. 그는 적의 우두
머리 라쉬를 베어 공을 세웠다.

아즈나 왕은 그 전투 이후 스카마를 주시하고 있었다.

"네 말이 옳다. 네 말대로 우리는 이대로 마하사라마에 가는 편이
좋겠다. 좀더 자세히 설명해보아라."

스카마가 왕의 명을 받고 구체적인 설명을 시작하자 다른 신하들
은 부러운 듯한 시선을 그에게 던졌다. 모두 전사 크샤트리아 계급
인 그들이었으나 그들 모두가 전쟁에 능한 것은 아니다. 그에 반해
정치에는 능하지 못해 평화로울 때는 별 주목을 받지 못하다가 전쟁
이 일단 벌어지면 날고뛰는 자들도 있는데 스카마가 딱 그런 사람이
었다.

다음날부터 이노아는 최고의 속도로 진군했다. 닷새 후, 이노아
군은 전투 한 번 없이 사라마유의 수도를 점령했다. 그들의 앞을 막
는 것은 아무것도 없었다.

주인이 떠난 마하사라마는 가을 햇살 안에 조용히 가라앉아 있었
다. 동서남북으로 뻗은 도로 위로는 바람의 신 바유의 흔적이 남아
있을 뿐, 인적이 없었다.

아즈나는 피 한 방울 흘리지 않고 점령한 땅에 첫걸음을 내딛었

다. 사람이 떠난 도시는 정적만이 흐를 뿐 시간이 멈추어진 것만 같았다.

'다시 이곳에 돌아왔구나.'

그는 마하사라마를 떠날 때의 기억을 떠올렸다. 붉은 꽃잎의 베일이 자신을 감쌌던 순간이 생생했다. 그 꽃처럼 붉은 사리의 소녀를 만났던 기억도 어제 일처럼 떠올랐다. 이렇게 해서 아즈나는 삼 년 전 목숨을 위협받으며 쫓겨간 그 왕성의 군주가 되었다.

신의 도시는 이날부터 이노아의 것이었다. 그날로 화려하지는 않으나 장대한 희생제가 열렸다. 아즈나 왕은 이 도시의 주인이 바뀌었음을 신에게 고했다. 코끼리의 상아가 그려진 사라마유의 기는 사자가 그려진 이노아의 기로 바뀌었다.

다음날 아즈나는 기병 삼만을 이끌고 사라마유 군을 쫓기 시작했다. 카르타가 나머지 칠만을 이끌고 뒤를 따랐다. 이노아 기병의 기동력은 매우 뛰어났다. 이유시크의 이십만 대군이 사흘에 걸쳐 간 거리를 그들은 반나절에 갔다. 카르타가 이끄는 보병 또한 최대한 빨리 왕의 뒤를 쫓았다. 그렇게 이노아 군은 사라마유 군의 후미를 깨물기 위해 나아갔다.


열흘 후 이노아 군이 따라오고 있다는 소식이 사라마유 진영에 도착했다. 이 소식이 들어왔을 때 밤의 회의장은 경악의 침묵으로 뒤덮였다.

사라마유 군은 서둘기 시작했다. 이제 탄타마사 군과의 거리는 얼마 남지 않았다. 이노아에게 후미를 물리기 전에 탄타마사를 쳐야 한다. 그러나 사흘 안에 마주쳐야 할 탄타마사 군이 좀처럼 나타나지 않자 사라마유 군은 진퇴양난에 빠지게 되었다. 이대로 진군하다

보면 서쪽으로는 탄타마사, 동쪽으로는 이노아와 만나게 될 것이다. 만일 그대로 포위될 경우 상황은 최악으로 흐르게 된다.

신하들은 낯빛이 변해 수도를 떠난 왕의 결정을 원망하기 시작했다. 이렇게 될 바에야 차라리 마하사라마에서 포위당한 채 싸우는 편이 나았을 텐데…… 왕이 잘못 판단했다고 왕을 원망했다.

병사들의 사기는 완전히 떨어지고 흉흉한 소문이 돌았다. 그들은 서쪽을 향해 진군하면서도 계속 뒤를 돌아보며 이노아 군이 따라오지나 않았는지 확인했다. 앞에는 아수라, 뒤에는 야차가 있는 것마냥 그들은 공포에 떨었다.

나흘째 되는 날까지도 탄타마사 군과 만나지 못했다. 그날 한밤중에 이유시크 왕은 아들을 불렀다. 그의 눈은 어떠한 결심으로 이상하리만치 빛나고 있었다. 아비뉴아는 일이 이렇게 된 이상 자신이 할 수 있는 어떠한 일이라도 해야 한다고 생각했다. 애당초 수도를 떠날 것을 건의한 것은 자신인 것이다.

그러나 이날 밤 이유시크 왕은 아비뉴아에게 앞으로 벌어질 전투에 대해 언급하지 않았다. 그는 새삼스러운 옛날 이야기를 꺼냈는데 일부는 아는 이야기였고 일부는 모르는 이야기였다. 할아버지 라바 왕에 대한 이야기는 옛날에도 한 번 들었으나 어머니 소마사 왕비에 대한 이야기는 한 번도 들어보지 못한 것이었다.

"나의 아내, 너의 어머니인 소마사 왕비는 열여섯 어린 나이에 나에게 시집을 왔다. 당시 그녀는 너무나도 아름답고 상냥한 그야말로 꽃 같은 여인이어서 모든 사람들이 그런 딸을 나에게 시집보낸 대신 쟈안의 행동을 크게 의아해했다. 라바 왕의 여러 아들들 중 아무런 세력도 힘도 없는 이 이유시크에게 딸을 시집보냈으니 그럴 만했다. 게다가 나는 유일하게 아버지가 수치스러워 하는 아들이었는데 말이다.

소마사는 남편을 대하는 다르마에 충실했지. 그러나 나는 그녀에게 무심했다. 그 당시 나의 마음에는 왕이 되고자 하는 야심만이 가득 차 있어서 그녀에게 다정한 말도, 웃음도 건네줄 여유가 없었다. 그러나 그녀는 언제나 미소지으며 나를 맞아주었지.

그러던 어느 날 나는 수풀 속에 떨어진 화살을 찾다가 우연히 왕실의 여인들이 모여 있는 자리를 지나치게 되었다. 나의 형들 대부분은 소마사에게 청혼한 적이 있었지. 그렇기에 형들의 아내들인 그녀들이 전부터 소마사를 질투하여 괴롭힌다는 소문을 들은 적이 있었다. 난 알면서도 그에 일말의 관심도 보이지 않았지.

그러나 그날 나는 목격하고 말았다. 그녀들은 번갈아가며 나의 아내를 모욕하고 괴롭혔다. 소마사는 모든 모욕과 질시에도 웃는 낯으로 참고 견디었다. 그렇게 예쁘면 뭐하나 남편에게 사랑받지도 못하는데라는 비웃음이 나왔을 때, 나는 그녀의 눈에 맺힌 눈물을 보았다. 그러나 그런 그녀가 정작 화를 낸 것은 그것 때문이 아니었다. 그녀는 내 맏형의 아내인 아르타라는 여인의 입에서 나온 말을 참지 못했다. 그것은 나에 대한 험담이었다. 그들이 나를 조롱하고 비웃자 나의 어린 아내는 참지 못하고 화를 냈다.

어린 사슴처럼 연약해 보이던 그녀가 사실은 그처럼 강한 사람이었던 것이다. 그녀는 조금의 망설임도 없이 당당하게 화를 내었다. 그녀의 반박은 단호하고도 날카로웠으며 반박할 수 없는 위엄이 있었지."

이유시크 왕은 잠시 말을 멈추고 미소를 머금었다.

"그녀의 그런 모습을 이후에 단 한 번 더 보았을 뿐이다. 그녀가 그때와 같은 어조로 아비뉴아, 너의 죽음을 부정하고 슬픔에 잠긴 나를 꾸짖었지."

그리고 왕은 다시 이야기를 이었다.

"그날 밤, 나는 그녀에게 갔다. 그녀는 여느 때나 다름없이 웃는 낯으로 나를 맞았다. 나는 그녀와 결혼한 후 처음으로 그녀의 얼굴을 찬찬히 살펴보았다. 그리고 그 웃는 얼굴에 드리워진 짙은 슬픔의 흔적을 발견했지.

나는 그녀에게 말했다.

'그대는 나에게 무엇을 원하시오?'

그러자 그녀는 상냥하게 웃으며 대답했다.

'당신의 아내인 저의 소원은 하나뿐이지 않겠습니까. 당신께서 평생 저만을 사랑해주시길 바랄 뿐이지요.'

그래서 나는 지금까지 그녀의 그 소원만큼은 버리지 않고 들어주었다."

이야기를 마친 이유시크 왕은 아들을 바라보며 미소지었다.

"너는 어머니를 잘 모셔야 한다. 이제 그녀와 헤어져 있게 되니 내가 그녀를 몹시도 사랑했다는 사실을 새삼스럽게 떠올리게 되는구나. 그녀는 나의 유일한 아내로 유일한 아들인 너를 낳아주었지. 나는 너를 사랑하듯 그녀를 사랑했다 ……나는 끝까지 이 사실을 직접 그녀에게 말하지는 못할 것 같다."

왕의 목소리가 갑자기 엄숙해졌다.

"이제부터 하는 말을 잘 들어라, 아비뉴아."

왕의 표정이 날카로워졌다. 그는 더이상 인자한 아버지가 아닌 군주가 되었다.

"너에게 군사 십오만의 통솔권을 주겠다. 너는 그 군사를 데리고 서쪽으로 나아가 탄타마사와 만나 싸우거라. 탄타마사의 전력은 대략 십만…… 반드시 그들과의 전투에서 승리하거라."

이 말에 아비뉴아는 귀를 의심하며 저도 모르게 벌떡 일어나 외쳤다.

"그럴 수 없습니다, 아버님!"

그러나 냉엄한 이유시크 왕의 얼굴에는 한끝의 변화도 없었다.

"나는 오만의 군사로 이노아와 싸울 것이다. 이노아 군은 나의 군사들에게 발목이 잡힐 것이다. 적어도 네가 탄타마사의 전투에서 완전히 승리할 때까지 시간을 벌겠다 ……아즈나를 죽이도록 노력해보겠다. 그러나 나는 승리를 자신할 수는 없다. 그러나 내가 죽더라도 네가 있다. 탄타마사를 쓸어낸 후 이노아와 대적하거라. 그때의 승산이 어찌될지는 신만이 아실 터이나 나는 너를 믿겠다, 아비뉴아!"

아비뉴아는 엎드려 이마를 땅에 대었다.

"아니오. 제가 이노아와 싸우겠습니다. 저만이, 저만이 그와 싸울 수 있습니다. 믿어주십시오. 제가 오만의 군사를 이끌고 나아가 승리하고 돌아오겠습니다."

이유시크 왕의 목소리가 가라앉았다.

"너는 내 아들이다. 그러니 내가 죽으면 네가 왕이 된다. 그러나 네가 죽으면 누가 나의 뒤를 이어 사라마유의 왕이 되겠느냐."

그는 아들의 어깨를 두어 번 어루만져주었다.

"이야기는 끝났다. 나는 내일 아침 태양이 떠오를 때 이 사실을 공표할 것이다. 갈 길이 머니 돌아가 쉬도록 해라."

그러나 아비뉴아는 움직이지 않았다. 슬픔이 마음을 짓눌러 숨조차 쉬기 어려웠다. 아버지의 무릎에 머리를 얹은 채 그는 치미는 감정을 다스리기 위해 떨었다.

'왜 그날 나는 그를 죽이지 않았을까.'

그의 기억은 삼 년 전의 무예시합 때로 거슬러 올라갔다.

'왜 그날 나는 그를 죽이지 않았을까. 그날 그의 심장을 찌르고 나 또한 죽는 편이 나았을 텐데…… 그와 나는 공존할 수 없는 운명인데.'

이것은 운명에 거슬리고 도망친 죄일까. 아비뉴아는 고통 속에서 생각하고 또 생각하며 비통해했다.

다음날 이유시크 왕의 명이 모두에게 알려졌다. 왕세자 아비뉴아는 사라마유 왕실의 기와 함께 십오만 군사의 통치권을 받았다. 모든 사람들이 다 놀랐다. 데바누 또한 놀라 친구의 얼굴을 보았으나 아비뉴아의 표정을 읽을 수 없었다.

군사는 둘로 나뉘어졌다. 왕자 아비뉴아는 십오만 군사와 함께 태양이 지는 방향을 향해 전진했다. 이유시크 왕은 오만 군사를 거느리고 이노아 군과 싸우기 위해 태양이 하늘에 떠오르는 방향으로 나아갔다.


이유시크 왕의 이번 결정에는 무수한 반대가 따랐다. 이유시크 왕의 오랜 전우인 비라샤의 왕 타밀은 비공식적인 자리에서 왕의 결정을 비난했다.

"도대체 어째서 이토록 위험한 결정을 내리셨습니까? 이해할 수가 없군요. 그리도 목숨이 가볍게 느껴지십니까? 나는 군대를 나누는 것을 반대합니다. 그러나 굳이 그리 하시겠다면 군사를 양분하여 적어도 십만의 군사로 이노아를 쳐야지요. 오만의 군사로 이노아의 십만 군을 치겠다는 것이 말이나 됩니까? 이노아의 왕 아즈나가 그대의 눈에 그리 하찮게 보이는 것입니까? 삼 년 전 그가 당신의 가슴에 화살을 겨눈 사실을 까맣게 잊으셨습니까?"

타밀 왕은 이유시크 왕이 이노아의 새로운 왕을 너무 얕잡아본다고 생각했다. 이유시크 왕은 아즈나 왕을 무시하지 않았다. 오히려 그 반대로 너무도 높이 평가하기에 이런 결정을 내린 것이었다.

이유시크 왕의 마음에는 아직도 옛 기억이 남아 있었다. 피투성이가 된 아비뉴아를 품에 안던 그 순간의 지독한 슬픔, 그 기억이 너무도 두려워 참을 수 없을 정도였다. 결코 그 순간을 다시는 맞지 않으리라. 그는 솔직히 아들이 아즈나와 만나는 사실이 두려웠다.

'아비뉴아가 탄타마사를 완전히 칠 때까지 무슨 일이 있어도 이노아 군을 묶어두리라.'

왕은 아무리 생각해도 모를 일이 한 가지 있었다. 어떻게 일이 이렇게 될 때까지 자신의 계산이 틀렸는지 알 수 없는 일이었다.

'이노아는 너무나도 빠르게 우리의 뒤를 쫓았다. 아즈나 왕은 어떻게 이노아 군을 통솔하였단 말인가.'

동으로 열흘 정도 진군한 후 이유시크 왕의 의문이 가까스로 풀렸다. 이노아 측을 탐색하던 첩보병들이 돌아와 적에 대한 가장 정확한 정보를 가져온 것이다. 이 소식은 사라마유 진영에 새로운 희망을 가져다주었다. 적을 각개각파할 수 있는 길이 열린 것이나 다름없었다. 우선은 이노아의 기병 삼만을 친다. 그때쯤에는 서로 향한 사라마유 군이 탄타마사를 치고 돌아올 테니 전력을 합쳐 이노아의 나머지 군사들을 칠 수 있는 것이다.

한편, 이노아 측에서는 이유시크 왕이 이끄는 사라마유 군이 서쪽으로 방향을 돌렸다는 사실을 뒤늦게 알게 되었다. 당장 내일이라도 사라마유 군과 마주칠지 모르는 상황이 되어서야 사라마유 군의 진군 소식이 이노아에 알려졌다. 늦어도 보통 늦은 게 아니었다. 그동안 이노아에서 전진할 방향의 탐색을 게을리한 것은 아니나 확실히 전진을 너무 서두르다 보니 적의 동정을 살피는 것에 한계가 있었던 것이다.

이노아에서는 카담이라는 계급의 사람들이 정탐 업무를 맡고 있었다. 카담은 크샤트리아 계급 중에서도 가장 하위였으나 하는 일만은 그 누구보다도 중요했다. 그들은 평소에는 왕의 개인 친위대이나 전시에는 적의 정탐을 맡곤 했다. 이번 전쟁에서는 약 백여 명의 카담들이 활약했고 그들의 지휘를 맡은 것은 수니티라는 여인이었다.

그녀는 과거 이노프와의 아들 마하라마를 전쟁터에서 구한 적이 있을 정도로 무예에 뛰어난 용감한 여인이었다. 신에 대한 공경심이 남달리 깊어 매일 해가 뜨기 전 한 시간씩 신에게 기도를 드리곤 했다. 서쪽으로 진군을 시작한 이후로는 서쪽을 지키는 물의 신 바루나에게 기도를 올리는 것이 일과의 시작이었다. 그러다 요사이 바루나 신에게 바친 공물이 타기 전에 성화가 꺼진 것을 보고 불길한 예감을 느끼고 있었다. 결국 예감은 현실이 되어 그녀는 이유시크 왕의 군대를 발견하고 탐색하던 중 사라마유 군에게 들켜 부하들을 모두 잃었다.

간신히 몸을 피한 수니티는 이노아 군의 막사에 돌아와 왕에게 보고를 올렸다.

"전하, 사라마유 군이 오고 있습니다. 내일, 혹은 모레 그들과 마주칠 것으로 예상됩니다. 적은 군사를 양분하여 대략 삼만에서 칠만 사이의 군사를 이끌고 왔습니다. 정확한 숫자는 알지 못하겠나이다."

아즈나 왕이 물었다.

"누가 그들을 이끌고 왔느냐?"

수니티가 대답했다.

"제가 왕 중의 왕, 이유시크의 기를 보았습니다."

이에 아즈나는 잠시 대답이 없었다. 신하들은 왕의 얼굴이 갑작스런 분노로 붉게 상기되는 것을 지켜보았다.

"그래. 우세한 병력을 아들에게 넘겨주고 나에게 대적하러 왔단 말이지!"

아즈나는 벌떡 일어서서 몇 걸음 내딛었다. 마음을 진정시키려 애쓰는 흔적이 역력했다. 그는 갑자기 멈춰서서 외쳤다.

"이유시크 왕은 도대체 어떤 자인가! 우리는 그가 수도를 버리는 바람에 이미 낭패를 보았다. 그런데 이제 또다시 나를 가로막고 있다. 아비를 죽이려 할 때 아들이 가로막더니 이제 아들을 죽이려 하니 그 아비가 가로막는 것인가!"

신하들은 잠시 어리둥절할 수밖에 없었다. 적의 왕을 치는 것이 이노아의 목표가 아닌가. 왕의 지금 발언은 왕자 아비뉴아만을 염두에 두는 듯했다.

아즈나의 분노는 계속되었다.

"이노아와 탄타마사는 아직 포위를 형성한 것이 아니다. 만약 포위하지 못한다면 두 나라가 각개격파 당할 가능성도 있다. 확률은 반반이다. 이유시크 왕은 그 확률 자체를 아예 깨버리겠다는 심산인가. 그래서 군을 둘로 나누고 자신의 생명까지 걸었단 말인가! 대답해봐라. 무엇이 그를 그렇게까지 만드는가!"

신하들 중 누구도 왕의 물음에 대답하지 못했다. 왕의 말에는 분노가 어려 있어 감히 나서서 말하기 어려웠던 것이다. 모두들 어째서 왕이 이렇게 화를 내는지 몰라 숨을 죽였다. 그도 그럴 것이 아즈나 자신조차 왜 이렇게 분노가 치솟는지 잘 알지 못했다. 그는 거칠어진 호흡을 진정시키며 생각했다.

'나는 왜 화를 내는가. 어차피 나는 누구를 먼저 죽이든 이유시크 왕과 아비뉴아, 둘 모두를 죽여야 한다. 아비뉴아가 탄타마사를 상대하고 이유시크 왕이 나를 치러 왔다 해서 무엇이 잘못된 것이지?'

그는 저도 모르게 막사 안을 둘러보며 카르타의 모습을 찾았다. 그러나 카르타의 모습이 있을 리 만무했다. 형은 지금 칠만의 군사를 이끌고 자신의 뒤를 쫓고 있지 않은가. 아즈나는 이에 자신이 앉아 있던 비단방석을 돌아보았다.

'나는 한 번도 내 아버지가 적과 싸우기 위해 이런 막사에 앉아 있는 모습을 본 적이 없다. 그는 내가 태어날 때부터 늙어 있었어. 주위의 무엇도 바꾸려 하지 않았지. 그의 주위에는 죽은 시간만이 흘러갔다. 왜 그는 한 번도 나를 사랑해주지 않았을까.'

그제야 자신이 무엇에 대해 화를 내고 있는지 알 수 있었다. 결국 자신은 이유시크 같은 아버지를 둔 아비뉴아를 질투하는 것이 아닌가. 이런 생각이 들자 마음이 다소 가라앉았다.

이 자리에는 브라흐마나 샤마가 있었다. 샤마는 브라흐마나임에도 불구하고 웬만한 크샤트리아보다도 훨씬 더 궁술에 뛰어났다. 동시에 신중하고 지혜로운데다 전략과 전술에도 밝아, 전부터 탄타마사에 사절로 보내지는 등 왕의 신임을 얻고 있었다. 그는 왕을 바라보며 속으로 이렇게 생각했다.

'우리의 왕은 아직 어리다. 너무도 강하고 무서워 생각치 못했으나 저렇게 분노하는 모습을 보면 아직은 덜 성숙했다.'

그 역시 왕이 왜 분노하는지는 몰랐으나 어쨌든 왕의 분노를 가라앉히기 위해 부드럽게 입을 열었다.

"아마의 후손이시여, 저는 수니티가 전해준 소식에 안도하였습니다. 만일 이유시크 왕이 십만의 군사를 이끌고 왔다면 우리는 후퇴하여 카르타가 이끌고 올 칠만 군을 기다리는 수밖에 없었겠지요. 그러나 우리는 충분히 이유시크 왕과 대적할 승산이 있습니다.”

이때쯤 아즈나의 마음은 완전히 평정을 되찾았다. 그는 당장 내일, 혹은 모레 치러야 할 전투를 생각했다. 그는 자리에 앉아 수니티를 돌아보았다.

“그대가 가져온 정보는 너무도 불확실하다. 카담들은 대체 무엇을 했는가?”

이에 수니티는 스스로 부끄러움을 느끼고 절을 했다.

“저를 죽여주십시오.”

그녀가 이제껏 수많은 전쟁에서 활약하고 여러 귀중한 정보를 아군에게 가져다주었다. 지난번 마슈데하 국경에서 벌어진 전투에서도 라쉬가 이끄는 사라마유 군의 정보를 정확하게 아즈나 왕에게 전한 것도 그녀였다. 그녀가 오늘처럼 왕에게 보잘것없는 정보를 가져다준 것은 처음이었다.

왕은 더는 꾸짖지 않고 고개를 돌렸다.

“그동안 우리가 너무 진군에만 신경을 쓴 모양이다. 이렇게 일찍 사라마유 군과 대면하게 될 줄은 몰랐다. 우리는 그들에 대해 너무도 모른다. 어떤 장소에서 그들과 맞서게 될지도 알 수 없다. 의견이 있는 자는 발언해보아라.”

장수 나라얀이 나섰다.

“전하, 이곳은 사라마유의 땅입니다. 저들이 우리보다 이곳의 지형을 잘 안다는 것은 눈에 보듯 뻔한 일입니다. 이노아는 불리합니다. 지금 진군을 되돌려 후방의 칠만 군사와 만나는 것이 어떻겠습니까. 그럴 경우 병력의 우세로 단숨에 적을 칠 수 있습니다. 또한 이미 지나온 지형 중 싸움에 유리한 곳을 택할 수 있게 됩니다."

다른 신하들도 이에 찬성했으나 아즈나는 고개를 저었다.

"그것은 안 된다. 이유시크라는 이름이 그리도 너희에게 두려움이 되느냐? 모두가 이번 전투만을 생각한다. 그러나 우리 눈앞에 있는 적이 사라마유의 주력부대가 아니라는 것을 생각해라. 탄타마사를 치기 위해 나간 사라마유 군과의 전투가 사실상의 결전이 될 것이다. 돌아간다는 것은 생각치 마라. 나는 눈앞의 적을 최단 시간에 치겠다. 이노아가 탄타마사와 함께 왕자 아비뉴아가 이끄는 사라마유 군을 치기 위해선 속히 앞으로 나가야 한다."

왕의 전차사 사칸데가 왕을 만류했다.

"전하, 속전속결은 생각치 마십시오. 이유시크 왕과 먼저 싸워야 하는 이상 아무리 서두르셔도 탄타마사를 구원하실 수는 없을 것입니다. 우리로서도 어차피 칠만의 보병이 오기를 기다려야 할 처지입니다. 게다가 현재 우리는 적에 대한 정보가 너무도 부족합니다. 이번 전투는 매우 어려운 전투가 될 것입니다."

샤마도 사칸데의 말을 거들었다.

"그렇습니다. 왕 중의 왕 이유시크는 두려운 사람입니다. 섣불리 그를 맞아서는 안 될 것입니다."

아즈나는 그들의 말을 듣고 자신이 너무 초조해하고 있음을 인정했다.

'그래. 일단 이유시크 왕을 죽이는 일부터 생각하자. 그러나 서둘러야 한다. 하루가 흐를 때마다 그를 죽일 수 있는 기회가 나에게서 떠나고 있는 듯한 느낌이 든다.'

"뜻은 알겠다. 그러나 되돌아가는 것은 허락할 수 없다. 이곳에서 적이 도착하기를 기다리자."

왕이 말하자 브라흐마나 샤마가 입을 열었다.

"서쪽으로 가면 갈수록 지형이 높아지고 있습니다. 이곳에 군사를 주둔시킬 경우 높은 지대를 적에게 양보하는 셈이 되지요. 조금 더 가다보면 야나 고개가 나옵니다. 그곳의 높은 지대를 차지하고 적을 맞는 것이 어떻겠습니까?"

장수 나라얀은 긍정적으로 말했다.

"저도 그렇게 생각합니다."

그때 장수 스카마가 입을 열었다. 그는 말을 직설적으로 하는 편이어서 사람들에게서 호감을 사지 못하는 성미였는데 지금 발언 또한 사람을 무시하듯 튀어나왔다.

"우리는 야나 고개를 적에게 내주는 편이 좋습니다."

샤마는 별로 화내지 않았으나 나라얀은 그만 성이 났다. 그는 아까 아즈나 왕에게서 이유시크 왕을 두려워한다는 꾸짖음을 듣고 기분이 좋지 않은 상태였다. 스카마에게 이런 핀잔을 받고 나니 당연히 화가 날 수밖에 없었다. 그는 일단 왕의 앞이기에 참으며 대꾸했다.

"그렇다면 순순히 적에게 높은 지형을 양보하자는 말씀입니까?"

"그렇습니다."

이 대답에 아즈나 또한 이상하게 생각하고 물었다.

"어째서이지?"

"현재 우리는 적의 전력을 확실하게는 모릅니다. 우리가 야나 고개에 주둔하고 사라마유가 그 아래에 주둔하게 되면 그들이 전력을 숨기고 우리를 공격해올 가능성이 있습니다. 야나 고개 주위로 크고 작은 고개가 많은데 그 사이사이에 군사를 숨겨놓았다가 투입시킨다면 공연히 애를 먹게 됩니다. 게다가 그 상태로는 우리가 승리해도 문제입니다. 우리는 계속 서쪽의 적을 향해 진군해야 하기에 후방의 위험이 없도록 적을 전멸시켜야 합니다. 사라마유 측은 우리보다 이곳의 지형에 능숙합니다. 그들이 분산되면 전멸시키는 데 문제가 많습니다. 그럴 바에야 높은 지형을 내주고 그들이 모여서 우리를 공격하도록 만드는 것이 좋을 것입니다. 모여 있다면 좀 어렵더라도 한 번에 깨버릴 수 있으니까요."

아즈나는 고개를 끄덕였다.

"그래. 우리는 공연히 적이 시간을 끌도록 둘 수 없지."

"또 하나 이유가 있습니다. 요사이 바람이 동에서 서로 불고 있습니다. 동쪽에 있다면 활을 쏘기에 좋은 위치를 잡게 될 것입니다. 게다가 오전에 태양을 등지고 싸우는 사이 승기를 잡을 수 있지요."

"네 말이 옳다."

아즈나는 스카마를 바라보며 고개를 끄덕였다. 왕의 말에 장수 나라얀은 얼굴을 찡그렸다. 스카마의 발언을 시작으로 다양한 발언이 나왔다. 과거 이유시크 왕이 사용했던 전술들이 검토되었다. 회의는 밤늦게까지 계속되었다.

이틀 후 이노아 군은 사라마유 군과 조우했다. 이노아의 예상대로 사라마유는 야나 고개에 군을 주둔해 거북머리 형태의 진을 쳤다. 그 위용이 실로 대단하며 빈틈이라고는 조금도 보이지 않았다. 용맹함으로 더이상 이름을 떨칠 수 없을 정도로 유명한 사라마유의 장수들의 기가 물결을 이루었다. 왕 중의 왕 이유시크의 기가 멀리에서도 모든 사람들의 눈에 띄었다. 이노아 인들은 새삼스럽게 이유시크 왕의 위용에 압도되었다. 그가 왕 중의 왕이 되기까지 얼마나 많은 왕들이 쓰러지고 여러 왕국들이 멸망했던가. 이유시크 왕과 대적해야 한다는 사실만으로도 이노아 장수들은 기운이 빠지는 듯했다.

전투가 시작되기 전 이노아 측에서는 사신을 보내 개인전을 제의했다. 이에 이유시크 왕은 거절의 답변을 보내왔다.

"어차피 우리는 전투중 만나지 않겠는가."

사절이 이노아로 돌아간 후 고동 소리와 함께 전투가 시작되었다. 이유시크 왕은 장수들에게 명했다.

"오늘은 결코 무리한 공격을 해서는 안 된다. 우리 측이 높은 지역에 주둔해 있으나 바람은 적이 있는 방향에서 불고 있다. 우선은 코끼리 부대를 내보내 적을 혼란시키고 전진과 후퇴를 반복해라. 네 방위를 모두 확실히 지켜라."

사라마유의 오만 군사는 네 개의 군단으로 나뉘어 있었다. 왕은 네 명의 군단장들에게 네 방위를 지키도록 명했다. 장수 쿠마가 북쪽을 지키는 부의 신 쿠베라의 기를 가지고 북쪽에 배치되었다. 장수 하메루가 죽음의 신 야마의 남쪽을, 자라바다 왕국의 왕자 타바가 물의 신 바루나의 서쪽을 맡았다. 이유시크 왕 자신은 직접 뇌신 인드라의 기를 가지고 동쪽, 즉 선두를 맡았다.

한편 이노아 측에서는 사라마유 군이 취한 진의 형태를 살펴보며 어떤 진으로 응수할지 궁리하고 있었다. 사라마유 군이 취한 진은 가장 깨기 어려운 형태의 것이었다. 장수 디오라마가 고했다.

"네 방위 모두가 탄탄하게 지켜지니 어느 방향을 공격해도 그리 용이하지 않으리라 생각됩니다."

아즈나는 이것이 까다로운 전투가 될 것임을 직감했다. 그는 생각하다가 브라흐마나 샤마의 의견을 받아들여 큰뿔사슴 이나마 형태의 진을 치기로 결정했다.

"우선은 정면으로 공격하다 기회를 보아 측면을 공격하도록 하자."

태양신의 전차가 달리기 시작할 때 이노아 장수들의 전차도 힘차게 전진하기 시작했다. 사라마유는 코끼리 부대를 내보내 전차 부대를 부수려 하는 것으로 응수했다. 이노아 군은 놀라운 기동력으로 코끼리 떼를 피했다. 코끼리들은 일단 돌진하고 나면 되돌아오기 어렵다. 이노아는 성공적으로 공격을 막은 듯했으나 그것이 끝이 아니었다. 코끼리들은 보통 훈련이 되어 있는 것이 아니었다. 조련사들은 마음대로 코끼리들을 지휘했다. 시간이 걸리기는 했으나 조련사들은 코끼리 떼를 남으로 우회시켰다가 다시 이노아 군을 향해 전진시켰던 것이다.

이노아 군은 막 남북으로 나뉘어 사라마유 군을 공격하려는 참이었다. 코끼리 부대가 돌아오자 이노아는 남으로 향하려던 군사들을 즉시 거두어들였다. 무서운 기세로 돌진하는 짐승들을 맞아 진열이 무너지기는 했으나 재빨리 피한 덕에 큰 피해는 입지 않았다. 그렇다 해도 코끼리 부대를 맞이하자 말들이 코끼리들을 두려워하여 전진하려 하지 않았다. 이노아 군의 사기는 심리적으로 일단 꺾이고 말았다.

최전선에서 이노아 군을 맞은 것은 비라샤의 왕 타밀이었다. 백발백중의 그의 화살도 강했으나 그의 코끼리는 그보다 더 강했다. 산처럼 큰 이 무서운 짐승은 인드라 신이 타고 다니는 코끼리 아이라바타처럼 위풍당당했다. 이노아 군사들은 무수한 화살을 쏘아냈으나 이 짐승이 걸친 질긴 가죽 갑옷을 뚫지 못하고 오히려 화만 돋구어놓았을 뿐이었다. 코끼리는 긴 코로 이노아 장수들의 전차를 뒤집어놓고 무수히 많은 병사들을 땅으로 집어던졌다.

불리한 상황을 타파하기 위해 이노아의 왕 아즈나가 나섰다. 그는 그 자신의 키만 한 활에 두 개의 화살을 겨누어 힘껏 내쏘았다. 갈고

리 모양의 촉이 달린 화살이 나아가 코끼리의 이마와 오른쪽 눈을 꿰뚫었다. 코끼리는 고통스러워하며 발로 땅을 구르기 시작했다. 그 와중에 타밀 왕은 땅에 굴러 떨어졌다. 당장이라도 코끼리의 발에 밟힐 위험한 상황이었으나 오히려 그것이 전화위복이 되었다. 아즈나는 그때 타밀 왕을 겨눈 두번째 화살을 내쏘고 있었다. 그러나 왕이 땅에 떨어지는 바람에 공교롭게도 아즈나의 화살은 빗나갔다. 이에 아즈나는 활을 버리고 철퇴를 들어 코끼리에게 던졌다. 그것이 이 거대한 짐승의 다리를 부러뜨려 더이상 움직이지 못하게 만들었다.

이후 이노아의 군사들은 방향을 바꾸어 사라마유 군의 북쪽을 집중 공격하기 시작했다. 사라마유 군의 진은 더할 나위 없이 튼튼했다. 그 무예와 용기로 둘째 간다면 서러워할 이노아 장수들도 사라마유 장수들을 맞아 고전했다.

아즈나는 이때쯤 이유시크 왕이 어떤 방향의 전술을 펼지 눈치채고 그의 전차사에게 말했다.

"보통은 선두에 기병들을 세우는 게 보통이다. 그러나 헛짚었구나. 이유시크 왕은 중앙에 비교적 약한 보병들을 세우고 코끼리 부대를 위시했다. 사라마유의 기병들이 양쪽을 철벽같이 방어하니 뚫고 나가기가 힘이 든다. 정면 공격을 그대로 밀고 나갔다면 오히려 승산이 있었을지도 모르겠다."

전차사 사칸데가 대답했다.

"이대로라면 오늘 하루는 소모전이 될지도 모르겠습니다."

아즈나는 명했다.

"그렇게 둘 수는 없지. 기를 흔들어라."

사칸데가 시키는 대로 기를 흔들자 가장 가까이에 있던 장수 나라얀과 스카마가 달려왔다. 아즈나는 그들에게 명했다.

"나는 이유시크 왕을 죽이러 가겠다. 너희는 이곳에서 군사들을 지휘해라. 어느 정도 후퇴를 해도 좋으나 병력을 소모시키지는 마라. 나는 정오가 되기 전까지 돌아오겠다."

나라얀은 스카마를 보더니 얼굴부터 찡그렸다. 그는 어제 스카마에게 무안을 당해 심기가 좋지 않았다. 그는 스카마를 무시하고 왕에게 입을 열었다.

"전하, 홀로 가시면 위험하실 테니 제가 동행하겠습니다."

그러자 스카마가 나라얀의 말을 받았다.

"그렇습니다. 나라얀을 먼저 내세워 이유시크 왕을 유인하십시오."

나라얀은 이게 무슨 소리인가 싶어 스카마의 얼굴을 보았다. 스카마는 그를 아랑곳없이 말을 이었다.

"아까 비라샤의 왕 타밀을 놓치셨지요. 그는 아직 멀리 몸을 피하지 못했을 테니 서둘러 죽이십시오. 이유시크 왕은 타밀 왕과 친밀한 사이입니다. 그를 죽인다면 반드시 나타날 것입니다. 그때 우선 나라얀을 내세워 이유시크 왕과 싸우게 하십시오. 전하께서 먼저 나타나신다면 이유시크 왕은 섣불리 나서려 하지 않을 것입니다."

스카마는 물론 일부러 나라얀을 무시하려는 의도는 전혀 없었다. 어제의 일로 나라얀이 마음 상해 있으리라는 생각도 아예 없었다. 그러나 그의 말은 나라얀의 화를 돋구기에 충분했다. 이어지는 말은 더욱더 그러했다.

"다만 이유시크 왕이 나라얀을 단번에 죽일까 걱정이 됩니다."

그러나 아즈나는 고개를 저었다.

"어차피 이유시크 왕이 나를 피하려 마음을 먹는다면 사라마유 군을 전멸시키 전에 그를 죽일 수도 없겠지. 너희 둘이서 이곳을 지켜라. 이유시크 왕을 죽일 수 없다고 판단되면 난 곧 전차의 방향을 돌리겠다."

왕의 전차는 곧 먼지 속으로 멀어져갔다.

스카마와 나라얀은 왕이 돌아올 때까지 중한 책임을 맡게 되었다. 나라얀은 사라마유 군보다 옆에 서 있는 스카마가 더 미웠다. 마음 같아서는 얄미운 얼굴에 화살을 몇 개 쏘아주고 싶었으나 그럴 수는 없는 노릇이었다. 둘은 전차를 나란히 하고 사라마유 장수들을 쳐부수었다. 사라마유의 여러 유명한 장수들도 이 두 장수를 당하지 못하고 물러났다. 이노아 병사들은 두 장수의 무예에 환호를 보냈다. 사라마유의 장수 카산이 이노아의 사기를 꺾기 위해 나섰다. 그는 노장 중의 노장으로 라바 왕의 밑에서 무수한 이노아 장수들을 꺾었다. 이유시크 왕의 밑에서도 그 무예는 빛을 잃지 않아 왕의 총애를 얻고 있었다.

"애송이들아, 먼 이국 땅까지 뼈를 묻으러 올 필요가 있더냐. 목숨이 아깝거든 걸리적거리지 말고 비켜라. 야마의 검은 미소가 두렵지도 않으냐. 어찌 그리도 팔다리가 가늘고 허약하느냐."

카산은 입담도 보통이 아니어서 졸지에 두 장수는 갓 활을 배운 어린아이 취급을 받게 되었다. 나라얀은 즉시 활에 화살부터 걸었으나 스카마는 마주대고 적을 조롱하기 시작했다.

"오오, 카산님. 그대는 연세가 너무 많으셔서 한 가지 진리를 잊으셨나 봅니다."

"무어라?"

"세치 혀에 죽는 용사는 세상에 없다는 것입니다. 제 아버님의 연세이신 분이 혀만은 늙지 않으셨으니 크게 경축 드리는 바입니다."

카산은 분노하여 창을 던졌다. 그러나 나라얀의 화살이 더욱 빨랐다 그가 소나기처럼 활을 쏘아대니 카산도 견디지 못하고 물러났다.

공교롭게도 이날 나라얀과 스카마 두 장수는 끝까지 행동을 같이 하게 되었다. 꽤 호흡이 잘 맞아 나라얀도 불평할 수는 없게 되었다.

아즈나는 적진 깊이 들어간 후 타밀 왕과 마주쳤다. 타밀 왕은 자신의 유명한 코끼리를 잃고 전차를 타고 이노아 군을 공격하고 있었다. 그는 아즈나를 발견하자마자 덤벼들었으나 그보다 그의 아들 사티아마의 화살이 더 빨랐다. 사칸데가 살짝 전차의 방향을 바꾸어서 사티아마의 화살은 빗나가버렸다. 그러자 사티아마의 전차가 아즈나의 전차 앞으로 뛰어들었다.

"나는 타밀과 루크미의 아들 사티아마! 이노아의 왕 아즈나여, 그대가 비슈누의 아스트라를 쓴다는 헛소문이 있던데 어디 한번 너의 실력을 보여보아라."

그 말이 끝나기가 무섭게 아즈나의 창이 날아와 사티아마는 가슴에 창을 맞고 즉사했다. 아들을 잃은 타밀 왕은 무섭게 분노하며 달려들었다. 두 전차가 상대를 향해 달려 맞부딪쳤다. 아즈나의 바즈라가 타밀 왕의 가슴을 뚫으려는 찰나 아즈나는 갑작스런 섬뜩함을 느끼고 바즈라를 등 뒤로 휘둘렀다. 역시 뒤에서 날아온 투창이 두 조각 나서 그의 발 밑에 굴렀다. 아즈나는 돌아보고 누가 틈을 타 자신에게 공격을 했는지 확인했다.

그는 바로 이유시크 왕이었다. 그의 황금 전차는 더없이 찬란하고 왕 중의 왕을 뜻하는 기는 바유의 바람에 힘차게 펄럭이고 있었다. 아즈나는 눈앞에 나타난 왕 중의 왕을 보고 냉소했다.

"등을 공격하는 자여, 그대의 다르마는 어디에 있는가? 하늘로 달아났는가, 땅으로 숨었는가?"

이유시크 왕은 타밀 왕의 아들 사티아마의 죽음에 분노하고 있었다. 그는 또다른 투창을 던지며 외쳤다.

"이노아의 왕 아즈나여, 다르마를 모르는 것은 그대 쪽이다. 다르마를 아는 자라면 아버지와 아들이 함께 있을 때 아들을 먼저 죽이지 않는다. 그대가 먼저 부정을 범한 이상 나를 힐난할 수는 없을 것이다."

아즈나는 바즈라를 휘둘러 자신에게 날아온 투창을 두 조각 내었다. 순간 이유시크 왕이 아스트라의 주문을 외우기 시작했다. 전차사 사칸데가 외쳤다.

"전하! 나가의 아스트라입니다!"

사칸데는 온몸에 소름이 돋는 것을 느꼈다. 그는 몇 년 전 전쟁터에서 이 아스트라가 쏘아지는 것을 본 일이 있었다. 시위를 떠난 화살이 살아 있는 뱀이 되어 사람을 물어뜯었다. 아즈나는 즉시 활에 시위를 걸며 아스트라의 주문을 외우기 시작했다.

이유시크 왕이 나가의 아스트라를 내쏘았을 때 아즈나 또한 아스트라를 쏘았다. 나가의 아스트라는 독을 내뿜는 은빛 뱀이 되어 허공을 날았다. 이에 맞서는 아즈나의 아스트라는 비슈누 신을 태우는 천상의 새 가루라였다. 금빛 새의 형상을 한 빛이 날아가 독사를 집어삼켰다. 아스트라의 위력이 사라졌을 때 이유시크 왕의 전차는 방향을 돌리고 사라마유의 진 깊숙이 사라졌다.

타밀 왕의 전차 또한 멀어지고 있었다. 왕의 전차사가 의도적으로 전차의 방향을 돌린 것이다. 타밀 왕의 분노의 고함 소리가 멀어졌을 때 아즈나는 그의 전차사에게 말했다.

"그렇다면 아들은 아버지의 죽음을 보아도 좋다고 생각하느냐?"

사칸데는 자신의 큰아들과 같은 나이인 왕을 바라보며 대답했다.

“사티아마는 호승심이 강한 왕자입니다. 좀전의 그의 화살은 아버지를 구원한다기보다 전하의 실력을 확인해보려 하는 것인 듯싶었습니다.”

“타밀 왕은 아들이 중했다면 아들이 자신의 앞을 가로막도록 키우지 말았어야 했을 것이다.”

아즈나는 대꾸하며 이유시크 왕의 전차가 사라진 방향을 노려보았다.

“이유시크 왕은 아들을 몹시 사랑하기에 내 손에 죽을 것이다. 마음껏 아들을 사랑하고 자신의 생명조차 지킬 수 있으리라 믿는 것은 설마 아니겠지.”

전차사는 왕이 흥분한 것을 알고 조심스럽게 물었다.

“이유시크 왕을 쫓으시겠습니까?”

“아니. 이유시크 왕을 먼저 없앨 생각은 버리겠다. 돌아가 이노아의 승기부터 잡도록 하자.”

아즈나의 전차가 이노아 군의 선두로 돌아왔을 때 두 나라는 팽팽한 줄다리기를 펴고 있었다. 북쪽의 전투는 이노아 군이 유리했으나 남쪽은 코끼리들이 활약하며 이노아 군을 무참히 짓밟고 있었다.

아즈나는 고동을 불어 자신의 소속 일천 기병과 궁수 부대 오백을 불러모았다. 모두가 고르고 골라 뽑은 용맹한 군사들이었다. 왕은 그들을 이끌고 사라마유의 코끼리 부대를 공격하기 시작했다. 이천의 기병들은 모두 특별히 긴 창을 들고 침형진을 치고 빽빽이 모여 전진하였다. 코끼리 떼들은 그 모양을 보고 전진속도를 줄였다. 그 틈에 창을 든 기병들은 좌우로 갈라지고 오백의 궁수들이 나서서 코끼리 조련사들을 쏘아 맞추었다.

조련사와 각별한 사이를 유지하는 코끼리들은 그들의 조련사들이 화살에 맞고 떨어지자 슬프게 울었다. 그 울음이 하늘을 뒤덮었다. 일단 조련사들을 잃자 코끼리들은 더이상 이노아 군 쪽으로 다가가려 하지 않았다. 아즈나는 코끼리 부대를 사라마유 군에서부터 떼어놓는 데 성공하고 일천의 기병들을 남에 배치했다. 그들의 모양이 마치 커다란 울타리처럼 보였다.

코끼리 부대를 비켜난 후 이노아의 기병들은 사라마유의 기병들과 치열한 접전을 벌였다. 아즈나는 죽음의 신 야마의 기를 들고 있는 사라마유의 군단장 하메루와 상대해 승리했다. 사라마유의 기병들은 결국 견디지 못하고 후퇴했고 사라마유 군의 중앙에 위치해 있던 보병들이 나섰다. 이때부터 이노아 군은 빠른 기동력으로 사라마유 군을 쳐부수었고, 사라마유는 상대적으로 약한 중앙부터 격파당하기 시작했다.

사라마유는 오전 내내 전진과 후퇴를 교묘히 섞으며 시간을 끌고 있었다. 이유시크 왕은 그러나 이제 정면 승부 외에는 방법이 없음을 깨달았다. 그의 명에 의해 양쪽의 기병들이 중앙으로 이동해 한참 동안 치열한 접전을 벌였다.

전쟁 악기도 발악하며 하늘과 땅을 북과 고동, 나팔 소리로 뒤덮었다. 군사들을 독려하는 소리의 홍수 아래, 수많은 말들과 전차가 달리는 소리, 보병들이 움직이는 소리들과, 칼과 칼이, 창과 창이 부딪치는 소리들이 뒤섞였다. 무수한 병사들이 죽어갔고, 여기저기에 주인을 잃고 부상당한 말들이 쓰러져서 울었다. 부서진 병기들이 땅을 뒤덮으며, 곳곳에서 피의 웅덩이가 생겨나 서로 합쳐지면서 야나 고개 아래로 흘러내렸다. 짙은 피내음과 휘날리는 모래 연기가 기도를 메우고 시야를 흐렸다.

이날 전투 내내 사라마유와 이노아, 어느 쪽이 승기를 잡고 있는지 누구도 구분해낼 수 없었다. 양국의 군사들은 뒤섞인 채 피바람 부는 살육전을 계속했다. 전투는 태양이 지고 나서야 끝났다. 전투의 승패는 밤이 되어서야 판명되었다. 사라마유는 약 오천의 보병과 일천의 보병을 잃었다. 그에 반해 이노아는 삼천의 기병을 잃어 사상자의 수로만 따지자면 이노아의 승리로 돌아갔다. 그러나 애당초 사라마유의 전력이 더 컸기에 두 나라는 여전히 백중지세였다.

이노아는 이날의 전투를 일단 성공적으로 평가했으나 왕 아즈나는 그렇게 생각하지 않았다. 그는 원래 단 하루 만에 사라마유 군을 전멸시킬 생각이었다. 그것이 가능하지 않은 것만으로도 이유시크 왕은 자신의 앞길을 계속 막고 있는 것이나 다름없었다. 두 나라의 전투는 이후 나흘 동안 계속되었다. 사라마유는 끈질기게 이노아를 괴롭혔다. 나흘 후 양군의 전력은 절반으로 감소해 있었다.

닷새째 되는 날 마침내 승패를 결정짓는 전투가 벌어졌다. 이노아는 피해를 감수하고 사라마유를 포위 공격하였다. 이날 오후 마침내 사라마유의 침형진이 깨지며 진의 후방을 방어하던 군단장, 자라바다 왕국의 왕자 타바가 이노아 장수 나라얀의 손에 죽었다.

석양이 질 무렵 긴 갈기를 바람에 날리는 백마들이 끄는 황금빛 전차가 서쪽에서 모습을 드러냈다. 아즈나는 그제야 왕 중의 왕 이유시크의 전차와 마주하게 되었다. 그는 싸늘하게 외쳤다.

"왕 중의 왕이여, 그대의 군대는 전멸하고 살아남은 자들은 도망쳤다. 삼 년 전 그대는 수천의 군사들에게 둘러싸인 채 나를 죽이려 했다. 그때는 아들의 등 뒤에 숨어 살아남았지. 그러나 지금 이 순간 누구의 등이 그대를 보호하는가?"

이유시크 왕은 대답하기에 앞서 잠시 뒤를 돌아보았다. 등 뒤에 타오르는 석양이 마지막 빛으로 세상을 밝히고 있었다. 왕은 부상을 입고 육신은 지쳐 있었으나 마음의 긍지만은 사라지지 않았다.

"이노아의 왕 아즈나여, 나는 그대를 삼 년 전 그날 죽였어야 했다. 그러나 그렇지 못했다 한들 무슨 상관이 있겠느냐. 나는 일생에 후회가 없다. 마지막을 알고 준비할 수 있었으니 그보다 큰 축복이 어디 있었겠느냐. 나의 대에 이르러 사라마유는 라자수야를 지내게 되었고 거기까지가 나의 역할이었다. 그 다음은 나의 아들의 몫이 될 것이다."

이유시크 왕은 불의 신 아그니의 아스트라의 주문을 외웠다. 타오르는 석양처럼 아그니의 아스트라의 빛이 하늘을 덮었다. 아즈나는 비슈누의 아스트라를 외우며 그의 바즈라를 들었다. 비슈누의 아스트라는 굉음 소리와 함께 하늘을 날아 아그니의 아스트라를 찢고 이유시크 왕의 심장에 꽂혔다.

이로써 라바의 아들이자 아비뉴아의 아버지였던 왕 중의 왕 이유시크가 죽었다. 왕의 죽음을 알리는 고동 소리와 동시에 전투는 끝났다. 석양은 완전히 져버렸다. 아즈나는 전차에서 내려 어둠으로 덮이는 땅 위에 섰다. 그는 한참 동안 서쪽을 바라보며 깊은 생각에 잠겼다. 이노아는 승리했으나 피해도 엄청났다. 그들에게는 일만도 채 안 되는 병력이 남아 있을 뿐이었다. 이유시크 왕은 확실하게 이노아의 진군을 끊었다. 아즈나는 원군이 오기를 기다릴 수밖에 없게 되었다. 동쪽에서는 카르타가 칠만 군사를 이끌고 다가오고 있었다.

# 5장 서쪽의 전투

탄타마사는 예정대로 시일에 맞춰 마하사라마로 진군해나가고 있었다. 리무 강에서 만난 폭풍은 전화위복이 되어 병사들의 사기를 북돋아주었고 이후의 진군은 별다른 위험 없이 순조롭게 이루어졌다. 모두들 폭풍신 루드라가 탄타마사를 가호한다고 믿으며 전쟁의 승리를 확신했다.

그렇게 한 달 남짓을 진군했을 때, 탄타마사에 청천벽력과 같은 소식이 들어왔다.

"사라마유의 이십만 대군이 우리를 치기 위해 서쪽으로 오고 있다고? 마하사라마를 버리고 이곳으로 오고 있다는 말이냐!"

왕세자 잔드라는 너무 놀라 크게 부르짖다가 현기증마저 느끼고 비틀거리고 말았다. 다른 형제들 또한 경악한 채 할말을 잊었다. 믿기 어려운 정보였다.

그러나 엄연한 현실이었다. 사라마유의 대군은 불과 닷새만큼 떨어진 거리에서 다가오고 있다. 하루를 더 진군한다면 두 군대의 간격은 사흘로 줄어든다. 거기서 하루를 더 진군한다면 하루 만에 조우하게 될 것이다. 즉, 사흘 안에 두 나라의 군대는 맞부딪치게 되는 것이다. 탄타마사의 팔만 군사와 사라마유의 이십만 대군이……

이는 너무도 잔인한 일이다. 탄타마사는 단 몇 초 만에 신이 가호하는 나라에서 신이 버린 나라로 둔갑하고 말았다. 폭풍신 루드라는 이를 알고 탄타마사의 앞길을 일부러 막아주었단 말인가? 그렇다면 아예 끝까지 막아주는 편이 좋지 않았겠는가!

그러나 언제까지 경악하고 공포에 사로잡혀 있을 수만은 없었다. 왕세자 잔드라는 한시바삐 전략을 수정해야 한다고 생각했으나 텅 빈 머릿속에는 아무 생각도 떠오르지 않았다. 그는 다만 힘없이 이렇게 말했다.

"누구든 의견을 말해주시오. 우리는 전략을 바꿔야 하오."

이 자리에는 잔드라의 형제들과 군단의 지휘관들인 사나, 비루파티아, 파르슈바가 있었다. 내로라 하는 용기와 실력을 가진 그들이었으나 이 뜻밖의 사태에는 아연실색하여 얼른 말이 나오지 않았다. 결국 처음으로 입을 연 것은 스얌바라의 왕자 사나였다.

"도망갑시다. 최대한 빨리 도망쳐 리무 강만 건널 수 있다면 사라마유가 더는 쫓아오지 않을 것입니다."

이에 사바르니가 중얼거렸다.

"우리가 과연 무사히 후퇴할 수 있을까요?"

그러자 비루파티아와 파르슈바가 제각기 후퇴의 가능성을 이야기하고 나섰다.

"아직 사흘의 간격이 있으니 가능성이 있습니다."

"어차피 후퇴 외의 다른 방법이 없으니 어쩔 수 없지요."

이쯤 되자 잔드라는 절망이 극에 달해 오히려 침착해졌다.

'아니다. 내가 이래선 안 된다. 생각을 해야 한다. 뭔가 방법이 반드시 있을 거다.'

그는 일단 동생을 꾸짖었다.

"사바르니, 탄타마사 제일가는 지략가인 너이다. 무턱대고 후퇴하자는 이야기만 하지 말고 그전에 어떤 것이든 좋으니 전략을 내보아라."

그리고 잔드라는 소리를 높였다.

"모두 마찬가지오. 나에게 그대들의 의견을 들려주시오."

침묵 속에 시간이 흘렀다. 모두 어두운 얼굴로 다른 사람이 입을 열기만을 기다렸다.

침묵을 깬 것은 아디토야였다. 그는 깊은 생각에 잠긴 채 매우 천천히 입을 열었다.

"이노아는 반드시 우리를 구원하러 와야 합니다. 이노아의 군사가 없이는 탄타마사 혼자 사라마유의 이십만 대군을 물리칠 수 없기 때문이지요. 따라서 이노아는 우리와의 동맹 약속을 반드시 지켜야 합니다."

잔드라는 이노아가 탄타마사를 구하러 온다 해도 그때쯤이면 탄타마사가 이미 사라마유에 패해 완전히 끝장난 뒤라고 반박하려다 입을 다물었다. 사라마유가 탄타마사와 이노아를 각개각파 하려는 속셈임을 아디토야가 모를 리가 없다. 우선 그가 무슨 이야기를 하는지 들어보는 것이 먼저였다.

그러나 마호다니는 퉁명스럽게 동생을 타박했다.

"우리와의 동맹 약속을 지키라는 말은 이노아의 아즈나 왕을 보고 나 하려무나. 지금 이 자리에서 우리에게 그 얘기를 해서 무엇을 어쩐단 말이냐."

아디토야는 확신에 찬 표정으로 고개를 저었다.

"아니, 내가 하고 싶은 말은 우리 또한 반드시 이노아와의 동맹 약속을 지켜야 한다는 것이야. 이노아가 우리와의 동맹 약속을 지켜야만 하는 것처럼."

아디토야의 이 말은 형제들의 혼란과 공포에 찬 마음을 꾸짖는 말이나 다름없었다. 사바르니는 문득 머릿속에 짧은 희망이 비치는 것을 느꼈다.

"그래, 우리는 도망가서는 안 돼. 반드시 후퇴는 해야 하겠지만."

사바르니가 입을 열자 모두가 그를 주목했다. 이제 사바르니는 완전히 침착을 되찾고 말을 이어나갔다.

"모두들 들어주십시오. 만일 여기서 도망간다면 탄타마사와 이노아 양국은 완전한 패배, 나아가 왕국의 멸망까지 맞게 될지도 모릅니다. 결코 리무 강을 넘어 탄타마사로 되돌아가서는 안 됩니다. 우리가 여기서 도망친다면 사라마유는 곧장 방향을 틀어 이노아를 공격할 것이고 엄청난 병력 차로 이노아를 제압할 것입니다. 사라마유는 이노아를 패배시킨 후 곧장 탄타마사를 치러 올 것이고 이노아라는 동맹을 잃은 탄타마사는 혼자 힘으로 사라마유를 이길 수 없습니다.

그러니 우리는 이 시점에서 이노아를 믿는 수밖에 없습니다. 마하사라마가 텅 비었다는 소식은 이노아에 이미 전해졌을 것입니다. 이노아는, 아즈나 왕은 반드시 탄타마사를 돕기 위해 달려올 것입니다. 우리는 그를 기다렸다가 함께 사라마유를 쳐야 합니다. 후퇴는 필요합니다. 이노아를 기다릴 시간이 필요하니까요. 그러나 우리는 적절한 시기가 온 순간 다시 동쪽으로 진군하여야 합니다. 사라마유 군의 서쪽에서는 탄타마사가, 동쪽에서는 이노아가 이렇게 양쪽에서 포위전을 편다면 반드시 승산이 있습니다."

사바르니는 '승산이 있습니다'에 힘을 주어 말했으나 그 승산을 만들어나가기 위한 과정을 생각하니 정신이 아득해짐을 느꼈다.

그러나 다른 이들은 사바르니의 이야기에 완전히 수긍했다. 잔드라가 의견을 묻자 모두 사바르니의 의견을 긍정하고 나섰다. 파르슈바가 말했다.

"옳으신 말씀입니다. 어차피 탄타마사는 사라마유의 적이 되었습니다. 이 전쟁에서 이기는 것 외에는 살길이 없지요."

이제 누구도 망설이지 않았다. 마호다니를 비롯한 다섯 군단장들은 병사들을 후퇴시키기 위해 잔드라의 허락을 받은 뒤 서둘러 막사를 나갔다.

사바르니와 아디토야는 잔드라 곁에 남았다. 사바르니는 그들과 함께 사라마유의 대군과 마주쳤을 때 어떻게 아군의 피해를 최소화하며 후퇴할 수 있을지 필요한 전술을 이야기하기 시작했다. 잔드라는 그의 이야기를 들으면서도 마음 한편으로 무거워졌다.

'과연 이길 가능성이 있을까? 우리 형제들 모두가 결국엔 이곳에서 뼈를 묻는 것인가.'

그러나 잔드라는 결코 자신의 생각을 입 밖에 내지 않았다.

이날부터 탄타마사 군의 후퇴가 시작되었다. 사라마유의 대군이 쫓고 있다는 소문에 병사들의 사기는 급격하게 떨어졌다. 그나마 별 사건 없이 질서정연한 후퇴가 이루어질 수 있었던 것에는 마호다니의 공이 컸다. 그가 지휘하는 군단은 다섯 군단 중 가장 용감하고 잘 훈련된 군단이었고, 다른 군단들은 마호다니의 군단을 뒤따랐다.

후퇴가 사흘째로 접어들던 날 사바르니는 잔드라에게 이런 결론을 내렸다.

"병사들이 너무도 혼란스러워하고 있어. 우리의 상황과 적의 병력에 대해 병사들에게 자세히 일러주어야 할 시기가 온 것 같아."

잔드라는 염려했다.

"적의 병력에 대해 정확히 알면 우리의 사기가 더 떨어지지 않을까?"

"물론 약간의 거짓말이 필요하지. 적의 전력이 십만이라 발표하도록 하자."

잔드라는 그것이 결코 약간의 거짓말이라고 생각하지 않았으나 사바르니는 말했다.

"형, 내가 하는 말은 모두가 가정일 뿐이지만 정말로 우리가 사라마유의 십만 군사와 부딪치게 될 수도 있어. 이노아가 가장 빠른 속도로 우리를 구원하기 위해 내려온다면 말이야. 그렇다면 아마 사라마유는 이십만 군대를 나누어 십만은 탄타마사를, 십만은 이노아를 쳐야 할 거야. 그럴 경우 우리는 승산이 있지."

"그렇게 되면 얼마나 좋을까…… 그러나 이노아가 그렇게 빨리 우리를 구원하러 올 수 있을까."

이에 대해서는 사바르니도 힘없이 말했다.

"우리는 이노아를 믿어볼 수밖에 없어."

결국 잔드라는 사바르니의 말에 따랐다.

날이 갈수록 상황은 악화되어갔다. 마호다니를 비롯한 여러 장수들이 최선을 다했음에도 불구하고 사라마유 군과의 거리는 점점 더 좁혀졌다. 사라마유의 영토 내에서는 자국의 지리에 익숙한 사라마유 군이 탄타마사 군보다 유리할 수밖에 없었다. 결국 마호다니는 어느 날 맥빠지는 목소리로 선언하기에 이르렀다.

"우리가 좀더 빨리 간다면 이틀, 아니 하루 뒤에 우리는 사라마유 군과 만나게 될 것이다."

그의 예측을 들은 탄타마사 군의 사기는 크게 저하되었다.

그러나 그날 밤 탄타마사에 섬광 같은 희소식이 들려왔다. 탄타마사를 쫓는 사라마유 군의 수가 줄어들었다는 정보였다.

"아무래도 사라마유 군이 둘로 나뉜 듯합니다."

정확히 어떻게 둘로 나뉘고 탄타마사 군을 쫓는 사라마유 군이 얼마나 되는지는 몰라도 이 보고를 받은 탄타마사 진영은 승리에 대한 희망을 품기 시작했다. 패전을 각오하던 상황과는 확실히 달랐다.

사바르니가 조심스럽게 추측했다.

"분명 이노아가 오고 있는 것이야. 나라도 사라마유의 입장이라면 이쯤에서 병력을 나누어 탄타마사와 이노아를 칠 수밖에 없어. 사라마유는 이십만이니 십만씩 병력을 나누겠지. 요는 우리를 쫓는 것이 이유시크 왕인지 아니면 왕자 아비뉴아인지군."

다음날도 탄타마사는 최선을 다해 사라마유와의 거리를 떨어뜨리는 일에 힘썼다. 그들은 지름길을 택해 진군이 용이한 평원 대신 고개를 넘기로 했다. 마호다니는 맨 앞에 서서 병사들을 독려했다.

"기운내라. 이곳만 무사히 통과하면 이노아 군이 올 때까지 시간을 충분히 벌 수 있다."

그는 병력을 이동시키면서도 사라마유의 전력을 염탐시키러 보낸 정찰병이 돌아오지 않나 뒤를 돌아보며 살펴보았다. 그러나 정찰병의 연락을 기다릴 필요도 없었다. 이날 마호다니는 스스로의 눈으로 사라마유의 병력을 확인하게 되었다.

석양이 질 무렵, 탄타마사 군이 고개를 절반쯤 올랐을 때였다. 군의 후미에서 사라마유 군의 동태를 감시하고 있던 정찰병의 고동 소리가 붉은 석양빛이 타오르는 하늘 높이 울려 퍼졌다. 그 소리는 어린 짐승이 죽어가며 내지르는 비명처럼 애달프게 하늘을 울렸다. 모든 탄타마사 병사들이 일제히 동쪽 땅을 내려다보고 전쟁의 신 인드라의 천둥처럼 질주해오는 사라마유의 대군을 발견했다.

총사령관 잔드라는 이제 더이상 후퇴할 수 없는 때가 온 것을 깨달았다.

"장수들을 모이게 해라."

항상 잔드라 곁에서 형을 호위하는 아디토야가 즉시 왕세자의 명을 전했다. 하나같이 긴장으로 얼굴이 굳어진 장수들이 왕세자의 주위로 모여들었다.

"적의 수는 몇이냐?"

장수 파르슈바가 대답했다.

"대략 십오만입니다."

태양이 탄타마사 군이 주둔한 방향 쪽으로 지기 시작했다. 잔드라는 태양을 보며 생각했다.

'해가 지는구나. 탄타마사의 운명도 저리 져버릴까. 이것이 우리의 마지막 밤이 될 것인가?'

해가 지면 전투를 할 수 없다. 이는 당연한 다르마의 도리 중 하나이다. 전쟁터에서 죽어가는 용사들의 영혼이 어둠 속에서 길을 잃고 헤맨다면 죽음의 신 야마의 무시무시한 분노가 인간들을 용서하지 않는다. 탄타마사는 하룻밤을 얻고, 사라마유는 하룻밤을 잃은 셈이 되었다.

"군사들을 쉬게 해라. 내일이 결전의 순간이 될 것이다. 사라마유의 동정을 살피는 것을 잊지 말고."

잔드라는 말하면서 이상하리만치 눈을 빛냈다. 아무도 입을 열지 않았다.

그사이 태양이 완전히 떨어지고 주위는 깊은 어둠이 깔리기 시작했다. 그와 동시에 침묵이, 야마처럼 어두운 침묵이 함께 내려앉았다. 그 음침한 침묵 속에서 죽음의 결전을 눈앞에 둔 밤이 깊어갔다.

다음날, 동쪽 하늘에서 태양신의 전차가 떠오름과 동시에 탄타마사와 사라마유의 결전이 시작되었다. 시작부터 두 나라의 싸움은 격렬하였다. 사라마유는 언제 이노아가 뒤를 쫓을지 모르기에 전투를 서둘러야 했고, 전력이 크게 떨어지는 탄타마사로서는 목숨을 걸고 이에 맞설 수밖에 없었다.

탄타마사의 한 가지 이점은 사라마유보다 높은 지형에 위치해 있다는 것이었다. 고개 위에 자리하고 있다는 이점을 살리기 위해 그들은 영취진(靈鷲陣)을 택했다. 독수리가 날개를 편 모양으로 진이 펼쳐졌다. 그 모양 그대로 죽음을 각오한 탄타마사 군은 우기에 내리퍼붓는 세찬 폭우처럼 사라마유 군의 진영을 향해 진격해나갔다.

사라마유 군의 십오만 대군은 이에 뇌신 인드라의 무기인 바즈라 형태의 진으로 맞섰다. 그 모양은 바즈라의 양날이 천둥이 되어 독수리의 날개를 찢는 것과 비슷했다.

독수리의 머리에 해당하는 탄타마사 군 진의 중앙에는 마호다니가 이끄는 군단이 자리하고 있었다. 마호다니는 제일선에 서서 군사들을 독려하며 사라마유의 군사들을 베어나갔다. 그러다 그는 자신이 나아가는 방향에 적의 우두머리인 이유시크 왕이 없다는 사실을 알아차렸다.

'우리는 탄타마사에 비해 절대적으로 전력이 떨어진다. 이 전투는 조금도 길게 끌 수 없어. 그러기 위해선 먼저 이유시크 왕을 베어야 한다.'

"사바르니, 이곳에서 내 대신 나의 군단을 지휘해다오."

그는 동생에게 명하고 즉시 북쪽으로 방향을 돌려 코끼리가 그려진 사라마유 왕실의 기를 찾아 이 잡듯 전장을 헤매기 시작했다. 마호다니는 이유시크 왕이 이노아와 싸우기 위해 오만의 군사를 이끌고 동쪽으로 갔다는 사실을 알 리 없었다.

그때 북쪽진은 지휘의 책임을 맡은 탄타마사의 장수 파르슈바가 하바라의 왕자 데바누의 장창에 목숨을 잃은 후였다. 탄타마사 군의 사기는 완전히 땅에 떨어져 있었다. 그 자리에 마호다니가 나타나 사라마유의 장수들을 닥치는 대로 베어나가니 병사들은 다시금 희망을 가지게 되었다. 그러나 마호다니는 이곳의 전세가 탄타마사에게 크게 불리함을 알았다.

'아무래도 북쪽을 포기해야겠다.'

그는 사정없이 활의 시위를 당겨 적을 쓰러뜨리며 탄타마사의 병사들을 독려했다.

"질서 있게 중앙으로 이동해라. 거기서부터는 사바르니 왕자의 지시를 따라라."

그리고 그는 아까부터 승기를 이끌고 있는 적의 우두머리를 베기 위해 나아갔다. 탄타마사 인들을 세찬 기세로 베고 있는 그는 바로 하바라의 왕자 데바누였다. 마호다니는 그와 맞붙기 위해 나아가다 문득 전차를 멈춰 세웠다. 탄타마사의 다섯 개 군단 중 하나가 완전히 전멸했음을 알리는 고동 소리가 남쪽 하늘을 울린 것이다.

이 고동 소리가 마호다니의 가슴을 찢었다.

'벌써 남쪽의 진이 무너졌구나. 그렇다면 다나가 이끄는 군단이 전멸했다는 것…… 다나는 어떻게 되었을까?'

이제서야 그는 적의 최고 장수들이 남쪽에 있다는 사실을 확신하게 되었다.

'어서 다나를 구해야 한다.'

그는 전차사에게 명했다.

"남으로 가자!"

마호다니의 전차는 굉음을 내며 남쪽으로 달리기 시작했다. 그러나 남쪽을 전멸시킨 사라마유의 장수들이 북쪽으로 진격해오고 있었다. 그 명성이 너무나도 유명한 사라마유의 장수들이 차례대로 마호다니의 앞을 막아섰다. 마호다니는 북쪽에서 완전히 발목을 잡히고 말았다. 걱정으로 터질 듯한 가슴을 안고 그는 눈앞에 막아서는 적들을 쓰러뜨릴 수밖에 없었다.

탄타마사의 남쪽, 독수리의 한쪽 날개를 이토록 단시간 만에 찢어놓은 것은 사라마유의 왕자 아비뉴아가 이끄는 기병부대였다. 선두에 서서 적을 바라보는 아비뉴아의 눈은 더없이 냉혹하고 단호했다. 그가 지나간 자리에는 말 그대로 완전한 파멸만이 남았다. 잘려진 사지가 이곳저곳에 흩뿌려지고 몸뚱이를 잃은 머리가 땅에 굴러 다녔다. 말들은 화살에 맞아 쓰러진 채 애처롭게 울었다. 부서진 전차, 버려진 무기들이 땅을 새까맣게 뒤덮고 있었다.

아비뉴아의 전차를 모는 사람은 마하마였다. 그는 주인의 명대로 무시무시한 속력으로 앞으로 전진했고 아비뉴아의 전차 뒤를 사라마유의 내로라 하는 장수들이 뒤따랐다. 수많은 탄타마사의 장수들이 찢어지는 비명과 함께 풀잎처럼 베여 쓰러졌다. 병사들은 바람에 날리는 사라마유 왕실의 기를 피해 도망갔다. 누구도 감히 아비뉴아의 전차를 막아설 엄두를 내지 못했다. 탄타마사의 장수들은 공포에 빠져 외쳤다.

"그는 인간이 아니다. 파멸 그 자체이다!"

그러나 드디어 탄타마사 인들 중 누군가 아비뉴아의 전차를 막아섰다. 그는 탄타마사의 여섯 형제 중 넷째 다나였다.

다나는 방금 전 자신이 이끄는 남쪽 군단이 완전히 패했음을 깨닫고 전멸을 알리는 고동을 불었다. 갈기갈기 찢어진 그의 마음에는 이제 두려울 게 없었다. 그는 피가 꽃처럼 뒤덮고 있는 대지를 달리며 적의 장수들을 닥치는 대로 베었다. 그의 뒤를 따르던 몇몇 탄타마사 장수들은 어느덧 그를 남기고 모두 죽었다. 그러다 그는 사라마유 왕실의 기를 발견한 것이다. 자신의 군단을 완전히 전멸시킨 아비뉴아가 북으로 전차를 달리는 것을 알았을 때 다나는 분노에 몸을 떨었다.

'가게 해줄 것 같으냐, 아비뉴아.'

다나는 즉시 활을 쏘아 아비뉴아에게 싸움을 걸었다.

"사라마유의 아비뉴아 왕자, 나의 군단을 전멸시킨 원수를 갚겠다!"

이제 자신의 주위에 탄타마사 인은 하나도 없었다. 중앙에서는 탄타마사의 장수들이 여전히 격렬한 전투를 벌이고 있었으나 자신들의 몸 하나 지키기도 벅찬 그들이 구원하러 와줄 리 만무했다. 다나는 죽음을 느꼈다. 그러나 리무 강의 여섯 물줄기 중 다나의 이름을 받은 그의 마음에는 일말의 두려움도 없었다. 리무의 끝없는 흐름과 같은 의지가 그의 마음에 넘쳤다. 다만 마음에 걸리는 것은 아까 전투중에 헤어져버린 쌍둥이 아반티의 안전이었다.

'아반티는 부디 무사해야 할 텐데.'

사라마유의 장수들은 중앙을 치기 위해 남쪽으로 내려가고 있었다. 아비뉴아는 그 선두에 서 있다가 다나의 전차로 방향을 돌렸다. 다나를 바라보는 그의 눈이 차디찬 분노로 빛났다.

"그래, 정 죽고 싶다면 그렇게 해주마."

아비뉴아의 창이 공기를 가르며 다나의 전차로 날아왔다. 다나는 즉시 활을 쏘았으나 창의 기세는 화살을 맞고도 조금도 늦춰지지 않았다. 세차게 날아온 창은 다나를 노린 것이 아닌 전차사의 심장을 노린 것이었다. 창에 맞은 전차사는 땅으로 굴러 떨어졌고 말들은 놀라서 방금 전까지 자신들을 몰던 자를 사정없이 짓밟았다. 시체는 말발굽과 전차의 수레바퀴 아래에서 살이 터지고 너덜너덜해져 흔적조차 알아볼 수 없는 살덩어리가 되었다.

다나는 자신의 장수들과 군단의 병사를 전부 잃었다. 그러다 마지막 남은 자신의 전차사마저 잃자 슬픔과 분노로 미쳐버릴 것 같았다. 그는 복수라도 하듯 아비뉴아가 아닌 아비뉴아의 전차사 마하마를 향해 닥치는 대로 활을 쏘았다. 다나의 활솜씨는 무섭고도 정확했다.

그러나 마하마는 날렵히 말을 몰아 화살을 피했고 아비뉴아는 방패로 자신의 전차사를 보호했다. 아비뉴아는 활을 쏘거나 창을 던질 틈이 없다는 것을 알자 소리쳤다.

"마하마, 녀석의 전차에 전차를 갖다대라."

마하마는 곧장 전차사를 잃고 마구 뛰고 있는 다나의 전차를 향해 말을 몰았다. 두 전차의 바퀴가 불꽃을 튀기며 맞붙은 순간 아비뉴아는 다나의 전차로 뛰어올랐다. 다나는 검을 잡을 틈도 없이 아비뉴아의 일격을 피해야 했다. 아비뉴아는 상대의 허리를 노리고 검을 휘둘렀으나 다나는 간발의 차이로 갑옷을 입은 가슴에 맞았다. 그러나 검을 피한 보람도 없이 그대로 전차에서 굴러 떨어지며 땅에 머리를 부딪쳐 기절하고 말았다.

아비뉴아는 이를 보고 말들의 고삐를 당겨 방향을 되돌렸다. 말발굽이 다나의 가슴을 짓밟고 지나가려는 순간이었다. 어디선가 날아온 화살이 말의 목덜미를 관통했다. 가장 앞에서 달리던 말이 죽어 쓰러지자 다른 말들도 제자리에 멈춰 서서 미친 듯 발광하였다. 그대로 전투말들은 부서진 전차와 죽은 동료의 시체를 끌고 아무도 없는 남쪽으로 뛰어 달아났다.

'누구지?'

아비뉴아는 전차에서 뛰어내리며 화살이 날아온 방향을 바라보았다. 그는 곧 화살을 쏜 사람이 자신의 발치에 기절해 쓰러져 있는 자와 같은 얼굴을 가졌다는 사실을 알았다. 그는 당연히 탄타마사의 다섯째 왕자 아반티였다. 형제의 죽음을 목전에 둔 그의 얼굴은 공포와 두려움으로 새파랗게 질려 있었다. 목숨을 구걸하는 것은 크샤트리아의 치욕 중의 치욕이다.

그러나 아반티는 전차 위에서 구르듯 뛰어내려 땅에 무릎을 꿇었다.

"아비뉴아! 제발 다나를…… 다나를 죽이지 말아다오!"

아비뉴아는 이에 검을 던져버리고 활을 집어들며 대답했다.

"그렇다면 너부터 죽여주마!"

아반티는 차라리 그게 낫다고 생각했다. 어떤 일이 있어도 다나의 죽음을 자신의 눈으로 볼 수 없다. 아비뉴아는 활을 쏘려했으나 땅에 엎드린 자를 죽일 수는 없음을 알고 경고했다.

"일어서라!"

아반티는 일어서며 스스로 갑옷을 벗어 가슴을 드러냈다.

"나를 죽여라. 그러나 제발 다나는 놓아다오."

"닥쳐!"

소리치는 아비뉴아의 얼굴이 붉게 달아올랐다.

"이것은 전부 너희가 택한 길이다! 너희가 그를 택함으로써 내가 무엇을 잃었는데! 너만이 소중한 것을 지키겠다고?"

아반티는 아비뉴아의 고함을 들으며 죽음을 각오했다. 그는 마지막으로 자신과 같은 얼굴을 가진 형제를 물끄러미 보았다.

'그래도 함께 천상에 가겠구나. 우린 결코 떨어지지 않을 거다.'

아비뉴아는 활을 들었다. 활시위를 당기는 그의 손이 가볍게 떨렸다. 상대를 동정해서가 아니었다. 아반티의 얼굴이 리무와 그처럼 닮지 않았다면 그는 즉시 시위를 놓아 상대의 심장을 꿰뚫어버릴 수 있었을 것이다. 그러나 아반티의 얼굴은 그립고도 그리운 리무와 너무나도 닮았다.

'그래, 그녀가 슬퍼하겠지. 그는 그녀에게 웃음을 가르쳐주었는데 어째서 나는 이런 위치에밖에 설 수 없는 것일까.'

지옥과 같은 전쟁터였다. 전장은 군사들을 내몰기 위해 발악하는 전쟁 악기의 고음, 수천의 전차가 땅을 구르는 소리, 이곳저곳에서 죽어가는 병사들의 신음 소리가 섞인 아수라장과 다름없었다. 흙먼지와 피냄새가 기도를 메워 눈도 제대로 뜰 수 없고 숨도 크게 쉴 수 없었다. 그러나 한순간 아비뉴아는 전쟁조차 잊어버렸다. 그는 아반티의 얼굴을 바라보고 또 바라보았다.

'나는 다시 너를 만날 수 있을까? 살아남아서 너를 만날 수 있을까?'

갑자기 분노가 사라져버렸다.

아비뉴아는 돌아서서 자신에게 다가온 마하마의 전차에 올라탔다. 그는 한마디도 하지 않았으나 그의 전차사는 주인의 마음을 짐작했다. 마하마는 전차를 북으로 몰았다. 아반티는 꼼짝 않고 서서 아비뉴아가 자신을 살려두고 떠나는 것을 지켜보았다.

아비뉴아는 그렇게 탄타마사의 남쪽 진을 완전히 괴멸시키고 중앙을 치기 위해 떠났다.

데바누는 북쪽에서 싸우고 있었다. 진의 북쪽을 지키던 탄타마사의 장수 파르슈바는 제일선에서 데바누와 만나 전투가 시작함과 동시에 치열하게 싸웠다. 파르슈바는 전혀 데바누의 상대로 손색이 없었으나 결국 데바누의 장창이 파르슈바의 가슴을 찔렀다. 파르슈바는 떨어져 죽고 그의 전차사는 슬픔에 못 이겨 데바누에게 말채찍을 휘둘렀다. 데바누는 활을 쏘아 파르슈바의 전차사 또한 죽여버렸다.

그러나 탄타마사 군은 군단장을 잃고도 쉽게 무너지지 않았다. 이는 목숨을 각오한 탄타마사 군이 용감해서였기도 했지만 데바누가 이끄는 하바라의 이만 군사들이 공격에 소극적이었던 탓이 더 컸다. 그들은 어서 빨리 대세가 결정되기를 기다리며 철통 같은 방어에 치중할 뿐이었다.

오직 데바누만이 전력을 다해 싸웠다. 그에게는 분명 싸울 이유가 존재했다. 짧은 기간이었지만 아비뉴아는 자신에게 소중한 친구가 되었다.

'친구의 승리를 위해 나는 싸우는 것이다.'

하바라 왕 비슈바의 자랑스런 아들 데바누는 그렇게 힘차게 싸워나갔다. 그 기세가 군사들에게 전이되면서 하바라 인들도 왕자를 따라 탄타마사 군에게 맹공을 퍼부었다. 그 기세에 탄타마사 군은 차츰 밀리기 시작했다.

그러나 그때 탄타마사 최고의 용사 마호다니가 달려나와 탄타마사 군의 흐름을 바꾸어놓았다.

"질서 있게 중앙으로 이동해라. 가서 이제부터 사바르니 왕자의 지시를 따라라."

마호다니의 명에 탄타마사 군은 새로이 전열을 가다듬었다. 데바누는 마호다니를 보고 씁쓸함을 느꼈다. 몇 달 전 그를 비롯한 탄타마사의 여섯 형제들과 만나 이야기를 나누던 기억이 떠올랐다. 그때 자신이 뭐라고 말했던가.

'하바라의 장수들은 본디 겁쟁이가 아니나 이번 전쟁에서는 겁쟁이가 될 것입니다. 날아오는 화살비에 도망갈 것이고 고동 소리에 다투어 숨을 것입니다.'

자신을 거짓말쟁이라 생각하며 데바누는 마호다니를 베기 위해 나아갔다. 그러나 마호다니는 남쪽에서 들리는 고동 소리를 듣더니 전차를 돌려 남쪽으로 가버렸다.

데바누의 전차사가 말했다.

"이는 참으로 잘된 일입니다. 탄타마사의 둘째 왕자 마호다니는 매우 위험한 인물이니 피하는 것이 좋습니다. 굳이 싸우셔야 할 이유가 없습니다. 왕자님께서는 적의 군단장 파르슈바를 베었으니 할 일을 다하신 셈입니다. 이제 안전한 곳에서 대세를 지켜보는 편이 좋겠습니다."

데바누는 부왕의 명을 떠올리며 무겁게 말했다.

"그래, 그렇게 하는 편이 좋겠다."

그는 병사들에게 탄타마사 군의 북쪽을 포위한 채 대기하라고 일렀다. 그러나 자신의 전차사에게는 이렇게 명했다.

"이제부터 남쪽으로 달리거라."

전차사는 놀라서 물었다.

"왕자님, 어째서 그리 하십니까?"

데바누의 어조는 단호했다.

"적어도 나는 아비뉴아가 승리할 때까지 전투를 멈추지 않을 거다."

결국 데바누의 전차는 진의 중앙을 향했다.

그때 중앙에서는 가장 세찬 전투가 벌어지고 있었다. 탄타마사의 영취진은 이미 양 날개를 꺾였다. 그러나 아직 삼만 이상의 병력이 남아 있었다. 죽은 파르슈바 장수의 군단이 마호다니의 명에 따라 중앙으로 이동함으로써 병력은 증가하였다. 총 사만을 헤아리는 군사를 사바르니가 재배열하였다. 여섯 형제를 위시하여 탄타마사의 용맹한 장수들이 선두에 서서 적을 물리쳤다.

아직까지는 어느 정도 대등하게 싸우고 있었으나 문제는 이제부터였다. 바즈라의 형상마냥 북쪽과 남쪽에서 치열하게 싸우고 있던 사라마유의 장수들이 중앙으로 이동하기 시작한 것이다. 곧 탄타마사 군은 삼면에서 포위당했다. 이렇게 된 이상 목숨을 걸고 싸우는 수밖에는 없었다.

잔드라는 적들을 베어 넘기며 크나큰 슬픔에 잠겼다.

'이렇게 우리는 타국에서 죽어가는구나.'

그러나 아직 잔드라의 주위에는 형제들이 남아 그를 보호하고 있었다. 그들마저 없었다면 잔드라는 모든 희망을 잃었을 것이다.

그의 오른쪽으로는 사라마유 군의 피를 흠뻑 뒤집어써 아수라처럼 무시무시해 보이는 마호다니가 미친 듯 싸우고 있었다. 그는 닥치는 대로 적을 향해 시위를 당기고 창을 던졌다. 아직까지 그와 대적한 사라마유의 장수는 없었다.

이제까지는 주로 후방에 있던 사바르니 또한 일선에 나와 싸우고 있었다. 그는 사라마유 장수들의 날카로운 공격에 세 번이나 위기에 빠졌는데 그때마다 아반티의 도움을 받곤 했다. 그는 그 와중에서도 자신의 목숨보다 군의 전열을 가다듬느라 정신이 없었다.

아반티는 남쪽에 있던 탄타마사 군사들이 전멸한 뒤 진의 중앙으로 이동해 싸우고 있었다. 그의 전차에는 다나가 의식을 잃고 쓰러져 있었다. 아반티는 그의 쌍둥이를 지키기 위해서라도 물러설 수 없었다.

'내가 어떻게 지킨 다나의 목숨인가.'

아비뉴아 앞에 무릎 꿇은 일로 아반티 자신이 가지고 있던 크샤트리아의 명예는 완전히 사라진 것이나 다름없었다. 그러나 그는 격렬한 싸움 와중에도 자신의 쌍둥이를 한두 차례 돌아보며 그를 위해서라면 이유시크 왕에게라도 무릎 꿇을 수 있다고 생각했다.

아디토야는 잔드라와 조금도 떨어지지 않고 적을 물리치기보다는 맏형을 보호하는 임무에 신경을 쓰고 있었다. 그의 무예는 마호다니에 못지 않았다. 날카로운 날이 촘촘히 박힌 긴 쇠사슬을 휘두르며 사라마유 군이 근접해오지 못하도록 막아냈다.

잔드라는 생각했다.

'나는 이 생에서 가장 훌륭한 형제들을 얻었다. 그러니 불평할 이유 따윈 조금도 없는 거다. 전쟁에서는 결국 어느 쪽이든 지게 되어 있다. 나는 크샤트리아로 태어난 본연의 권리를 누리고 의무를 수행했다. 그로 충분한 거지.'

잔드라는 생각하다가 자신의 왼쪽에서 싸우고 있는 사나의 모습을 발견했다. 사나는 입을 꼭 다문 채 철퇴를 휘두르고 있었다. 키만 멀대같이 커 보이는 그였으나 사실은 엄청난 힘의 소유자였다. 그가 휘두르는 철퇴 아래 단단한 열매가 으깨지듯 사람 머리가 깨어졌다. 사나가 만들어내는 피바람이 마치 붉은 안개처럼 빛났다.

잔드라는 사나를 보고 다시 한번 마음을 굳혔다.

'결코 마지막 순간까지 포기하진 않으리라. 그것이 나의 의무인 거다.'

시간이 지날수록 사라마유 군의 세찬 공격은 힘을 더해갔다. 탄타마사 군을 전멸시키기 전에 날이 저물면 안 되는 것이다. 내일이라도 당장 이노아의 십만 대군이 나타나지 말라는 보장이 없었다.

그때 여섯 마리의 힘찬 흑마가 이끄는 암회색빛 전차가 잔드라의 눈앞에 나타났다. 그 전차에 꽂힌 낯익은 기, 그것은 분명 사라마유 왕실의 기였다.

잔드라는 마음속으로 부르짖었다.

'나타났느냐, 아비뉴아!'

아비뉴아는 중간에 탄타마사의 궁수부대에게 저지 받아 중앙까지 오는 데 꽤 오랜 시간을 지체했다. 그들이 목숨을 내던지고 덤벼들어 아비뉴아는 그들을 모조리 죽일 수밖에 없었다.

더이상 시간을 허비하지 않은 것은 그의 스승이기도 한 대용사 라아크리가 그 자리를 대신 맡아주었기 때문이었다. 시간이 지체된 것을 화풀이라도 하듯 아비뉴아의 전차는 앞길을 막는 게 무엇이든 사정없이 쓸어버리며 중앙으로 달려왔다.

아반티의 전차가 달려나와 아비뉴아의 전차를 막아섰다. 아비뉴아는 사납게 소리쳤다.

"비켜라! 두 번은 살려주지 않는다!"

그는 곧장 장창을 던졌다. 창은 공기를 찢으며 세차게 날아왔다. 아반티는 간신히 창을 피했으나 전차에서 굴러 떨어지고 말았다. 비루파티아 장수가 목숨을 걸고 나아가 그를 구원했다. 아비뉴아는 아반티가 땅에 떨어지자 더이상 신경쓰지 않고 곧장 잔드라에게 돌진해왔다. 잔드라에게는 동생의 안위를 걱정할 겨를도 없었다. 아디토야는 맏형의 전차를 앞질러 나가며 고함을 질렀다.

"어서 왕세자 전하를 보호해라!"

순식간에 수십 수백의 전차들이 방벽이 되어 아비뉴아의 전차가 잔드라에게 가는 것을 저지했다. 그러나 그것도 잠깐이었다. 탄타마사 장수들은 화살을 맞고 가을의 나뭇잎처럼 전차에서 떨어졌다. 그들의 전차는 산산조각으로 부서지고 말들은 뒤집힌 전차에 깔려 울부짖었다.

잠시 후에는 탄타마사의 병사들 사이에서 모든 희망이 사라지는 양 새된 비명이 울려 퍼졌다. 탄타마사 최고의 용사 마호다니가 왼쪽 팔에 창을 맞고 전차에서 떨어진 것이다. 장수 리누가 의식을 잃은 마호다니를 자신의 전차로 끌어올리다가 날아온 화살에 오른쪽 눈을 잃었다. 그 사이 정신을 되찾은 마호다니는 치미는 분노로 상처도 아랑곳없이 벌떡 일어나 투창을 집어들어 상대에게 던졌다. 그러나 그 투창은 공중에서 아비뉴아가 던진 철퇴에 부딪쳐 떨어졌다.

아디토야가 다친 마호다니의 자리를 메꾸며 나섰다. 그의 뒤에는 형 잔드라가 있어 결코 물러설 수 없었다. 그는 숨도 쉬지 않고 화살을, 아비뉴아가 아닌 아비뉴아의 말들을 향해 쏘았다. 아비뉴아의 말들은 공포에 걸음을 멈춰버렸다. 틈을 놓치지 않고 아디토야는 아비뉴아의 앞으로 달려가 쇠사슬을 휘둘렀다. 아비뉴아는 그 쇠사슬을 방패로 막으며, 자신 또한 검을 집어들어 아디토야에게 휘둘렀다. 아디토야는 그 검에 복부를 맞고 쓰러졌다.

스얌바라의 사나 왕자가 아디토야의 위기를 보고 멀리서 아비뉴아의 전차 쪽으로 자신의 철퇴를 집어던졌다. 그 철퇴의 위력은 확실히 대단하여 아비뉴아의 전차 덮개가 완전히 부서지며 창과 화살 등을 비롯한 무기들이 와르르 떨어져버렸다. 아비뉴아는 아디토야의 급소를 완전히 찌르려다 방해를 받자, 노해서 창을 집어들어 사나에게 던졌다. 사나는 간신히 전차를 돌려 그 창을 막고 또다른 철퇴를 휘두르며 아디토야를 돕기 위하여 달려왔다.

사나의 전차가 가까워진 순간 아비뉴아의 전차를 끌던 마하마가 일어서서 긴 채찍으로 사나의 말들을 후려갈겼다. 사나의 말들은 놀라 날뛰며 그대로 아비뉴아의 전차를 지나쳐버렸다. 마하마는 길이 뚫리자 놓치지 않고 곧장 전차를 몰았다.

드디어 아비뉴아는 잔드라와 마주하게 되었다. 그의 눈이 사납게 빛났다.

"나와라!"

눈앞에서 도전받은 이상 도저히 피할 수 없었다. 잔드라는 마음을 굳히고 앞으로 나가며 전차사에게 일렀다.

"고동을 불어라."

그의 명대로 고동이 길게 울렸다. 아비뉴아와 잔드라, 두 사람의 전차가 서로 마주하자 양국의 병사들 모두가 암암리에 전투를 멈췄다. 모든 시선이 두 왕세자들에게 쏠렸다.

먼저 입을 연 것은 아비뉴아였다.

"난 분명히 경고했다! 리무를 건너지 말라고! 만일 그대가 리무를 건넌다면 그 한 걸음 한 걸음에 너희 형제들의 목이 하나씩 날아갈 것이라고!"

잔드라는 자신이 결코 아비뉴아를 이길 수 없다는 사실을 잘 알고 있었다. 그러나 아비뉴아의 말에 그는 분노를 이기지 못하고 외쳤다.

"닥쳐라! 난 그런 경고를 들은 일이 없다! 너희 사라마유가 먼저 우리의 누이를 빼앗아갔다. 네 아버지, 미친 이유시크 왕은 어디에 있느냐? 나는 그에게 왜 리무 강의 권위를 탐하는지 듣고 싶다. 라자수야를 지내는 왕 중의 왕이 더이상 무엇을 바랄 게 있단 말이냐. 리무는 신의 권위이다. 그 권위를 탐하는 이상 비단 탄타마사뿐 아닌 모든 나라들이 너희에게 등을 돌릴 것이다. 너희는 결국 과거 수많은 나라가 그랬듯 신의 노여움을 입고 멸망할 것이다!"

잔드라의 말을 들은 아비뉴아의 얼굴이 새파랗게 질렸다. 노여움 때문이 아니었다. 아비뉴아가 귀 기울인 것은 잔드라가 처음에 말한 몇 마디뿐이었다. 그 말이 악몽처럼 머릿속을 울렸다. 생각지도 못한 불길한 예감이 먹구름처럼 그의 마음을 덮었다.

"무슨…… 소리냐? 리무는 분명 탄타마사로 돌아갔는데. 나는 분명 그녀를 사라마유로 데려온 일에 대하여 나의 아버지를 대신하여 너희에게 사과했다."

이 말에 잔드라를 비롯하여 여러 사람이 놀랐다. 사바르니와 아반티는 전투가 멈춘 사이를 이용해 마호다니와 아디토야를 각각 돌보고 있다가 아비뉴아의 이야기에 놀라서 숨을 멈췄다. 다나도 그때 깨어나 있다가 아비뉴아의 이야기에 경악했다. 잔드라는 그만 더듬거리며 묻게 되었다.

"그, 그게 무슨 소리이지? 리무는 탄타마사로 돌아오지 않았다. 지금 너는 그녀를 돌려보냈다고 말하는 것이냐?"

"분명히 돌려보냈다. 우기가 시작되기 전에!"

아비뉴아의 대답에 잔드라는 상대가 결코 거짓말을 하는 것이 아님을 알았다. 아비뉴아 또한 잔드라의 말이 진실임을 알았다. 이 뜻밖의 사태에 먼저 정신을 차린 것은 잔드라 쪽이었다. 그는 울컥 울분이 치밀어올라 고함을 질렀다.

"리무는 탄타마사에 도착하지 않았다! 그녀는 도대체 어디에 있는가?"

그것은 바로 아비뉴아가 묻고 싶은 말이었다. 아비뉴아는 대꾸하지 않고 잠자코 있었다. 마음이 지극히 혼란스러워 대답할 수가 없었다.

만일 그 순간 석양이 눈에 들어오지 않았다면 아비뉴아는 언제까지고 진정할 수 없었을 것이다. 아비뉴아의 전차는 동쪽에, 잔드라의 전차는 서쪽에 위치해 있었다. 지는 해는 먼저 아비뉴아의 눈에 들어왔다. 곧 해가 진다는 사실을 알았을 때 아비뉴아는 모든 개인적인 감정을 억누르고 소리쳤다.

"항복해라, 탄타마사여! 나의 이름을 걸고, 사라마유 왕세자로서의 명예에 걸고 신에게 맹세하겠다. 사라마유는 탄타마사를 결코 위협하지 않을 것이다!"

아비뉴아의 마지막 말은 중얼거리는 것처럼 낮게 깔렸다.

"부디, 나를 믿어다오."

잔드라는 아비뉴아를 물끄러미 보았다.

'믿으라고? 무엇을?'

잔드라는 아비뉴아의 말이 믿겨지지 않았다. 항복 따위를 얻어내지 않더라도 지금 사라마유 군은 충분히 탄타마사 군을 전멸시킬 수 있을 것이다. 그런데 굳이 이러는 이유는 무엇일까? 사라마유 군의 피해를 어떻게든 최소화시키겠다는 의미인가?

'잔드라, 너는 신중해야만 한다!'

잔드라는 마음속으로 자신에게 경고했다. 틀림없이 이노아 군이 생각보다 가까이에 있는 것이다. 내일 아침이라도 당장 나타나는 것은 아닐까? 신중히 생각하자. 항복한 순간부터 이노아와의 동맹은 깨진다. 사라마유에 대항하여 싸울 수 있는 마지막 기회가 날아가는 것이다.

잔드라의 시선은 자신도 모르는 사이에 떨어지는 태양으로 향했다. 밤이 된다. 그렇다면 이노아를 기다릴 시간도 하룻밤이 더 주어지는 것이다. 탄타마사는 하룻밤 더 살아남아 기회를 엿볼 수 있는 것이다.

자, 어떻게 해야 할까? 선택은 온전히 잔드라, 자신의 몫이다. 사라마유를 믿을 수 있을까? 믿고 항복하는 길을 택할까. 아니면 이노아가 오리라는 실낱같은 희망에 미래를 걸어볼까? 잔드라는 아비뉴아를 바라보았다. 문득 아비뉴아와 아즈나, 두 사람이 너무도 닮지 않았나 하는 생각이 그의 머리를 스쳤다.

'그렇다면 우리는 아즈나를 믿었듯이 아비뉴아 역시 믿어볼 수 있는 것일까.'

"이유시크 왕은 어디에 있나? 나는 그와 직접 대화하겠다."

잔드라의 말에 아비뉴아가 고개를 번쩍 들었다. 잔드라는 아비뉴아의 얼굴이 새로운 노여움으로 붉게 타오르는 것을 보고 놀랐다. 아비뉴아는 대답하지 않았으나 잔드라는 갑작스럽게 모든 상황을 알아차렸다.

'이유시크 왕은…… 어쩌면, 어쩌면 죽었을지도…….'

잔드라는 순간적으로 마음을 굳혔다.

"아비뉴아, 너는 약속할 수 있느냐, 우리와의 공존을!"

아비뉴아는 대답했다.

"나는 약속한다."

이 대답에 잔드라는 전차에서 뛰어내렸다. 땅에 서서 그는 전차를 탄 사라마유의 왕자를 올려다보았다.

"그렇다면 나는 당신을 믿겠다! 탄타마사와 사라마유의 공존을. 탄타마사 군은 이 순간부터 사라마유에 항복한다!"

잔드라가 외친 순간 비명 같은 탄식이 탄타마사 군의 이곳저곳에서 흘러나왔다.

패배의 무거운 침묵이 지는 석양처럼 땅에 깔렸다. 사바르니는 몸을 숙여 기절한 마호다니의 상처를 살피는 척하며 눈물을 떨구었다.

아반티는 그 옆에서 형이 눈물을 떨구는 모습을 지켜보았다. 사바르니가 중얼거렸다.

"결국 졌다. 탄타마사 제일가는 지략가라 잘난 척하던 내가 사만의 병사를 죽였구나."

아반티는 무어라 말해야 좋을지 몰랐다. 그는 전쟁터에 죽어 널려 있는 시체를 돌아보았다.

'수만 명이 죽었다. 수만 명이 남편과 아버지를 잃었구나. 그러나 나의 형제들이 아직 살아 있어 기쁘다 말하면 야마가 나를 용서하지 않겠지. 크샤트리아의 지옥에 빠진다 해도 얼마든지 기뻐할 수 있다. 나의 형제들은 죽지 않았다. 아무도 죽지 않았어.'

탄타마사의 완전한 패배를 알리는 길고 긴 고동 소리가 울려 퍼졌다. 그 순간 방금 전까지만 해도 미친 짐승처럼 피에 취해 날뛰던 양국의 군사들 모두가 땅에 꿇어앉아 죽은 자를 위해 경건하게 기도했다. 태양이 조금 더 천천히 지기를, 그리하여 죽은 넋들이 한순간이라도 더 밝은 태양빛 아래에서 야마의 나라로 갈 수 있기를.


이날, 탄타마사는 단 하루의 전투에서 총 병력 팔만 중 절반이 넘는 군사를 잃고 패배했다. 살아남은 탄타마사 군은 석양이 지는 방향을 따라 고개를 넘어 퇴각했다. 리무 강을 넘어 이곳에 올 때는 반드시 사라마유를 물리치겠노라 하늘을 찌를 듯한 사기로 충만했던 그들이었다. 그러나 서쪽을 향하는 탄타마사 군에게는 패배의 아픔과 상처만이 짙게 남았다. 아비뉴아는 주위가 어두워질 때까지 전차 위에서 탄타마사 군이 고개 뒤로 사라지는 모습을 보았다. 사방이 완전히 캄캄해지고 마지막 탄타마사 병사가 눈앞에서 사라졌을 때 아비뉴아는 자신의 전차사에게 말했다.

"수고했다, 마하마. 그러나 아직은 쉴 수 없구나."

막사들이 세워진 곳에서 오늘 전투에서 살아남은 모든 사라마유 장수들이 왕자의 귀가를 기다리고 있었다. 전쟁은 아직 끝나지 않았다. 그들 뒤에는 이노아 군이 버티고 서 있는 것이다. 오늘 그들은 탄타마사를 상대로 승리했다. 그러나 이것은 당연한 승리이다. 두 배에 가까운 인원으로 상대를 친 만큼 결코 져서는 안 되는 싸움에서 승리한 것일 뿐이다.

막사 안에는 이유시크 왕의 전차사였던 누하가 와 있었다. 아비뉴아가 막사에 들어서기 전까지 그는 그 누구에게도 입을 열지 않고 사시나무 떨 듯 떨고 있었다. 마침내 아비뉴아의 앞에 엎드린 전차사가 눈물을 흘렸다.

"이유시크 전하께서 돌아가셨습니다."

이미 각오한 소식이었다. 새삼스럽게 눈물 흘릴 필요도, 비통에 잠길 필요도 없으리라. 아비뉴아는 한동안 슬픔이 마음을 찢도록 내버려둔 채 아무 말도 없이 조용히 있었다. 이윽고 그는 쉰 목소리로 입을 열었다.

"자세히 얘기해보거라. 전하께서 어떻게 돌아가셨느냐?"

이후 아비뉴아는 입을 꽉 다문 채 전차사의 말에 귀를 기울였다.

이유시크 왕이 이끈 오만 군사는 아즈나 왕이 이끄는 삼만 군사와 싸웠다. 아즈나 왕이 이끄는 군사가 더 적었으나 전부 기병으로 이루어진 이노아 군의 기동력은 놀라웠다. 무엇보다 전투의 마지막 날, 왕 중의 왕이 이노아의 왕 아즈나의 손에 의해 전사했다.

"전하께서는 수천의 적을 베셨습니다. 그러나 그만 아즈나 왕이 쏜 아스트라에 의해……."

전차사는 말을 잇지 못하고 통곡하였다. 아비뉴아는 명했다.

"울지 말고 말을 해라. 지금은 슬퍼할 시간이 아니다. 아버지는 하루 중 어느 때에 돌아가셨느냐?"

"석양이 지는 순간입니다."

"확실히 이야기해라. 어두운 밤에 돌아가신 것은 아니냐?"

"아닙니다. 분명 석양이 지기 전에 돌아가셨습니다."

그리고 전차사는 당시의 정황을 계속 설명했다. 사라마유의 그 어떤 장수도 아즈나 왕의 앞을 막지 못했다. 결국 오만의 사라마유 군 모두가 비참하게 전멸했다. 이노아 군도 큰 피해를 입었으나 뒤따라온 칠만의 보병과 합침으로 전력을 가다듬고 지금 사라마유 군이 있는 서쪽을 향해 전력을 다해 전진하고 있다. 아즈나 왕과 이노아 군은 내일 석양이 지기 전까지 사라마유 군 앞에 나타날 것이다.

이 모든 정황을 다 설명 받은 뒤 아비뉴아는 일어섰다. 모든 사라마유 인이 엎드린 사이를 지나 막사를 나갔다. 왕자가 나간 후 막사 안은 죽음의 신 야마가 할퀸 통곡의 자리로 변했다. 모두가 울었으나 아비뉴아의 전차사 마하마만은 울지 않았다. 그는 주군을 따라나섰다. 아비뉴아는 그가 자신을 따라나선 것을 보고 고개를 저었다.

"오지 마라. 나는 혼자 있고 싶다."

마하마는 떨리는 목소리로 대답했다.

"아비뉴아 님께서는 제가 아버지를 잃었을 때 옆에 있어주셨습니다. 저도 그리 하고 싶습니다."

그러자 아비뉴아는 어둠 속에서 고개를 저었다.

"그런 식으로 따지면 나는 위로 받을 자격이 없다. 나는 라쉬의 군사들이 패배하리라 예상하고 있었다. 알면서도 이노아의 전력을 시험해보기 위해 내보냈다. 내가 너의 아버지를 죽인 거나 다름없지. 나의 아버지가 오만 군사를 이끌고 동쪽으로 나아갔을 때 난 이미 아버지의 죽음을 예상했다. 그럼에도 그냥 보내버렸다. 내가 죽인 거나 다름없다."

마하마는 저도 모르게 큰 소리로 소리쳤다.

"당신은 신이 아닙니다!"

마하마는 말해놓고 곧 후회했으나 아비뉴아는 오히려 쓸쓸하게 웃었다.

"날 위로하고 싶으면 전차를 달려다오."

둘은 전차를 타고 밤하늘 아래를 달렸다. 밤은 차고 어두우나 별만은 몹시도 밝았다. 아비뉴아는 전차 위에 꼿꼿하게 서서 밤바람을 맞으며 문득 이런 이야기를 마하마에게 건넸다.

"마하마, 나는 예전에 밤에 사냥을 했다가 브라흐마나 스승님에게 몹시 혼이 난 적이 있었다. 밤에는 짐승을 죽여선 안 되는 걸 나이가 어려 몰랐던 거다. 스승님은 나를 꾸짖으며 이런 말씀을 하셨다.

'밤에는 될 수 있는 한 생명을 죽이지 마십시오. 적어도 영혼이 환한 빛 아래 길을 떠나게 해주셔야 하지 않습니까. 다마코의 왕 수미마크는 밤에도 사냥을 하다 요정들의 노여움을 샀습니다. 그토록 강하던 다마코였으나 지금은 흔적도 없이 사라지지 않았습니까.'

그 후로 난 밤에 사냥을 해본 적이 없다."

아비뉴아는 끝없이 먼 어둠을 응시하다가 중얼거렸다.

"아버지는 무서운 왕이었다. 수없이 많은 사람들이 그를 두려워했지. 그러나 내게는 다정하기만 한 아버지였다. 그의 영혼은 이 어둠 어디쯤에 있을까. 나는 그의 죽음을 밟고 살아가도 좋을 만한 인간일까?"

마하마는 자신 또한 아버지의 생각에 회한을 느끼며 대답했다.

"아비뉴아 님, 이럴 때 이런 말씀을 드리는 것을 용서해주십시오.

아비뉴아 님은 적어도 당신을 사랑해준 아버지를 잃고 마음껏 슬퍼할 수 있지요. 세상에는 그렇지 못한 사람들도 많습니다. 아버지가 죽기만을 기다려야 하는 사람들도 있습니다.”

“너의 이야기냐?”

“한때 그리 생각한 적이 있었습니다. 저는 몸이 왜소하고 크샤트리아답지 않다 하여 버려지다시피 자라났지요. 아버지를 너무도 원망하여 증오한 적도 있었습니다.”

“그래도 너 역시 슬퍼했지 않느냐?”

“그렇습니다. 그래서 어떠한 아버지이든 잃는 것은 너무도 슬픈 일임을 알게 되었습니다. 그러니 아비뉴아 님, 이제는 당신만을 바라볼 수백만의 사라마유 사람들을 생각해주십시오. 그들 하나하나가 아버지를 잃지 않도록 승리하여주십시오.”

아비뉴아는 묵묵히 침묵을 지키다 대답했다.

“나에게는 결코 잃고 싶지 않은 사람이 세 명 있었다. 그런데 이렇게 빨리 잃어버릴 줄은 몰랐지. 아버지는 야마의 세계로 가셨다. 어머니는 사라마에 계시지. 그러나 리무, 그녀는 어디에 있는지조차 알 수 없어. 난 모든 것을 잃어버린 기분이 든다.”

아비뉴아는 마하마를 돌아보며 명했다.

“마하마, 너는 내가 그의 전차와 만나지 않도록 하여라.”

“네?”

“앞으로의 전투에서 내가 결심하기 전까지는 내가 이노아의 왕 아즈나와 만나지 않게 하여라.”

마하마는 아비뉴아가 이리 말할 줄은 몰랐다. 그는 대답하기 전에 물끄러미 아비뉴아를 올려다보았다. 아비뉴아는 말했다.

“사라마유의 승리가 결정되기 전까지, 신이 나를 선택하기 전까지는 난 결코 죽을 수 없다. 그러니 내가 증오와 분노로 정신을 잃고 그에게 뛰어들지 않도록 날 설득해라. 살아야 한다는 사실을 끊임없이 내게 주입시켜라."

다음날 새벽 동이 떠오르기 전 아비뉴아는 모든 장수들을 불러모았다. 이노아 군과 맞서기 위해 모든 전술이 하나하나 되짚어졌다. 사라마유는 어제의 전투로 약 삼만의 병력을 잃고 십이만의 전력을 가지고 있었다. 이노아는 이유시크 왕과의 전투에서 병력을 이만 정도 잃었다 하니 약 팔만의 병력으로 서쪽으로 오고 있는 것이다.

"기다릴 줄 아느냐. 탄타마사를 패배시킨 이상 이제는 우리가 그들의 목을 치기 위해 나아갈 것이다. 나아가 마하사라마를 탈환할 것이다."

왕자 아비뉴아의 명대로 사라마유 군은 동쪽을 향해 나아갔다.

# 6장 계율의 만다라 진

사흘째 되는 날, 마침내 사라마유와 이노아 양국의 군대가 마주쳤다. 비자야의 시각, 네 개의 산으로 둘러싸인 사르마 분지에서였다. 그날은 겨울이 다가오기 전의, 청명하고도 아름다운 가을 날씨였다.

예상된 조우였다. 사라마유 군의 병력이 더 많으나 이노아를 압도할 정도는 아니었다. 사라마유는 탄타마사와의 치열했던 전투에서 전군이 타격을 받은 상태이고 이노아는 그에 비해 전투를 치르지 않은 칠만 이상의 병력을 가지고 있었다. 그렇다 해도 사라마유가 다소 유리한 것은 사실이었다. 하지만 이노아의 군의 사기는 매우 높았고 이유시크 왕을 죽인 아즈나 왕에 대한 신뢰는 절대적이었다.

이날, 양군은 철벽같은 방어로 상대의 전력을 소진시키는 데 치중했다. 일선의 병사들이 죽거나 다쳐 생긴 공백을 이선의 병사들이 얼른 메웠다. 그대로 큰 이동도 없이 양군은 포진을 지켰다. 장수들도 매우 신중하여 함부로 전차를 달리지 않았다. 그저 최전방을 지키며 눈앞의 적과 싸울 뿐이었다.

이 전투는 사흘 전 사라마유 군과 탄타마사 군 사이에서 벌어진 격렬한 전투와는 크게 달랐다. 양군은 더없이 신중하게 행동했다.

이날 석양이 질 때까지 뚜렷한 승패는 나뉘어지지 않았다. 어느 쪽도 쉽게 이기겠다는 생각은 없었다. 단숨에 적을 무찌를 전술 같은 건 없고 이 전투가 하루 이틀 안에 끝날 성질의 것이 아님을 누구나 알고 있었다.

둘쨋날, 두 나라는 서로 약속이나 한 듯 원형진으로 포진했다. 방어에 치중한 첫쨋날의 신중한 전투와는 달리 태양이 뜬 순간부터 엄청난 맹공이 퍼부어졌다. 사라마유의 궁수부대에서 쏘아대는 화살은 하늘을 덮었다. 일선에 앞장섰던 이노아 병사들의 피가 강이 되어 흘렀다.

그러나 잘 훈련받고 누구보다도 용맹한 이노아의 기병들은 기죽지 않고 양쪽으로 나뉘어 사라마유 군을 공격했다. 앞서 마슈데하에서 사라마유 군이 이 진법에 포위당해 전멸했다. 이유시크 왕이 이끄는 오만 군사 또한 비슷하게 타격을 입고 전멸했던 것이다. 그러나 사라마유 군은 이를 대비하고 있었다. 남북으로 공격받아 입는 희생을 감수하고 사라마유의 기병들은 이노아의 중앙을 파고들었다. 결과적으로 이노아와 사라마유 양군 모두 큰 피해를 입었다.

이틀의 소모전에서 사라마유와 이노아 어느 쪽도 승기를 잡지 못했다. 양측 모두 서서히 전력이 쇠해갈 뿐이었다. 병사들의 사기 또한 함께 떨어져갔다. 사라마유도 이노아도 이제 슬슬 전법을 바꾸어야 함을 깨달았다.

이날 석양이 진 후, 이노아 장수들은 모두 왕의 막사에 모여 왕을 기다렸다. 아즈나 왕은 이날 싸움에서 어깨에 가벼운 부상을 입어 조금 늦게 회의에 참석했다. 신하들은 왕을 기다리는 사이 그들끼리 대략적인 전술을 의논해보았다. 그러다 잠시 후, 회의장은 고함 소리로 가득 차게 되었다.

계기는 장수 스카마의 발언 때문이었다. 그가 다짜고짜 꺼낸 의견이 상당히 불충하여 뭇 신하들의 노여움을 샀던 것이다.

"그런 말도 안 되는! 전하를 진에서 이탈시켜 아비뉴아 왕자를 유인해내자니…… 감히 전하를 미끼로 사용하자는 것이오?"

그러나 스카마는 뻔뻔스러우리만치 침착하게 대꾸했다.

"그 누가 비슈누의 가호를 받는 전하께 대적할 수 있겠소. 그대들은 왕 중의 왕 이유시크조차 물리친 아즈나 전하의 빛나는 용맹을 못 믿는단 말이오?"

이에 평소에도 스카마를 미워하던 몇몇 장수들이 제각기 입을 열어 스카마를 꾸짖는 바람에 회의장은 시장 바닥처럼 시끄러워졌다. 그들 대부분이 이노프와 왕 때 중요한 요직을 맡고 있던 신하들이었다. 그들은 처음부터 아즈나 왕이 총애하는 신하들과는 미묘한 갈등이 있었다. 스카마가 원래 주는 것 없이 미운 사람이기에 반발은 더욱 컸으리라.

스카마는 누가 자신의 의견을 욕하거나 말거나 태연했다. 그러나 그도 사칸데가 내놓은 반대 의견에는 귀를 기울였다. 사칸데는 아즈나 왕의 전차를 모는, 이노아 제일의 전차사였다.

"그건 너무도 위험한 계획이오. 그럴 경우 사라마유 측에서는 수백의 장수들이 몰려나와 전하를 포위하려고 할 것이오. 아비뉴아 왕자가 전하의 뒤를 쫓아 주진에서 벗어난다는 보장도 없는 데다가, 만일 그렇게 한다 해도 전하가 위험해지시지 않겠소."

사칸데의 일리 있는 말에 스카마는 눈을 빛내며 대꾸하려 했다. 그러나 대꾸할 겨를이 없었다. 물이 한차례 빠져나가듯 막사 안의 소란이 가라앉았다.

이노아의 왕 아즈나가 그의 형 카르타와 함께 들어왔다. 서로를 향해 눈을 부릅뜨던 신하들은 서둘러 표정을 바꾸고 좌정했다. 아즈나는 신하들의 인사를 받은 후 곧장 입을 열었다.

"이틀간 우리는 소모전을 되풀이했소. 그러나 소모전으로 써버린 시간은 전력이 뒤처지는 우리에게 더 불리하게 작용할 것이오. 이대로 시간을 허비할 수 없으니 모험이라 해도 좋소. 그대들의 의견을 말해보시오."

기다렸다는 듯이 장수 스카마가 입을 열었다. 그는 우둔해 보이는 얼굴과는 지극히 대조적인 날카로운 눈을 빛냈다.

"전하, 부디 몸소 미끼가 되어주십시오."

신하들의 모든 주의가 왕에게 쏠렸다. 왕의 반응은 뜻밖이었다. 그는 가볍게 미소지으며 고개를 끄덕였다.

"그것은 계책인 듯싶은데 나는 원래 계책은 좋아하지 않지. 그러나 이 상황에서는 그거라도 좋으니 이야기해보시오."

왕의 돌연한 미소는 신하들을 침묵시키고도 남았다. 스카마 역시 왕이 웃기까지 할 줄은 몰라 다소 당황했다. 사실 그는 상당히 불충한 사람이라고 할 수 있었다. 그는 승리에 대해서는 타는 듯이 목말라 있었지만 왕에 대해서는 별다른 충성심을 가지고 있는 건 아니었다. 선대 왕 이노프와의 경우에는 마음속으로 미워할 정도였다. 그러나 이 순간만은 진심으로 왕 앞에 머리를 숙였다.

"전하, 이노아와 사라마유는 공통점이 하나 있습니다. 이노아가 전하를 잃는다면 무엇으로도 그 공석을 채워넣을 수 없듯이 사라마유 역시 왕자 아비뉴아의 존재가 절대적입니다. 전하께서 왕 중의 왕 이유시크의 목을 치셨음에도 불구하고 사라마유가 전혀 동요 없이 이노아에 대적하는 것은 그 때문이지요. 아비뉴아 왕자가 진의 중심에 있는 한 이노아는 헛된 공방전을 되풀이할 따름입니다. 그러

니 우선 아비뉴아 왕자를 진의 바깥쪽으로 유인해내야 합니다. 아비
뉴아 왕자가 죽으면 그야말로 금상첨화겠지만 그를 죽이지 못하더
라도 우리는 그가 없는 사라마유 군을 상대로 승기를 잡을 수 있을
것입니다.”

“어찌할 생각이냐?”

“전하께서 먼저 불가피하게 진을 이탈하신 양 꾸미는 겁니다. 사
라마유의 주의가 그쪽에 쏠렸을 때 그쪽의 원형진을 깨야 합니다.
여기서 가장 중요한 건 물론 전하의 안전이 아니겠습니까.”

스카마는 여보라는 듯 여유 게 여러 장수들의 시선을 의식한 채
입을 열었다.

“그러니 우리는 만다라 진을 사용하는 것이 좋다고 생각합니다.”

그의 말에 모두가 놀라 일제히 수근거리는 가운데 아즈나 또한 의
아함에 눈을 찌푸렸다.

“그대는 스스로의 말을 책임질 수 있는가?”

“전하, 목숨을 걸고 맹세하오니 저는 계율의 신 슈칸데를 부르는
만다라 진에 정통합니다.”

스카마는 지금 이노아의 팔만 군사를 이용하여 거대한 만다라 진
을 꾸미겠노라 장담하는것이었다.

신을 부르기 위한 만다라 진, 그것은 군대의 진법에 쓰인 예가 엄
밀히 말해 없지는 않았다. 그러나 그것은 극히 드문, 입에서 입으로
전해내려오는 옛이야기에서나 등장하는 것으로 여겨지고 있었다.
신과 인간이 지금보다 더 가까웠던 과거에나 사용되었던 것이다.

게다가 스카마가 감히 계율신 슈칸데의 힘을 비는 만다라 진을 만
들어보겠노라 장담한 것은 대단한 일이었다. 모든 천신들 중 슈칸데
는 가장 까다로운 신이었다. 슈칸데 그 자신 스스로도 계율에 얽혀

있었고, 신들의 왕 인드라라 할지라도 계율을 상대로 도전할 수 없었다. 그만큼 엄격한 것이 계율이었던 것이다.

이 자리에 있는 사람들은 거의가 크샤트리아였다. 그들은 브라흐마나나 정통해야 할 만다라 진에 대해 스카마가 감히 정통하다고 이야기하는 태도가 거슬려 눈을 부릅떴다. 신하 중 하나가 스카마를 노려보며 왕에게 진언했다.

"위대한 아마의 후손이시여, 스카마가 하는 말을 귀담아 들으시면 아니 되옵니다."

왕은 고민하는 듯했다. 그는 스카마에게 물었다.

"크샤트리아인 그대에게 어찌 그런 일이 가능한가?"

이에 스카마는 웃음마저 띠고 대답했다.

"저는 원래 계율에게 바쳐진 생명이었습니다. 계율신 슈칸데의 만다라 안에서라면 신의 뜻에 거슬리지 않으면서 수천 수만의 생명을 다룰 수 있습니다."

이 대답에 주위에서 놀라 수근거리는 데도 스카마는 태연자약했다.

왕은 일단 스카마의 말을 믿기는 했다. 그러나 그의 말을 그대로 따르는 데는 무리가 있다고 생각하고 다른 신하들에게 물었다.

"그대들은 어찌 생각하오?"

이에 일부 신하들은 크게 반대하고 일부는 조심스러운 지지를 보냈다. 반대하는 무리 중 하나가 왕의 허락 하에 입을 열었다.

"신의 힘을 비는 일에는 절차와 방식에 따르지 않았을 때 그 대가가 반드시 생겨납니다. 만일 만다라 진이 부서질 경우, 계율의 노여움은 누구에게 떨어지겠습니까?"

태연자약하게 대꾸한 것은 스카마였다.

"물론 저이지요."

상대가 대답을 못하는 사이 스카마는 왕의 발 밑에 엎드렸다.

"전하, 이노아는 승리에 목말라 있습니다. 이유시크 왕을 죽이신 전하께서 새로이 라자수야를 여는 순간이 오기를 꿈에서도 갈구하고 있습니다. 제 생명 하나는 전혀 대수롭지 않습니다."

스카마의 말은 진심이었다. 충심으로 왕을 섬기겠다는 생각에 자신이 스스로 놀랄 정도였다.

아즈나는 잠시 생각에 잠겼다가 계속 설명을 해보라 명했다. 스카마는 슈칸데의 만다라 진에 대해 설명해나갔다.

"이 진의 형태는 나선형의 뱀과도 같습니다. 뱀이 항아리를 감아 들어가듯 이 진으로 상대의 진을 포위하는 것이지요. 일단 만다라 주문을 외우게 되면 우리는 우리의 뜻대로 한 가지 계율을 정할 수 있게 되지요. 엄청난 규모로 펼치게 되는 진이니 만큼 그 위력은 더욱 큽니다. 그리고 그 계율의 법칙을 전하의 절대적인 안전으로 설정하는 것입니다.

이 진을 펼친다면 우리는 어느 정도의 피해를 감안해야만 합니다. 다르마가 가장 무시되는 곳이 전쟁터이지요. 어떤 왕은 해가 진 후에도 싸워 야마의 노여움을 입지 않았습니까. 진을 이루는 이노아 군은 부정을 저지르지 말아야 합니다. 만다라 진 안에서 부정을 저지를 때 신의 노여움은 평소의 수십 수백 배가 되어 개인 하나하나에 떨어질 것입니다.

그러나 아무리 군사들에게 주의를 주어도 결국 부정은 일어나게 되어 있습니다. 그러나 어찌 생각한다면 이는 장점일 수도 있습니다. 미리 부정을 피하도록 경고받은 이노아 군보다는 그 사실을 모르는 사라마유 군 측이 훨씬 더 심한 부정을 저지를 것입니다."

스카마는 여기까지 이야기하고 왕에게 절했다.

"전하, 부디 그를 죽이십시오. 아비뉴아 왕자만 죽일 수 있다면 모험을 해야 하는 위험성을 상쇄하고도 남을 이득이 있다고 생각합니다."

왕이 물었다.

"진이 성공하고 계율의 보호를 받는 내가 미끼가 되어 아비뉴아 왕자를 끌어들여 죽인다. 그대로만 된다면 더 말할 나위 없겠지. 그러나 처음부터 만다라 진 자체가 형성될 수 없다면?"

"물론 그럴 가능성도 있습니다. 사라마유 군의 격렬한 저항에 부딪칠 경우 그리 되겠지요. 그러나 슈칸데의 만다라 진은 원형진을 상대로 할 때 진의 형성이 용이하게 됩니다. 그러니 내일도 저들이 원형진으로 나서길 빌어야 합니다. 그렇지 않을 경우에는 저도 계획을 미루는 편이 좋다고 생각합니다."

아즈나는 쉽게 결정할 일이 아니라 생각했다. 그러나 아비뉴아를 죽일 수 있다는 말은 그의 마음을 크게 흔들어놓았다.

"나는 오늘밤 이를 고려해보겠다. 그대들에게 다른 의견은 없는가?"

새로운 의견이 더 나오기는 했으나 스카마가 내놓은 것만큼 뚜렷한 의견은 없었다.

결국 왕은 모두에게 내일의 전투를 위해 물러가 쉬도록 명했다. 다만 그는 자문을 구하기 위해 브라흐마나 샤마를 남게 했다.

그는 스카마의 의견에 대해 어떻게 생각하냐는 왕의 물음에 고민하는 얼굴이 되었다.

"전하, 사실 팔만의 병사들을 이용해 만다라 진을 펼치겠노라는 그의 장담에 누구보다 제가 놀랐습니다. 저는 누구보다 신과 가까운 자리에 있다고 자부하는 브라흐마나 아닙니까. 그러나 불가능한 일은 아닙니다. 그 진을 사용한다면 전하의 안전을 보장한 채 적을 공격하는 일이 가능합니다."

"그렇다면 그대는 그의 의견에 찬성한다는 것인가?"

샤마는 망설이더니 답했다.

"성공한다면 물론 고려해볼 의견입니다. 그러나 저는 진의 형성이 가능할지에 대한 걱정보다 진이 성공한 다음 일어날 일이 더 걱정입니다. 만에 하나 사라마유 군에 의해 진이 무너지거나 혹은 만다라 진의 규율이 무너져 계율의 노여움이 이노아에 떨어진다면 스카마 하나가 죽음으로 끝날 일이 아닙니다. 그 이후의 일이 문제이지요. 사라마유의 진영 깊숙이 들어가실 전하의 안위가 당장 위태로워지는 것입니다. 너무 위험한 모험이라 뭐라 드릴 말씀이 없습니다."

아즈나는 샤마의 의견을 고려한 후 마지막으로 형 카르타에게 의견을 구했다. 카르타는 이렇게 답했다.

"스카마의 의견은 더 말할 나위 없이 어리석은 짓이다."

샤마가 눈을 커다랗게 뜨는 것을 무시하고 꼽추는 샤마를 돌아보며 웃었다.

"스카마가 계율에 바쳐진 생명이었다는 건 흥미로운 사실이구나. 그렇지 않은가, 샤마?"

샤마는 고개를 숙였다.

"본디 크샤트리아에게는 드문 일이지요. 다만 그에게는 브라흐마나 여인과 크샤트리아 장수 사이에서 태어난 아이라는 소문이 있었습니다. 브라흐마나 남자가 크샤트리아 부인을 얻을 수는 있어도 그 반대는 결코 용납되지 않는 일이라……."

샤마가 말끝을 흐리는 사이 왕이 그에게 물러가 쉴 것을 명했다.

샤마는 좀 꺼림칙한 마음으로 인사하고 나왔다. 그는 아무래도 만다라 진을 사용하겠다는 스카마의 장담이 마음에 걸렸다.

'왕께서 아무래도 그의 제안에 귀 기울이실 모양이다. 스카마를 찾아가 좀더 그의 이야기를 들어보는 게 좋겠다.'

샤마는 아무래도 현재 이노아의 진영에 있는 브라흐마나 중에서는 가장 신분이 높다 보니 어떤 책임감이 느껴지는 것이었다. 그는 곧장 스카마의 막사로 가서 그를 만났다. 스카마와 별 친한 사이도 아니고 그가 브라흐마나를 싫어한다는 소문도 있어 좀 꺼려지기는 했으나 스카마는 예상과는 달리 친근하게 그를 맞았다.

그날 샤마는 스카마와 많은 이야기를 했고 내일의 전투를 준비하는 그의 각오를 알게 되었다. 스카마는 본래 다른 사람들과의 깊은 교류를 꺼리는 사람이었는데 무슨 생각에서인지 이날 밤 자신의 과거에 대해 언급했다. 샤마에게는 꽤 놀라운 일이었다.

한편 아즈나는 샤마가 물러난 다음 카르타에게 시선을 던졌다. 그는 조금 피로했는데 원인은 육체적인 것이기보다는 정신적인 것이었다.

"어째서 스카마의 의견이 어리석다 생각하지?"

"너무 위험한 의견이다. 모든 것이 성공적으로만 돌아간다면 하루 만에 사라마유 군을 궤멸시킬 수도 있겠지. 그러나 그럴 가능성은 없다. 우리는 사라마유에 큰 피해를 입힐 것이나 우리 또한 그만큼의 피해를 입고 물러서야 할 것이다."

"그러나 지금 이대로 싸울 수는 없어. 이대로 계속 싸울 경우 우리에겐 승산이 없으니까. 모험이 될지라도 나는 무엇이든 해보겠어."

대꾸하는 아즈나의 얼굴이 흐려졌다.

"이대로라면 승패는 이유시크 왕이 계산해놓은 대로 되겠지. 그는 아들에게 승산을 넘기기 위해 자신의 죽음을 선택했으니까."

자신이 죽인 왕 중의 왕의 이름을 입에 담았을 때 아즈나의 안색은 흐려졌다. 그는 잠시 그를 죽일 때 그가 자신을 바라보던 시선을 떠올렸다.

'어째서였을까? 그것은 마치 녀석을 보는 듯한 시선이었다.'

이윽고 아즈나는 기묘한 생각을 떨치듯 말을 내뱉었다.

"형이 스카마의 의견에 반대하는 것은 그 이유만이 아니겠지?"

"너도 내가 반대하는 또다른 이유를 알지 않느냐."

카르타의 목소리는 부드러우나 어딘가 모르게 강압적이기도 했다. 아즈나는 어린 시절부터 자신의 목숨을 수차례나 지켜준 꼽추의 얼굴을 바라보았다.

"형은 아직도 내가 그를 이길 수 없으리라 생각하는 거지?"

"물론이다. 그가 너를 이길 수 없듯이 너도 그를 이길 수 없다. 그러니 아직 너는 그와 전장에서 만나서는 안 된다. 너희는 마주친다면 서로를 죽이려 미친 듯 날뛸 테니까."

아직 나이 어린 왕은 눈을 내리깔며 대꾸했다.

"……나는 이제 옛날처럼 어리고 어리석지 않아. 녀석과 같이 죽는 일 따위는 없어. 나는 녀석의 갑옷부터 깨버리겠어. 이유시크 왕을 죽인 것처럼. 스카마의 의견을 따르겠어. 녀석과의 대면을 언제까지나 미룰 수만은 없어. 녀석을 죽이지 않는 이상 이 전쟁도 결코 끝나지 않아."

그러자 꼽추는 동생을 바라보며 비웃듯 말했다.

"아즈나, 아즈나…… 네가 녀석을 눈앞에 두고 이성을 잃지 않을 수 있을까? 모험을 하지 말아라. 전쟁을 승리로 이끄는 일만을 생각하는 것이 좋다. 그것이 나의 충고이다."

아즈나의 목소리가 높아졌다.

"그를 죽이는 것이 전쟁에서 승리하는 방법이야!"

카르타는 과장된 몸짓으로 동생에게 허리를 숙였다.

"전하, 흥분하지 마십시오. 내일도 이리 되실 것 같아 두렵습니다."

아즈나는 카르타를 쏘아보았다.

"어째서지? 형은 왜 나를 방관하지? 내가 왕이 된 순간부터 형은 변했어. 이유가 무엇이지?"

카르타는 천연스레 대꾸했다.

"아즈나, 너는 이제 다 자라 왕이 되었다. 이제 네 생명쯤은 네 스스로가 지키게 되었지. 나의 역할은 그뿐이었으니 내게 더 무엇을 원하는 것이냐?"

아즈나는 잠시 묵묵히 있다가 조용히 대꾸했다.

"나는 나의 곁에 같이 있어줄 사람을 원해. 모든 형제들을 죽였을 때 난 예상치도 못했던 감정으로 괴로워했어. 아버지가 돌아가셨을 때도 마찬가지였고 심지어 이유시크 왕을 죽였을 때조차, 나는 괴롭고 혼란스러웠고 외로웠어."

카르타는 나직이 말했다.

"그건 너의 마음이 본래 부드럽기 때문이다. 너는 어릴 적부터 여린 아이였지."

"……만일 형이 원한다면 왕의 자리를 내주겠어. 그에 대해 누구도 이의를 제기하지 못하게 하겠어."

아즈나의 말에 카르타는 미소했다.

"그게 내가 원하는 것이 아니라는 걸 네가 누구보다 잘 알 것이다."

"그렇다면 어째서 나에게서 멀어지는 거지?"

"나에게도 준비가 필요하기 때문이다."

"무슨 준비가?"

"언젠가 네가 나를 필요로 하지 않을 순간이 올 때 너와 헤어질 준비."

카르타는 조용히 대답했다. 문득 그의 표정이 부드러워졌다. 그는 동생에게 다가가 어깨를 몇 번 어루만져주었다.

"무엇을 걱정하느냐, 아즈나. 너는 왕이 되었다. 충분히 자신을 지킬 수 있을 만큼 강한 왕이다. 그리고 네가 나를 필요로 하지 않을 때까지 언제까지고 네 옆에 있을 것이다. 지쳐 보이니, 이만 쉬도록 해라. 나는 가보마. 원한다면 내일 스카마의 의견대로 만다라 진을 치도록 해라. 나 또한 네가 아비뉴아를 죽이길 누구보다도 원하고 있으니."

아즈나가 고개를 숙인 사이 카르타는 절하고 그대로 밖으로 나와 버렸다.

그는 나가면서 중얼거렸다.

"그것이 아무리 위대한 신이라 할지라도 인간으로 태어난 이상 인간의 그 부드럽고도 잔인한 감정을 버릴 수는 없는가 보다. 아즈나에 대한 나의 애정이 나의 신성을 눈멀게 하는구나."

그가 나온 순간부터 달빛은 더욱 짙어졌고 부드러운 미풍 또한 그를 감쌌다. 그 빛 아래 추한 꼽추는 다시 한번 중얼거렸다.

"걱정하지 않아도 좋다, 바유여, 찬드라여. 결국 선택은 온전히 그녀의 것이다. 나는 언제까지고 그 선택의 균형을 유지할 뿐."

그는 그대로 자신의 막사로 돌아갔다.

다음날 새벽, 아즈나 왕의 뜻이 신하들에게 전달되었다. 스카마는 이날 하루 동안만 여섯 개 군단의 지휘권을 가지게 되었다. 본래 총지휘를 맡고 있는 장수 하누아마는 그다지 탐탁해하지 않았으나 하는 수 없이 왕의 명을 따랐다. 스카마는 기다렸다는 듯이 군의 전열을 갖추기 시작했다.

그는 모든 군사들에게 엄히 명했다.

"결코 오늘은 뒤에서 적을 치거나 두 사람이 한 사람과 싸우는 등 다르마에 벗어난 행위를 해서는 안 된다. 다르마를 깨는, 아다르마를 범한 사람은 즉시 계율의 제물이 될 것이니 굳이 처벌을 받을 필요조차 없을 것이다."

팔만의 병사들 모두가 오늘 하루 동안 결코 어떤 '부정'도 범하지 않도록 명령받았다. 장수들 역시 지휘 고하를 막론하고 왼손으로 적을 죽이거나 하반신을 공격하지 말도록 명령받았다. 전차사들 또한 오늘은 결코 역방향으로 전차를 돌릴 수 없었다.

태양이 떠오를 때 스카마는 계율의 신을 위한 의식을 준비했다. 아즈나 왕을 비롯한 팔만 명의 이노아 군이 지켜보는 가운데 브라흐마나 샤마가 제단에 성화를 붙였다. 그것은 어떠한 전투가 벌어지든 당연히 치러야 하는 의식이나 오늘은 그 의미가 각별했다.

이렇게 해서 어제 이상으로 치열한 전투가 시작되었다. 언제나 아즈나 왕이 앞장서던 이노아 군이었으나 오늘만은 스카마가 선두를 달렸다. 그는 정오가 되기 전까지 진을 완성시키라 생각하고 군을 이끌었다. 그의 뒤를 이노아 최고의 장수들이 쫓았다. 이노아 군은 일단 북쪽을 향해 전진하다 원만한 원을 그리며 서쪽을 공격하기 시작했다. 이노아 군은 나선을 그리는 뱀처럼 사라마유 군을 포위하며 파고들었고 사라마유 군은 전력을 뭉친 채 저항했다.

오늘도 원형진을 고수하고 있던 사라마유 군은 이노아 군의 변화를 눈치채지 못했다. 아비뉴아는 이날 적의 진형이 뭔가 이상하다고 생각은 하였으나 구체적으로 무엇이 다른지는 알지 못했다. 그는 일선에 서서 셀 수 없이 많은 이노아 장수들의 목을 쳤다. 아비뉴아가 문득 이노아의 저의를 의심하게 된 것은 비자야의 시각이 되었을 무렵이었다.

오전 내내 사라마유가 승기를 잡고 있었다. 그러나 아비뉴아는 그 사실이 반갑기는커녕 못내 의심스러웠다.

'이상하다. 어째서 이노아의 모든 이들이 불리한 방향과 자리를 고수하는가. 뭔가 꿍꿍이가 있다. 아무리 치열하게 베어도 이노아는 그들의 흐름을 끊지 않는다.'

아비뉴아는 생각 끝에 자리를 이탈하기로 마음먹고 우측에 있던 장수 하나에게 자신의 자리를 대신 지키라 명했다. 그리고 마하마에게 말했다.

"높은 지형으로 이동해라, 적의 진을 살펴볼 수 있도록."

마하마는 즉시 가장 가까이에 있는 산기슭을 향해 전차를 몰았다.

잠시 뒤 아비뉴아는 전쟁터에서 떨어져 사크마 산에 올라가게 되었다. 전쟁 악기와 고함 소리로 가득 찬 아수라장을 떠나니 그 고요함에 귀가 멍해질 정도였다. 그는 하얗게 반짝이는 바위들 위를 가볍게 뛰어올랐다. 어느 정도 오르고 나자 그는 거북이의 머리 모양으로 뻗은 바위에 올라 전쟁터를 바라보았다. 이곳에서 바라보니 사라마유 군과 이노아 군의 형세가 확실히 눈에 들어왔다.

'확실하다. 이노아는 또아리 친 뱀의 형상으로 사라마유를 감으려 든다. 저것은 흡사 끊어도 끊어도 다시 머리가 돋아나는 괴물 브리트라 같군. 그러나 저런 진은 사라마유가 전력을 뭉치고 있는 한 결

코 유리하지 않은 형태이다. 왜 저들은 굳이 저런 진을 취한 것일
까.'

　다시 한번 찬찬히 전쟁터를 둘러보던 아비뉴아의 낯빛이 변했다.
그의 눈에 뜻밖의 광경이 들어온 것이다. 수백의 사라마유 장수들이
전차 하나를 포위하여 좁혀들어가고 있었다. 그 황금빛 전차를 멀리
서도 알아볼 수 있었다.

　'아즈나!'

　아비뉴아는 마음속으로 부르짖었다. 분명 아즈나의 전차였다. 그
의 전차가 이노아 군에서 이탈하여 사라마유 장수들에게 포위되어
있었다. 그러나 황금빛 전차는 계속 서쪽으로 돌진하고 아무도 그
앞을 막지 못하고 있었다.

　'이게 무슨 일일까? 그가 실수로 이탈했을 리는 없어. 어차피 녀
석이 다른 장수들 손에 죽을 리는 없으니 이는 고의적인 짓이다. 녀
석은 나에게 승부를 청하는 것일까, 혹은 함정일까.'

　아비뉴아는 마음을 가라앉히고 다시 한번 찬찬히 시선을 던졌다.
이노아 군이 거대한 원으로 사라마유 군을 둘러싸고 있는 것이 보였
다.

　'이유는 몰라도 저 원이 완성되도록 놓아두어서는 안 된다. 그러
나 이대로 아즈나를 놓쳐버려도 좋을까.'

　아버지 이유시크의 일을 떠올리자 분노로 눈앞이 흐려졌다. 그는
결정을 보류한 채 산에서 뛰어내려왔다.

　산기슭에서 왕자를 기다리고 있던 마하마는 아비뉴아가 전차에
뛰어오르자 곧 사라마유의 주부대가 있는 곳으로 전차를 몰기 시작
했다. 아비뉴아는 그에게 말했다.

　"아즈나 왕의 전차가 이노아 진의 중심에서 이탈하였다. 이곳에서

남쪽 방향이다."

마하마는 놀라 외쳤다. 그는 자신을 아즈나 왕과 만나게 하지 말라던 왕자의 말을 기억하고 있었다.

"아비뉴아 님, 어찌하시렵니까?"

"우선은 전차를 몰아라. 그러나 주의해서 다가가라."

어쩐지 불길한 예감을 느끼며 아비뉴아는 남으로 향했다. 그곳에서는 이노아의 왕 아즈나가 아비뉴아를 기다리고 있었다. 사라마유의 내로라 하는 장수들은 아즈나 왕의 포위에 성공한 줄 알고 기쁨의 함성을 내지르던 터였다.

그러나 그들 대부분이 그 함성이 끝나기도 전에 아즈나의 화살을 맞고 전차에서 굴러 떨어졌다. 아즈나는 활의 시위가 끊어지자 다른 활을 집어들었다. 제아무리 강한 그라 할지라도 수천의 적이 포진한 한가운데에서 오랫동안 버틸 수는 없다. 태양이 하늘의 꼭대기에 있음을 알았을 때 그는 초조함을 느꼈다.

'녀석은 어디에 있는 거지? 왜 오지 않는 것일까?'

사라마유 장수들은 아즈나의 백 배는 초조했다. 적의 왕을 포위하기는 했으나 그뿐, 반 요자다 안으로 좁혀 들어가지도 못한 채 시간만 흐르고 있었다. 용감히 달려든 장수들은 족족 아즈나의 화살에 쓰러졌다.

마침내 비히마라는 사라마유의 장수가 불화살을 준비했다. 그는 백여 명의 궁수들에게 일제히 활을 당길 것을 명했다. 곧 활활 타오르는 아그니의 불길이 바유의 날개를 타고 날아올랐다. 아즈나의 전차사 사칸데는 교묘히 전차를 몰아 첫 화살들을 피했다. 그러나 곧 뒤쪽에서도 불화살이 날아들기 시작했다. 타오르는 불꽃에 말들이 겁을 먹어 움직이려 하지 않았다.

사라마유 장수들은 이제 됐다고 생각하며 기뻐했다. 비히마는 즉시 다시 한번 활을 당길 것을 궁수 무리에게 명하고 그 스스로도 불화살을 준비했다. 그러나 그는 시위를 당기기 전에 아즈나의 화살에 심장이 꿰뚫린 채 전차에서 떨어졌다. 다른 궁수들의 불화살은 하늘을 날았다. 하늘이 타오르는 불길로 뒤덮였다. 아즈나의 전차는 사방으로 타오르는 불길 안에 갇혀버리고 말았다.

그러나 그 순간 이상한 일이 일어났다. 그 자리의 모든 사람들이 뜻밖의 소리를 들었다. 그것은 마치 수많은 어린아이들이 한꺼번에 내지르는 새된 소리와도 같았다. 한순간에 정신을 멍해졌다. 그렇지 않아도 충분히 소란스러운 전장이었다. 북, 고동 등의 전쟁 악기의 발악, 소리를 내지르며 부하들을 격려하는 장수들, 울부짖는 말들…… 그러나 갑자기 들려온 갑작스러운 소리가 다른 모든 소리를 눌러버렸다.

모든 이들이 갑작스럽게 두려움을 느꼈다. 용감하기 그지없는 장수들도 이유를 몰라 더욱더 깊은 두려움을 느꼈다. 마치 대규모의 희생제를 치를 때의 느낌과도 같은 떨림과 절대적인 존재에 대한 경외감으로 몸이 떨려왔다. 모두가 뭔가가 달라졌음을, 뭔가가 일어났음을 느꼈다. 사라마유의 장수들은 서로를 뒤돌아보았다. 다들 약속이나 한 듯 꺼림칙한 기분을 느꼈다.

'무슨 일이지?'

그때 불길이 천천히 사그라졌다. 모두들 믿기지 않은 일에 입을 딱 벌렸다. 불의 신 아그니가 자신의 공물을 모두 먹어버리고 자취 없이 사라지는 것은 흔한 일이다. 그러나 모든 것이 그대로였다. 언제 불화살이 떨어졌냐는 듯 모든 것이 멀쩡했다. 불이 휩쓴 자국은 조금도 없었다.

사칸테는 말들을 진정시키고 자신의 주인을 돌아보았다. 왕은 하늘을 바라보고 있었다. 태양이 서서히 구름 뒤로 사라지고 있었다.

"진이 발동한 모양입니다, 전하."

"그래."

아즈나는 바즈라를 들었다.

"전차를 몰아라."

곧 전차는 벼락같은 굉음을 내며 달리기 시작했다. 눈 깜짝할 사이에 아즈나는 손에 든 바즈라로 사라마유의 장수 십여 명의 목을 날려버렸다. 그가 지나는 자리마다 비명과 공포, 죽음만이 남았다. 반대쪽에 있던 장수들이 이를 구원하기 위해 활을 쏘았다. 수백 개의 화살들이 소나기처럼 아즈나를 향해 날아갔다. 그러나 화살은 마치 살아 있는 새처럼 아즈나의 전차를 비켜가거나 그에게 닿기 전에 모조리 힘을 잃고 땅에 떨어졌다. 세찬 바람이 부는 것도 아니었다.

사라마유 장수들은 그만 극심한 공포에 사로잡혀 닥치는 대로 공격을 했으나 창이나 철퇴 또한 마찬가지였다.

그때부터 상황은 급변했다. 모두가 더는 견디지 못하고 아즈나 왕의 전차를 피해 달아났다. 장수 하나가 죽음을 무릅쓰고 아즈나에게 덤벼들었다.

"무엇을 하느냐! 포위망을 풀어서는 안 된다!"

그 장수는 바로 쟈안이었다. 아즈나는 장창을 집어들어 그에게 던졌다. 그 창이 쟈안의 가슴을 뚫기 전 북쪽에서 날아온 화살이 그 창을 두 개로 쪼개어버렸다. 아즈나는 다시 오른손에 바즈라를 고쳐 잡았다. 누가 나타났는지 직감했다.

그가 기다리던 대로 아비뉴아가 나타났다.

사라마유의 장수들은 그들 수백 명이 단 한 사람을 상대하면서도 설명할 수 없는 일에 공포에 떨던 참이었다. 그러한 상황에서 그들의 왕자 아비뉴아가 나타나자 성대한 환호가 일어났다.

"아비뉴아 님께서 나타나셨다!"

아비뉴아는 소리 높여 명했다.

"물러나 있거라."

아비뉴아는 냉정함을 유지하며 아즈나에게 다가갈 수 있는 자신에게 놀랐다. 아즈나는 아버지를 죽인 원수. 그러나 뜻밖에 지금 이 순간 마음은 흐르는 강처럼 잔잔했다.

'시간을 끌지 말자. 아무래도 이노아의 진이 마음에 걸린다.'

아즈나는 아비뉴아가 나타났음을 알고 미소마저 띄었다.

"왔느냐, 나에게 죽기 위하여!"

아비뉴아는 아즈나가 웃는 모습은 처음 보았다.

"하고 싶은 말이 있다. 잠시 휴전을 하자."

"좋다, 얘기해봐라."

아즈나의 얼굴은 그지없이 평온했다. 그는 손에 든 바즈라마저 내려놓았다. 아비뉴아는 의심했다.

'적들에게 포위된 상황에서 그는 어떻게 저리 태연할 수 있지?'

"나의 아버지의 유해는 어디에 있는가? 네가 다르마를 아는 자라면 그것을 나에게 돌려다오."

"네가 나의 다르마를 걱정할 필요는 없다."

아즈나는 차갑게 대꾸했다. 아비뉴아는 그를 쏘아보았다. 그러나 아즈나가 이런 종류의 부탁을 거절할 것이란 생각은 아무래도 들지 않았다.

"부탁한다. 부디 돌려다오."

아즈나는 잠시 생각하더니 자신의 전차사에게 명했다.

"그에게 주어라, 사칸데."

"예."

아즈나의 전차사 사칸데는 주머니를 땅에 던졌다. 아비뉴아가 전차에서 내리려 하자 마하마가 말렸다.

"아비뉴아 님! 제가 내려가겠습니다."

그러나 아비뉴아는 고개를 저으며 스스로 땅에 내려갔다. 주머니 앞에서 합장 한 후 그것을 주었을 때 눈물이 떨어졌다.

그때 누구의 허락도 받지 않은 화살이 날아왔다. 아비뉴아는 그것이 아즈나를 향한 것임을 알고 날카롭게 소리쳤다.

"누구냐!"

아즈나가 살짝 피함으로 화살은 공기 속으로 빨려들어가고 말았다. 그러나 비명 소리가 하늘을 울렸다. 화살을 쏜 사라마유 장수가 내지른 비명이었다. 그는 스스로 전차 위에서 떨어지더니 죽어버렸다.

그 모습을 본 아비뉴아는 갑자기 가슴이 철렁했다. 그는 주머니를 들고 전차로 되돌아갔다. 아즈나는 그 모습을 냉담하게 지켜볼 뿐이었다.

아비뉴아는 전차에 뛰어오르며 마하마에게 일렀다.

"뭔가가 이상하다. 무슨 일이 일어나는지는 모르겠으나 뭔가 수상하다. 이노아가 뭔가를 꾸미고 있다. 그들의 왕이 저리 적의 진 한복판에 있는데 구원하러 오지 않는다. 물러나서 상황을 판단하는 게 좋겠다."

마하마는 즉시 전차를 돌리려 했다. 그때 아즈나의 비웃음이 아비뉴아의 귀에 꽂혔다.

"도망치는 게냐?"

이 한마디로 아비뉴아는 물러설 수 없게 되었음을 알았다. 그는 아즈나를 향해 홱 돌아서서 외쳤다. 전부터 생각하고 생각했으나 입 밖에 내지 못하던 말을 드디어 꺼냈다.

"나는 사라마유의 왕자 아비뉴아! 나와 너, 둘이 승부를 내자! 아버지의 원수를 갚아주마!"

왕자의 말에 사라마유 인들의 표정이 변했다. 드디어 아비뉴아 왕자가 이노아의 왕 아즈나와의 개인전을 선포한 것이다.

그때 누군가 구르듯이 달려나와 아비뉴아의 전차 앞에 엎드렸다. 그는 바로 쟈안이었다.

"아니 되옵니다. 결코 그리하셔서는 아니 되옵니다."

아비뉴아는 무거운 어조로 입을 열었다.

"비키십시오. 외조부님께서는 제가 그에게 패배할 것이라 생각하십니까?"

쟈안은 엎드린 채 눈물을 흘렸다.

"부디, 부디 기억하십시오. 과거에 이유시크 전하께서 던지셨던 질문을요."

쟈안은 전쟁이 시작되기 전 이유시크 왕이 아비뉴아에게 물었던 질문과 그에 대해 아비뉴아가 했던 대답을 상기시키는 것이었다. 그때 이유시크 왕은 이렇게 물었다.

'네가 이노아의 왕을 이길 수 있느냐?'

그에 대한 아비뉴아의 대답은 이러했다.

'저는 그를 죽일 수 있으나 그 또한 저를 죽일 수 있습니다.'

아비뉴아가 침묵을 지키는 사이 쟈안은 애원하듯 그를 설득하기 시작했다.

"냉정하셔야 합니다. 만에 하나 왕자님께 무슨 일이 생기면 그때

야말로 사라마유는 완전히 패망하게 되는 것입니다. 섬기어야 할 분을 모조리 잃는다면 사라마유는 무엇을 구심점으로 뭉칠 수 있겠습니까? 왕자님은 이제 사라마유에 있어 세계의 중심에 있는 메루 산과도 같은 존재이십니다. 사라마에서 기다리시는 어머님을, 마하사라마의 백성들을 생각하십시오. 왕자님께서는 반드시 그들에게 되돌아가 다시금 수도 마하사라마를 탈환하셔야 하는 것입니다."

아비뉴아는 나직이 대꾸했다.

"알고 있습니다. 그러나 아버지의 원수가 청해온 승부를 받아들이지 않는다면 저에게는 왕의 자격조차 없습니다. 비키십시오. 그리고 나를 믿으십시오. 나도 그렇게 생각 없는 게 아닙니다."

그는 마음속으로 자신에게 확인하고 있었다.

'아비뉴아, 너는 결코 아버님께서 지켜주신 목숨을 가볍게 생각해서는 안 된다.'

그는 주위의 모든 사라마유 장수들이 들을 수 있도록 외쳤다.

"들어라! 모두 다 이 자리에서 일 요자다 밖으로 물러서라. 둘 중 하나가 죽거나 어느 한쪽이 먼저 패배를 알리는 고동을 불 때까지는 그 누구도 신성한 승부를 방해해서는 안 된다. 계율을 어긴 자에게는 다르마의 노여움이 떨어질지니!"

그러고 나서 아비뉴아는 목소리를 낮추어 자안에게 일렀다.

"제가 돌아올때까지 모든 책임을 맡아주세요. 브라흐마나들을 불러모아 그들에게 이노아의 진을 확인하라 이르세요. 나바, 카루다를 비롯한 일곱 군단장들에게 내가 이 싸움을 끝낼 때까지 무슨 일이 있어도 이노아 군의 공격을 막아내라 명했다 전해주세요. 나는 반드시……"

그는 아즈나를 바라보며 말을 이었다.

“무사히 돌아오겠습니다.”

아비뉴아는 말을 마치고 앞으로 나아갔다.

마침내 아비뉴아와 아즈나의 싸움이 시작되었다. 옛날의 무예시
합에서부터 지금껏 사 년에 가까운 세월이 흘렀다. 아비뉴아가 아쉬
바메다의 제물을 찾아나섰던 마지막 만남으로부터 따져도 이백하고
도 스무날이 더 지나 있었다. 아즈나는 바즈라를, 아비뉴아는 철퇴
를 들었다. 긴장으로 인해 둘의 신경은 타버릴 듯했다.

그 주인들의 긴장은 그들의 전차사들도 알았다. 마하마는 전차의
거리를 어느 정도 떨어뜨려놓을 생각이었으나 아즈나의 전차사 사
칸데는 근접전을 시도했다. 그는 마하마가 전차의 방향을 돌릴 겨를
도 없이 전차를 돌진시켰다. 아비뉴아의 흑마들과 아즈나의 백마들
이 서로 얽혔다. 두 전차가 부딪치는 소리가 벼락이 돌을 깨는 소리
마냥 거세게 공기 중에 울려 퍼졌다.

아즈나의 공격은 시작부터 격렬했다. 그가 바즈라를 휘두르는 모
습은 인드라 그 자신과도 같았다. 아비뉴아는 그가 자신을 최대한
빨리 죽이려 함을 알았다.

'그래, 나 또한 널 오래 살려둘 생각은 없어!'

아비뉴아는 곧장 장창을 들어 상대의 바즈라를 막았다. 그러나 아
즈나의 힘도 그렇지만 그의 바즈라가 가진 위력은 엄청났다. 장창이
부러져버렸다. 아비뉴아는 아슬아슬하게 공격을 피했으나 아즈나가
원을 그리며 무기를 휘두르자 바즈라 우측의 날카로운 칼날이 아비
뉴아의 갑옷 이음새를 끊어놓았다. 아비뉴아의 갑옷이 벗겨지면서
투구가 땅에 떨어져 전차 바퀴 아래에 깔려 박살이 났다.

마하마는 이를 보고 힘껏 전차들의 간격을 떨어뜨렸다. 주인에게
시간을 벌어줄 심사였으나 사칸데는 마하마가 뜻대로 하도록 내버

려두지 않았다. 그는 다시 전차를 바짝 갖다대었다. 아즈나가 그 틈을 이용해 아비뉴아의 전차 위로 뛰어올랐다. 아비뉴아는 오른손에 방패를 집어들어 아즈나의 공격을 막았으나 방패 또한 부서져나가며 그는 그만 뒤로 미끌어지고 말았다. 그는 다급한 김에 뒤로 손을 뻗어 잡힌 것을 크게 휘둘렀다. 날카로운 날이 촘촘히 박힌 철퇴가 아즈나의 하반신에 직격할 때였다.

순간 왼팔에 엄청난 고통이 느껴졌다. 불타는 듯한 아픔이 심장에까지 전이되었다. 한순간 왼쪽 몸 전체가 마비되었다. 아비뉴아는 고통으로 철퇴를 떨어뜨렸다. 고통과 놀람 속에 그는 하마터면 쓰러질 뻔했다.

'무슨 일이지!'

도저히 이유를 알 수 없는 일이었다. 그러나 생각할 겨를이 없었다. 아비뉴아는 몸을 굴러 아즈나의 공격부터 피해야 했다.

마하마는 주인이 위급함을 보고 일어서서 아즈나를 향해 힘껏 말채찍을 휘둘렀다. 아즈나는 그것을 알았으나 전혀 신경쓰지 않고 바즈라를 휘둘러 아비뉴아의 심장을 노렸다. 마하마의 채찍은 아즈나의 몸을 정확히 감았다. 그러나 그것은 마치 살아 있는 뱀처럼 아즈나의 몸 위를 미끌어졌다. 마하마 역시 채찍을 쥔 오른손에 영문을 알 수 없는 심한 충격을 받고 그만 채찍을 놓치고 말았다.

채찍은 공중을 날아 사칸데가 모는 말 위로 떨어졌다. 말들은 놀라 요동을 치면서 아비뉴아의 전차를 들이박았다. 그 바람에 전차가 심하게 흔들리며 아즈나가 잠시 균형을 잃었다. 그의 바즈라는 아비뉴아의 심장을 아슬아슬하게 비켜 전차 위에 내리꽂혔다.

아비뉴아로서는 구사일생이었다. 그는 틈을 놓치지 않고 아즈나에게서 벗어나 사칸데가 모는 전차로 피했다. 일이 이렇게 되니 둘은 엉뚱하게 서로 상대의 전차를 탄 셈이 되었다. 아비뉴아는 여전히 심장이 타는 듯한 고통을 느끼고 있었다.

'분명히 무언가가 있다. 나의 공격이 분명 그의 다리를 부러뜨려야 했다. 하반신을 치는 것이 아무리 다르마에 어긋나는 일이라 해도.'

이에 생각이 미친 순간 전신을 찬물로 끼얹은 듯했다.

'설마 깨어진 다르마, 아다르마 때문인가?'

저도 모르게 아비뉴아는 중얼거렸다.

"그렇다면 혹시 이것은 계율의 아스트라를 쓸 때 일어나는 것과 같은 반동인가?"

계율의 신 슈칸데의 아스트라를 쓸 경우, 결코 아다르마를 범해서는 안 된다. 아비뉴아는 저도 모르게 탄식했다.

"그렇구나."

이것은 계율의 만다라 진이다.

그 사이 아즈나는 바즈라를 버리고 활을 들고 있었다. 그것은 공교롭게도 아비뉴아의 활이었다.

'이제야 그를 죽일 수 있는 순간이 왔구나.'

그는 나직이 외쳤다.

"질서를 유지케 하는 생명 그 자체의 힘이여, 천 개의 눈을 가진 당신의 이름을 나에게 부여하소서!"

마하마가 그 소리를 들었다. 그는 전차도 내버려두고 일어서서 아비뉴아를 향하여 미친 듯 외쳤다.

"아비뉴아 님! 그가 아스트라의 주문을 외고 있습니다!"

아비뉴아는 전차 바퀴가 벼락처럼 땅을 구르며 만들어내는 굉음 속에서도 아즈나가 주문을 외는 소리를 똑똑히 듣고 있었다.

'비슈누의 아스트라이다!'

그는 자신 또한 아스트라의 주문을 외려 하다 한순간 정신이 번쩍 들었다.

'아니야! 그는 아스트라를 사용할 수 없어! 나는, 나는 지금 나의 아스트라를 써서는 안 돼!'

어떠한 신이든 하루에 단 한 번 자신의 힘을 빌려준다. 아비뉴아는 시바의 아스트라를 써야만 하는 일을 깨달았다. 그는 장창을 들어 그대로 아즈나에게 집어던졌다. 그러나 장창은 아즈나에게 닿기 전에 허공에서 부러져나갔다.

그때 아즈나는 주문의 마지막을 외고 있었다.

"우유의 바다에 잠긴 나라야나, 연꽃의 눈을 가진 신 중의 신 비슈누의 이름으로 나는 명하니! 신의 권위에 반하는 모두에게 다르마의 정의를!"

그 순간 아즈나 또한 깨달았다. 비슈누의 힘을 빌릴 수 없다!

'설마 슈칸데의 계율 안에서 다른 신의 힘을 빌릴 수 없는 것인가? 비슈누 신의 힘이 분명 계율의 신을 상회할 터인데 왜 안 되는 것일까?'

그러나 이유를 생각할 겨를이 없었다. 아즈나는 시위를 놓아버렸다.

아즈나가 쏜 화살은 아슬아슬하게 심장을 비키긴 했으나 아비뉴아의 옆구리에 꽂혔다. 아비뉴아는 화살을 꽂은 채 전차 위에서 떨어졌다. 마하마가 그를 보고 소리질렀다.

"아비뉴아 님!"

그는 곧장 뛰어내렸다. 아즈나 또한 뛰어내렸다. 둘은 뒤질 새라 아비뉴아에게 달려갔다. 아비뉴아는 아직 일어서지 못했는데 아즈나가 벌써 그의 코앞에 다가가 있었다. 순간 마하마는 목숨을 걸고 아즈나의 앞을 막아섰다.

아즈나가 오른손을 크게 휘두르자 눈 깜짝할 사이에 마하마의 목이 잘려 땅에서 굴렀다. 아비뉴아는 일어선 순간 자신 앞에 굴러 떨어진 마하마의 목을 보았다. 슬픔과 분노로 치가 떨렸다.

'마하마!'

도대체 이 며칠 사이에 얼마나 많은 사람들을 잃고 있는가.

그러나 그를 애도할 틈도 없었다. 아비뉴아는 주위를 둘러보았다. 땅에는 두 동강 난 철퇴가 구르고 있었다. 그는 그것을 집어들어 힘껏 던졌다. 그것은 아즈나가 아닌 아즈나의 전차사 사칸데를 향한 것이었다. 사칸데는 철퇴에 맞아 머리가 산산이 부서져 죽어버렸다.

그 직후 아비뉴아는 땅에 떨어진 고동을 주어 들어 힘껏 불었다.

그것은 도움을 청하는 고동 소리였다.

쟈안은 일 요자다 밖에서 외손자의 싸움을 지켜보고 있었다. 그는 아까 아비뉴아가 일러놓은 대로 브라흐마나들을 불러모은 터였다. 후진에 있던 사라마유의 모든 브라흐마나들이 명을 받고 부리나케 뛰어왔다. 그들 대부분 그리 대담한 성질이 아니여서 화살이 빗발치는 전쟁터 속을 두려움에 벌벌 떨며 돌아다녔다. 마침내 결론이 내려졌다.

"이것은 슈칸데의 만다라 진임에 틀림없습니다."

그들은 어찌할 바를 모르고 쟈안의 지시를 받기 위해 구르듯 달려왔다.

"이것은 슈칸데의 만다라 진이오! 세상에 이럴 수가! 이를 어찌하면 좋겠소."

쟈안이 벌컥 화를 냈다.

"진은 깨부수면 그 위력이 사라지는 것이 아니오! 당장 진을 깨부수시오!"

그러나 그 자신도 그것이 그리 용이한 일이 아님을 잘 알고 있었다. 지금은 어찌되든 피범벅이 되어 싸우고 있는 외손자를 지켜볼 도리밖에 없었다.

아비뉴아가 계속해서 밀리다 마침내 전차에서 떨어지자 쟈안의 심장이 부서지듯 떨렸다. 마하마가 죽고 아비뉴아가 위험에 빠지자 그는 참지 못하고 자신의 전차사에게 명했다.

"어서 전차를 몰아라!"

그러나 전차사는 승부가 나지 않은 개인전에 나설 수 없다는 사실을 알고 있었다. 주인의 명을 받은 그가 두려움에 떠는데 갑자기 패배를 알리는 고동 소리가 하늘에 울려 퍼졌다. 그 소리에 모두가 정신이 번쩍 들었다.

"아비뉴아 전하가 패배를 인정하셨다!"

장수 라아크리가 누구보다도 빨리 아비뉴아의 구원에 나섰다. 아비뉴아는 그가 손수 활을 가르친 유일한 제자였다. 아까부터 소중한 제자의 목숨이 걱정되어 그는 피가 마를 지경이었다. 그는 고동 소리를 듣자마자 불의 신 아그니의 아스트라를 아즈나에게 쏘아보내고 바람처럼 전차를 달렸다. 아그니의 아스트라는 공기를 태우며 나아갔으나 아즈나의 주위에 이르자 시뻘건 불길은 온데간데 없이 사라져버렸다.

라아크리가 아즈나를 상대하는 사이 쟈안이 달려가 얼른 아비뉴아를 자신의 전차에 태웠다. 다른 장수들도 뛰어들어 아즈나는 순식간에 백여 명의 장수들에게 포위되었다. 그러나 그에게는 백 명이든 천 명이든 문제가 되지 않았다. 그가 바즈라를 휘두를 때마다 사라마유 인 장수들은 야마의 세계로 떠났다.

쟈안은 전차 위에서 몸을 굽혀 아비뉴아의 몸에 박힌 화살들을 뽑아냈다. 아비뉴아는 쟈안의 전차 위에서 잠시 기절했으나 곧 눈을 뜨더니 스스로 자신의 상처에서 화살을 뽑아냈다. 그가 활을 집어들자 쟈안은 놀라 만류했다.

"기다리십시오! 위험합니다! 상처의 치료가 먼저입니다!"

그러나 아비뉴아는 외쳤다.

"시간이 없습니다! 할아버님의 전차를 빌려주세요!"

그러곤 전차사에게 명했다.

"동쪽으로 몰아라!"

그는 하마터면 마하마라는 이름을 덧붙일 뻔했다. 치밀어오르는 슬픔에 그는 소리없이 눈물을 흘렸다. 죽어버린 자신의 전차사, 아버지의 목이 담겨 있는 주머니 또한 잃어버렸다.

'너는 얼마나, 얼마나 더 나의 소중한 것들을 빼앗아 가버릴 생각이지!'

쟈안은 아비뉴아의 명에 어쩔 수 없이 땅에 뛰어내리면서도 불안하게 외쳤다.

"어디로 가시려는 겁니까?"

"이노아의 진을 깨러 갑니다. 이곳에서 그를 붙잡아주세요. 내가 돌아올 때까지!"

아비뉴아는 전차사에게 명했다.

"들어라! 이대로 우리는 이노아 군의 후진까지 뚫고 갈 것이다. 앞을 막는 자들을 베며 나아가라!"

쟈안의 전차사는 말에 힘껏 채찍질을 가했다.

전차는 무섭게 나아가기 시작했다. 법의 신 바르나가 닦아놓은 하늘을 태양신의 전차가 내달리듯 아비뉴아의 전차는 일직선으로 나아가기 시작했다. 이노아의 전차들이 그들 앞을 가로막자 아비뉴아는 닥치는 대로 활의 시위를 놓았다. 파괴의 시바라도 된 듯, 그의 화살은 야차가 연꽃을 찢어발기듯 이노아 인들을 무리를 찢어놓았다.

마침내 마지막 남은 이노아 장수의 전차가 깨졌을 때 이노아가 세워놓은 제단이 아비뉴아의 눈에 들어왔다.

'저것인가? 저것이 슈칸데의 만다라 진을 위한 제단이구나!'

아비뉴아는 불길처럼 뜨거운 숨을 내쉬며 활을 들었다. 심장의 고통 따위는 잊은 지 오래였다.

"세 개의 눈을 가진 마하데바여! 생명, 계율, 이 세상조차 파괴할 수 있는 대천신 시바여! 춤추는 자들의 왕이여! 날개 달린 사자 사르베사여! 창조를 있게 하는 멸망이여! 신조차 반할 수 없는 당신의 절대적인 의지를 나에게 부여하소서!"

태양의 광휘를 지닌 시바의 아스트라가 하늘을 날았다. 맹렬하게 타오르는 불보다 더 뜨거운, 불조차 태워버리는 파괴의 힘이 솟구쳤다. 그것은 벼락처럼 슈칸데의 제단에 정확히 내리꽂혔다. 계율을 위한 불꽃이 한순간 처절하게 타올랐지만 시바의 아스트라에서 나온 불꽃은 한순간에 슈칸데의 성화를 먹어버리고 맹렬히 타올랐다.

동시에 계율의 힘이 꺼지면서 진의 힘이 찢어졌다. 일 요자다 안에 있던 모든 사람들은 아스트라의 맹렬한 빛에 정신을 잃고 기절해 쓰러졌다. 아비뉴아의 전차사 또한 기절했다. 아비뉴아 또한 스스로 쏘아낸 힘을 이기지 못하고 쓰러졌지만 그는 곧 일어나 전차사를 흔들어 깨웠다.

"일어나라! 지금 즉시 그를 물리쳐야 한다. 다시 우리의 진으로 돌아가자!"

전차는 날 듯이 달렸다. 사라마유 군이 있는 곳으로 되돌아가니 장수들이 그를 보필했다. 그들은 멀리서 아비뉴아가 쏘아낸 아스트라를 보고 더이상 새로운 주군을 왕자로 호칭하지 않았다.

"아비뉴아 전하! 전하를 보호하라!"

그때 아즈나는 오른쪽 어깨를 관통한 화살을 뽑아내고 있었다. 누군가 등 뒤에서 쏜 화살이 그에게 맞았다.

'그가 진을 깨버렸구나. 역시 그는 나와의 싸움에서 그냥 도망간 게 아니었어.'

이제 자신을 보호하는 계율은 깨졌고 전차사 또한 죽었다. 아즈나는 바즈라를 왼손으로 바꾸어들었다.

'그래, 그가 아까 시바의 아스트라를 사용하지 않은 이유를 알았다. 나를 죽이는 대신 이노아가 편 만다라 진을 부수는 편을 택했구나. 그렇다면 그는 왕다운 왕이다. 이제 우리는 동등하게 싸울 수 있겠지. 어서 돌아오너라. 내가 널 죽여줄 테니!'

사라마유 장수들은 이제까지는 함부로 아즈나를 공격하지 못하고 있었다. 아즈나의 등을 쏜 장수도 목숨을 버릴 결심을 하고 활을 쏜 것이었다. 그러나 공격이 성공하자 그들은 모두 서로의 얼굴을 마주보았다. 뭔지 모르나 적의 왕을 보호하고 있던 절대적인 힘이 사라졌다.

그들은 함성을 지르며 일제히 아즈나에게 달려들었다.

'네가 아무리 강하더라도 이제는 죽은 목숨이다!'

아즈나는 절대절명의 위기를 맞고 바즈라를 든 손에 힘을 주었다. 두려움은 없으나 마음이 타는 듯 뜨거워졌다.

'나는 그를 죽여야 한다! 이곳에서 이렇게 죽을 수는 없다!'

그 순간이었다. 이노아의 전차 하나가 사라마유 장수들의 전차를 물리치며 아즈나를 향해 달려왔다. 아즈나는 그 전차에 꽂힌 푸른 기를 알아보았다.

'카르타!'

카르타의 전차는 마치 날개가 달린 듯 내달려왔다. 그의 전차가 다가옴에 따라 피의 바람이 불었다. 카르타는 자신이 물려받은 은도끼를 높게 휘두르며 그를 저지하는 장수들의 목을 사정없이 베어버렸다. 적의 피를 흠뻑 뒤집어쓴 그는 태어날 때부터 일그러진 얼굴에 웃음을 띠고 있었다. 모든 사람을 오싹하게 만들 정도로 괴기스럽게 보였다.

옛이야기 속에 나오는 황금의 괴물 나라싱하가 사람을 찢는 모습이 저러할까.

아즈나조차 그 광경에 잠시 넋을 잃었다.

눈 깜짝할 사이에 전차는 아즈나에게 다가왔다. 카르타가 손을 뻗어 아즈나를 끌어올렸다. 그는 웃고 있었다.

"무사하니 다행이구나. 슈칸데의 진이 깨졌으니 이만 돌아가자."

아즈나는 말했다.

"나는 오늘도 그를 죽이지 못했어."

"너는 언제든 그를 죽일 수 있다. 우리는 오늘 충분히 승리했단다."

카르타는 대꾸하며 전차 앞을 막아선 사라마유의 장수에게 장창을 집어던졌다. 아즈나는 문득 찌르는 듯한 고통을 느끼며 중얼거렸다.

"아비뉴아가 시바의 아스트라를 쏘았지?"

"그렇다. 스카마는 죽었다."

"내가 쏜 비슈누의 아스트라는 슈칸데의 진 안에서 발휘되지 않았어. 그런데 녀석은 어떻게 아스트라를 쓸 수 있었을까?"

카르타는 근접해온 사라마유 보병 무리를 바라보며 대꾸했다.

"비슈누는 유지의 신이다. 그는 결코 계율을 깨지 않는다. 그것은 그가 지켜야 할 법칙이며 공정함이다. 나라야마라 불리는 비슈누는 질서를 유지함으로 위대하다. 그러나 마하데바, 위대한 대천신 시바의 아스트라는 그 계율조차 파괴해버린다. 절대적인 파괴! 그것이 그의 위대함이기 때문이지."

그러면서 그는 자신의 품으로 돌아온 동생에게 미소지어 보였다.

"쉬어라, 아즈나. 이제 너는 무사하다. 내가 너를 지킬 것이니."

붉은 석양이 내려앉고 있었다. 사라마유의 장수들은 마지막 힘을 다해 카르타와 아즈나를 쫓았으나 그들 모두가 너무도 지쳐 있었다. 카르타의 전차는 왕을 태운 채 여유 있게 이노아의 진영 쪽으로 사라졌다.

마침내 태양이 서쪽으로 지며 기나긴 전투의 끝을 알리는 고동 소리가 울려 퍼졌다.

이날의 전투는 무시무시했다. 이노아 군은 분명 승리한 셈이나 그만큼의 피해를 입었다. 병사들은 이날 하루 저지른 부정으로 인해 제각기 심한 고통을 겪었다. 그들은 두려움에 떨며 전투의 공포에 시달렸다.

오늘 패배한 사라마유 측의 피해는 더 말할 나위 없었다. 모두가 슬픔에 잠겼다.

이날 밤 드디어 휴전에 대한 이야기가 나왔다. 이대로 소모전을 계속할 수는 없다는 결론이 내려졌다. 이를 먼저 건의하고 나선 것은 아비뉴아의 스승인 라아크리라는 장수였다. 그는 밤에 열린 작전 회의에서 무거운 발언을 했다.

"이대로 가다간 사라마유와 이노아 양쪽 모두가 전멸할 것입니다. 휴전을 맺어야 합니다."

이 발언의 여파는 컸다. 라아크리가 아니었더라도 누군가가 입을 열었을 것이다. 다른 장수들도 라아크리의 말에 동의하고 나섰다. 처음 휴전이라는 단어를 들었을 때 아비뉴아는 격노했다. 그는 노여움이 언어가 되어 입 밖에 나오기 전에 스스로를 자제했다.

"그대는 사라마유에 있어 휴전은 곧 패배와 같은 의미인 것을 알고 말하는 것이오?"

라아크리는 이에 제자이자 주군인 상대를 바라보며 묵묵히 입을 다물었다. 그러나 왕의 노여움을 무릅쓰고 쟈안이 나섰다. 그는 나이가 많음에도 불구하고 여전히 전장에서 용맹을 떨치고 있었다. 그러나 얼마 전 큰 부상을 입은 이후 아비뉴아는 그의 출전을 금했다.

"전하, 애당초 제가 수도를 버리는 전략을 입에 담았습니다. 저를 죽여주십시오. 그러나 감히 말씀드리건대 사라마유는 휴전을 해야 합니다. 이대로라면 사라마유는 이노아와 함께 전멸할 뿐입니다."

아비뉴아는 이 며칠의 전투에서 십 년은 늙은 것 같은 외조부를 연민 어린 눈으로 바라보았다.

"수도를 잃은 것은 그대의 책임이 아니오. 그대는 정말 휴전 이외에는 방법이 없다고 생각하오?"

"라자수야의 새로운 주인이시여, 분명 휴전은 곧 패배와도 같은 의미입니다. 그러나 살아 있다면 언제고 모든 원통과 슬픔이 씻어질 날이 올 것입니다."

아비뉴아는 반론하지 못했다. 휴전의 당위성은 그 스스로가 누구보다도 잘 알고 있었다. 그는 과거 무예시합 때의 일을 생각했다. 그때는 증오, 아즈나에 대한 이유 없는 증오만으로도 목숨을 내던질 수 있었다. 그러나 그때의 자신과 지금의 자신은 위치가 다르다. 이제 그는 사라마유를 지켜야만 하는 의무를 가지게 된 것이다. 살아간다면 복수의 기회는 얼마든지 있다. 지금은 단지 한 걸음 물러서는 것뿐이다.

결국 아비뉴아는 휴전을 허락했다.

다음날 태양이 떠오르기 전, 휴전을 제의하는 사라마유의 사절이 이노아의 진영에 도착했다.

아즈나 왕은 무겁게 침묵하다 모든 장수들에게 의견을 말할 것을 명했다. 나이가 열다섯으로 이 자리의 최연소자인 나르 왕국의 아소카 왕자부터 발언을 시작했다. 그는 누구보다도 사라마유를 싫어하는 사람이었으나 이제는 연일 계속되는 전투에 기진맥진해 하루라도 빨리 고국으로 돌아갈 수 있기만을 희망하고 있었다.

"옳은 말씀입니다. 이미 이유시크 왕은 죽었습니다. 그것만으로도 충분히 리무의 평화가 지켜진 셈이지요. 전투 또한 이것으로 충분합니다."

여러 사람이 비슷한 의견을 내었다. 그러나 아즈나 왕을 처음으로 수긍시킨 것은 브라흐마나 샤마의 발언이었다.

"이번 전쟁은 처음부터 우리의 예상대로 돌아가지 않았습니다. 이유시크 왕은 수도를 버리고 이노아와 탄타마사를 각개각파하는 쪽을 택했습니다. 우리는 사라마유의 예상보다 훨씬 빨리 그들을 뒤쫓음으로 다시 우위를 잡았지요. 그러나 이유시크 왕이 자신을 희생시켰기에 우리는 탄타마사와 협공할 기회를 잃어버렸습니다. 지금 이노아와 사라마유의 모든 전력은 비슷합니다. 쉽게 패할 리는 없지만 쉽게 이길 수도 없습니다.

중요한 것은 우리가 이미 이유시크 왕을 죽이고 적의 수도 마하사라마를 얻었다는 것입니다. 사라마유는 수도를 잃고 저 남쪽, 옛 수도였던 사라마로 물러났습니다. 휴전은 곧 우리의 승리를 뜻합니다. 이제부터 우리는 마하사라마로 돌아가서 휴식을 취하고 다시 전투 준비를 해야 합니다. 피 한 방울 흘리지 않고 얻은 적의 수도를 이제부터 피를 흘리며 지킬 준비를 해야 하는 것입니다."

아즈나는 샤마의 말이 옳다는 것을 알았다. 이대로 소모전이 계속되다가는 결국 이노아 군은 사라마유 군과 더불어 전멸할 것이다. 겨울이 다가오고 있고 군량 또한 머지않아 떨어질 것이다. 이노아는 전투를 멈추고 재정비를 갖춰야 한다.

'나에게는 아비뉴아를 이길 확신이 없다. 확신 없이 그와 싸운다면 결국 우리는 둘 다 죽게 될 것이다. 결코, 우리 둘 모두가 죽어서는 안 된다.'

아즈나에게는 기묘한 확신이 있었다. 그것은 설명할 수 없지만 그렇게 하지 않으면 안 되는 것이었다. 그 첫번째가 자신과 아비뉴아, 둘 중에 하나는 반드시 죽어야 한다는 것이었다. 그리고 두번째로 결코 둘 모두가 죽는 일이 있어서는 안 된다. 반드시 하나는 살아남아야 한다는 것이었다. 과거 아비뉴아는 둘 모두가 죽는 일을 막기 위해 자신의 생명을 포기하지 않았던가.

'그러나 그에게 빚 따위를 진 것은 아니야.'

아즈나는 생각했다. 그 상황에서 만일 자신이 그녀를 발견했다면 자신이 그와 같은 선택을 했을 것이다. 요는 누가 먼저 그녀를 보았는지, 그녀를 기억했는지인 것이다. 화해할 수 없는 깊은 골이 파인

두 사람이건만 기묘한 공통점을 공유하고 있었다. 둘 다 결코 그녀를 이 세상에 혼자 두지 않겠다는 생각을 품고 있었던 것이다.

아즈나는 잠시 침묵을 지키다 휴전을 승낙했다.

이로써 마침내 사라마유와 이노아 사이에 기간이 정해지지 않은 휴전이 이루어졌다. 이 휴전이 오래가리라 믿는 사람은 아무도 없었다. 이 휴전은 단지 한 걸음 물러서서 숨을 돌리기 위한 선택일 뿐이었다. 이미 두 나라는 철저한 적이 되어 상대의 완전한 전멸 이외에는 평화를 지킬 방법이 없었다.

사라마유 군과 이노아 군은 제각기 기진맥진하여 사르마 분지를 떠났다. 사라마유는 남쪽의 산을, 이노아는 북쪽의 산을 넘어 남북으로 갈라졌다. 그들은 모두 동쪽으로 향하고 있었다. 이노아는 신의 도시 마하사라마로, 사라마유는 잃어버린 수도 대신 옛 수도 사라마로 향했다.

왕 중의 왕과, 수도 마하사라마를 잃은 사라마유의 비참함은 이루 말할 수 없었다.

그러나 이노아라 하여 무작정 즐거운 귀경길이 될 리 없었다. 이노아는 이제부터 사라마유의 중심에서 한 번 손에 넣은 것을 잃어버리지 않기 위해 목숨을 걸어야 한다.

바야흐로 사라마유와 이노아는 태풍의 눈과도 같은 휴식을 가지게 되었다.

# 7장 리시프얀

전쟁이 시작된 것은 우기가 끝남과 동시이다. 바로 그 우기가 시작되기 전, 탄타마사의 왕녀 리무는 리무 강을 건너던 도중 사라졌다. 강 한가운데에서 은밀하게 스바라 왕국의 칼가 왕자에게 납치된 것이었다.

아비뉴아가 스바라 왕국에 주의를 기울이지 않은 것을 탓할 수는 없을 것이다. 그 나라가 그런 일을 하리라고는 누구도 짐작조차 하지 못할 일이었다. 스바라는 매우 부유하나 리무 강변에 수없이 산재해 있는 소국에 불과했다. 사라마유는 제외하더라도 탄타마사나 이노아와 비교도 되지 않을 만큼 작은 나라였다.

본래 스바라의 왕 막가의 왕위 후계자는 막바가 왕자였다. 그러나 막바가는 삼 년 전 무예시합에서 좋은 성적을 거둔 후 스바라로 되돌아오다가 원인 모를 이유로 급사했다.

막가 왕은 자신의 아들을 사라마유의 이유시크 왕이 죽였다고 굳게 믿었다. 사라마유에 대한 막가 왕의 노여움은 이루 말할 수 없었다. 그는 자신에게 충성스러운 동생 나푸라의 도움을 받아 군사력을 키우기 시작했다. 그러나 그것은 곧 한계에 부딪쳤다. 영토가 작고 인구가 적은 스바라로서는 아무리 나라가 부유하다 한들 사라마유나 이노아, 탄타마사와 같은 대국과 견줄 수 없는 노릇이었다.

결국 그들이 선택한 방법은 다른 것이었다. 스바라는 상업을 기반으로 한 만큼 정보에 빨랐고 물자가 풍부했다. 탄타마사의 왕녀가 사라마유에 돌아가게 되었다는 소식을 중간에 미리 입수하고 스바라는 위기감을 느꼈다. 스바라의 측면에서 볼 때 그녀가 탄타마사로 돌아가 탄타마사가 사라마유에 품는 반감이 감소하게 되어서는 결코 안 되는 일이었다. 막가 왕이 마음을 굳히자 그의 조카인 칼가 왕자가 나서서 일을 추진했다.

"전하, 제가 책임지고 탄타마사의 왕녀가 리무 강을 건너지 못하도록 하겠습니다."

그래서 그가 계획한 것이 바로 왕녀의 납치였던 것이다.

리무의 납치는 용의주도하게 계획되었다. 사라마유에서 리무를 호위하고 온 병사들은 국경을 넘을 수 없기에 리무 강을 건너지 못했다. 리무의 귀국은 서둘러 계획된 것이기에 미리 사라마유의 사절이 탄타마사 왕실에 파견된 것도 아니었다. 결과적으로 스바라는 어느 왕국의 힘도 미치지 않는 리무 강의 한가운데서 리무를 납치할 수 있었던 것이다. 상선을 가장한 스바라의 배들은 이 일을 쉽게 해냈다.

리무는 강제적으로 낯선 배에 옮겨 탄 후 스바라의 왕자 칼가를 만나게 되었다.

칼가는 비록 하바라의 왕자 데바누에게 패하긴 했어도 삼 년 전의 무예시합에서 꽤 뛰어난 실력을 자랑한 왕자였다. 그는 당시 탄타마사의 형제들에게서 무안을 당한 일이 있기에 탄타마사를 싫어했고 대국 사라마유의 왕자이기에 아비뉴아를 미워했다. 반면 그는 이노아의 왕 아즈나에게는 어느 정도 호의를 가지고 있었다. 그는 아즈나가 다른 형제들을 죽이고 왕이 되었다는 점에서 은근히 호감을 품

고 있었다. 아즈나의 일은 칼가에게 자신의 정당성을 뒷받침해주는
것이라고 위안을 주었던 것이다.

리무는 그를 만난 후 얼마 되지 않아 그가 어떤 사람인지를 알았
으나 그가 자신에게 무엇을 바라는지는 알지 못했다. 칼가는 귀한
포로에게 깍듯하게 예절을 지켰다. 공연히 탄타마사와 원한을 살 필
요는 없었다. 이 귀한 포로는 앞으로 스바라가 유용히 이용할 수 있
는 외교수단이 될 테니까.

"공주님, 이렇게 직접 얼굴을 맞대는 결례를 저지르는 것을 용서
하십시오. 상황이 상황이니만큼 어쩔 도리가 없었습니다. 얼마나 놀
라셨습니까? 이제 안심하십시오. 스바라 왕국이 최선을 다해 당신을
지켜드리겠습니다. 탄타마사에 도착하실 때까지 당신은 이제 절대
적으로 안전합니다."

물론 이 말도 안 되는 설득에 넘어갈 만큼 리무는 어리석지 않았
다. 그녀는 조용히, 그러나 직접적으로 상대에게 물었다.

"뉘신지 모르겠는데, 왜 제가 여기 있어야 하는 건가요?"

"저는 나푸라와 타마의 아들 칼가입니다. 가네샤 신의 축복이 넘
치는 스바라 왕국의 왕자이지요. 당신을 따라온 사라마유 병사들은
사실 당신을 해칠 것을 이유시크 왕에게 명령받았습니다. 탄타마사
가 사라마유에 대항할 움직임을 보였기 때문이지요. 저희 스바라는
그 사실을 알고 결코 당신을 그냥 내버려둘 수 없다고 생각하여 위
험을 무릅쓰고 중간에 나서서 당신을 탈출시킨 것뿐입니다."

말을 한 칼가도 리무가 자신의 말을 믿을 것이라고는 생각하지 않
았다. 이 왕녀를 납치하는 일은 쉽게 성공했으나 아직 마땅하게 이
용할 만한 일은 떠오르지 않았다. 칼가는 손쉽게 자기 손에 들어온
제물을 이리저리 살펴보며 머리를 굴리느라 정신이 없었다.

그는 리무 왕녀에 대해서 소문으로 알고 있었다. 옛날 사라마유에 볼모로 가게 되었을 때 그녀에 대한 이런저런 소문이 모든 왕국들 사이에 파다하게 퍼졌던 것이다. 그 미모가 부와 미의 신 락슈미를 압도하고 지혜로움은 학문과 지혜의 여신 사라스와티를 능가한다는 소문이 입에서 입으로 돌았다. 그러나 막상 이렇게 소문의 주인공을 가까이에서 만나본 칼가는 적이 실망을 했다. 분명 단아한 연꽃같이 아름답고 우아하긴 하나 소문에 견줄 정도는 아니었다.

계속해서 타국의 왕녀를 흘끔거리던 칼가는 갑자기 눈이 휘둥그레지고 말았다. 리무가 목에 걸고 있는 금목걸이에 눈이 간 것이다. 칼가는 삼 년 전의 무예시합에 참석했을 때 사라마유의 왕자 아비뉴아를 본 적이 있었다. 아비뉴아가 목에 걸고 있는 금목걸이를 보며 이유시크 왕의 총애를 한몸에 받는 그가 부러워 시새움에 밤잠을 설친 적도 있었다.

"……그, 그 목걸이는 어디서? 혹시 사라마유의 왕자 아비뉴아가 당신께 주었습니까?"

리무는 본래 미움이나 증오 같은 것을 그다지 체험해보지 못한지라 사람에 대해서 그다지 호오가 분명하지 못했다. 그러나 수년 만의 귀국길에서 이런 일을 당하자 그다지 기분이 좋지 못했다. 게다가 칼가 왕자의 말에 오해를 하여 자신의 물건을 그가 탐하는 줄 알고 차갑게 대답했다.

"그렇다 하시면 제 물건을 빼앗으실 생각입니까?"

칼가는 당연히 금목걸이 하나를 빼앗을 생각이 아니었다. 다만 이 목걸이가 갖는 의미를 생각만 해도 머리가 아찔할 정도였다.

'이는 신이 주신 기회인가. 이 왕녀로 탄타마사뿐 아니라 사라마유를 조정할 수 있을지도 모른다.'

칼가는 우선 상대의 속을 떠보기로 마음먹었다.

"저를 오해하지 마십시오. 스바라는 어디까지나 리무 강의 평화만을 바란답니다. 리무 강의 모든 나라들이 곧 일어날 대전쟁을 준비하고 있습니다. 이 전쟁을 일찍 종결시킬, 아니면 아예 일어나지 않게 할 수 있는 방법이 있지요. 아아, 누군가 이 일을 해낼 수만 있다면 수많은 사람들이 다치거나 죽지 않고 평화롭게 일이 끝날 수 있을 텐데요. 저는 사라마유의 이유시크 왕에게 친형제와 같은 사촌 막바가를 잃었답니다. 부디 당신이 당신의 형제들을 잃는 일이 없어야 할 텐데."

순간 리무는 슬픔과 불안으로 가슴이 무거워졌다.

'결국은 전쟁이 일어나는구나. 어쩌면 아버지께서는 이미 사라마유와의 전쟁을 승인하신 것일까. 아비뉴아는 전쟁을 피하기 위해 나를 탄타마사로 돌려보내주었는데.'

리무가 침묵을 지키는 사이 칼가는 상대의 표정을 살피다 좀더 대담하게 말을 해보기로 결심했다.

"리무 공주는 아비뉴아 왕자와 상당히 친밀한가 보군요."

리무는 고개를 끄덕이며 칼가를 똑바로 쳐다보았다.

"그렇습니다. 그렇기 때문에 저는 무슨 일이 있어도 탄타마사와 사라마유의 전쟁을 막아야 합니다. 두 나라는 공존할 수 있어요."

잘라 선언하는 듯한 말에 칼가는 그만 마음이 철렁했다.

'그렇게 둘 수야 있나. 이 전쟁은 반드시 일어나야 해.'

칼가로서는 전쟁이 일어나지 않으면 매우 곤란한 노릇이었다. 저 위협적인 사라마유가 더이상 커져서는 안 된다. 이미 이유시크 왕에 의해 리무 강변에 있는 소국들의 수가 대폭 줄어들지 않았는가.

또한 개인적인 이유도 있었다. 칼가는 스바라의 왕제 나푸라의 아들이었다. 나푸라 왕제는 그의 형, 막가 왕이 지금보다 훨씬 더 전쟁에만 정신을 쏟기를 원하고 있었다. 그 사이 나푸라 자신의 아들 칼가를 왕세자로 올릴 궁리가 있음은 물론이었다.

'일이 이리 된 이상 아예 이 왕녀를 미리 설득해놓는 것이 좋겠군.'

칼가는 결심하고 입을 열었다.

"전쟁이 일어나지 않다면 오죽 좋겠습니까. 리무 강의 모든 나라가 바라는 일이지요. 그러나 정말 유감스럽게도 이노아의 왕 아즈나는 이미 사라마유의 이유시크 왕에게 선전포고를 내렸다고 합니다. 탄타마사 또한 이노아와 동맹을 맺었지요."

칼가의 말은 완전한 사실은 아니지만 그렇다고 완전한 거짓도 아니었다. 이노아가 사라마유에 선전포고를 했다는 것은 이미 웬만한 나라들은 다 아는 소식이었다. 탄타마사 또한 아직 확실하게 이노아와 동맹을 맺은 것은 아니나 결국은 동맹으로 치닫게 될 가능성이 높았다. 이 말에 놀란 리무는 그만 벌떡 일어섰다.

"저를 돌려보내주십시오! 저는 당장 탄타마사로 돌아가야만 합니다!"

칼가는 상대의 표정을 가늠해보고 대답했다.

"침착하십시오. 결국 전쟁은 기정사실입니다."

"그렇지 않습니다. 이제 곧 우기입니다. 전쟁은 이 우기가 끝난 후에야 가능할 것입니다. 아직 시간이 충분히 있습니다."

칼가는 상대가 이리 대답할 줄은 몰라 잠시 당황했으나 곧 유연하게 말을 이었다.

"당신이 돌아간다 해서 일이 그리 쉽게 풀릴 수 있겠습니까?"

리무는 침착하게 대꾸했다.

"적어도 탄타마사와 사라마유의 화해는 제가 주도할 수 있습니다."

"공주님, 그건 그리 쉽게 해결될 문제가 아닙니다! 저 무서운 이유시크 왕은 리무의 권위를 노리고 있습니다. 온 세상이 다 그의 야망을 알고 있습니다. 그는 리무 자체를 자신의 것으로 하려 하는 것입니다. 리무 강이 그의 것이 된다는 것은 리무를 둘러싸고 있는 모든 나라들이 그의 발 아래 무릎 꿇는다는 의미입니다. 그는 천신과 소통하는 라자수야 제사를 지내고 왕 중의 왕이란 칭호를 얻은 것, 그 상징성에 만족할 수 없는 것입니다. 그는 리무 강을 온전히 사라마유만의 것으로 만들기 위해 다른 나라들은 부수어버릴 것입니다. 탄타마사를 비롯하여 모든 나라들이 사라질 것입니다!"

칼가는 이쯤 하면 효과적으로 소리쳤다고 판단하고 목소리를 낮추고 입을 열었다.

"그러나 이유시크 왕이 그의 야심을 버릴 방법이 딱 하나 있습니다."

리무는 칼가의 말을 인정할 수밖에 없기에 깊은 슬픔을 느끼고 있었다.

'나는 결국 아무것도 할 수 없는 것인가? 모두가 전쟁에 휩쓸려 죽어가는 모습을 지켜볼 수밖에 없을까?'

아무것도 할 수 없다는 무기력한 괴로움에 몸이 부들부들 떨렸다.

"무슨 방법입니까?"

칼가는 상대의 마음이 매우 흐트러진 것을 보고 기회를 놓칠 새라 입을 열었다.

"그를 죽이는 일입니다. 이유시크 왕은 아들을 자신의 생명처럼 사랑합니다. 그 사실을 모르는 사람이 없지요. 그러니 사라마유의 왕자 아비뉴아, 그만 죽는다면 이유시크 왕은 아마 살아갈 이유를 잃어버릴 것입니다. 그와 가까운 누군가가 그를 죽인다면 평화가 지켜질 수 있는 것입니다."

이 말에 상대의 움직임이 딱 끊어졌다. 흥분으로 붉어졌던 리무의 양볼이 갑자기 새파래졌다. 그대로 그녀는 조용히 되물었다.

"지금 저에게 그를 죽이라 말씀하시는 겁니까?"

칼가는 지금이야말로 설득에 들어갈 때라 생각하고 외쳤다.

"공주님! 수많은 사람들이 전쟁에서 죽기 전에 전쟁을 막을 수 있는 방법이 있다면 그 무엇이든 해야 합니다. 앞으로 일어날 대전쟁을 생각해보십시오. 그 전쟁에서 죽어갈 당신의 형제들을 생각해보십시오. 누구든 할 수 있다면 그를 죽여야 합니다. 만일 제게 그 일이 가능하다면 저는 제 한몸의 안위, 깨어진 다르마의 무서운 형벌을 각오하고 그 일을 하겠습니다."

리무는 대답하지 않았다. 그녀는 눈조차 깜박이지 않고 얼어붙은 눈으로 상대를 바라보았다. 그대로 무거운 침묵이 흘렀다. 칼가는 슬슬 마음이 불안해졌다.

'이런, 아무래도 공연한 말을 꺼내었나 보다. 좀더 신중하는 편이 좋았을 텐데. 아비뉴아 왕자가 그녀에게 금목걸이를 줄 정도라면 이 왕녀 또한 어느 정도 그에게 호감을 갖고 있을지도 모르는 노릇인데.'

"부왕의 원수였던 적국의 왕을 죽인 시바트라 공주 이야기를 생각해보십시오."

칼가는 상대의 눈빛이 부담스러워 옛날 전설을 언급하며 말을 얼버무렸다. 그러나 사뭇 천연덕스럽게 고개를 돌렸을 때였다.

갑자기 엄청난 빛이 눈에 쏟아져 들어왔다. 칼가는 그 빛에 칼로 눈을 후비는 듯한 고통을 느꼈다. 그는 반사적으로 눈을 손으로 가리고 뒤로 물러섰다. 잠시 뒤 주위가 다시 어두워졌음을 느끼고 그는 조심스럽게 눈을 떴다.

'무슨 일이지?'

그 순간 그는 엄청난 공포로 몸이 굳어졌다.

눈앞에 있는 상대는 방금 전까지의 왕녀가 아니었다. 리무 공주이기는 했으나 더이상 그녀가 아니기도 했다. 피부는 새파랗게 빛나고 길게 내려오는 머리카락의 가닥가닥은 검푸른 물이 흘러내리는 듯 물결치고 있었다. 그녀는 울고 있었다. 더이상 슬플 수 없으리만치 처절한 울음을 나직하게 쏟아내었다.

멍하니 그녀를 바라보던 칼가는 갑자기 지독한 슬픔과 고통을 느끼기 시작했다. 그는 스스로도 놀라면서 마음을 추스리려 애썼다. 그러나 소용없었다. 예닐곱 살 시절, 아니 그보다 옛날에 느꼈던 가장 깊고 어두운 감정이 떠올랐다. 차라리 죽고 싶은 고통, 그 엄청난 괴로움이 고스란히 떠올라 마음을 찢어발겼다.

아까의 그 눈을 찢을 듯한 광채는 천둥을 알리는 예고였다. 엄청난 천둥소리가 울려 퍼졌다. 칼가는 귀가 찢기우는 고통에 얼른 손으로 귀를 막았다. 그때 리무의 목소리가 찌르듯이 칼가의 귀 안에서, 아니 머리 안에서 울려 퍼졌다. 그것은 칼가에게 하는 말이 아니었다. 스스로에 대한 비명이었다.

"아버지! 더이상 누구도 저에게 그를 죽이라 강요하지 못합니다! 죽여주세요! 나에게 그를 죽이라 말하는 자는 그 누구든 생의 흔적조차 남지 않게 죽여주세요!"

칼가는 경악과 고통 속에서 허우적거렸다.

'무슨 일이냐! 이게 도대체 무슨 일이냐!'

그러나 더이상 생각할 시간이 없었다. 그는 들려오는 소리와 배의 흔들림으로 폭풍이, 그것도 대폭풍이 일어나려 한다는 사실을 알았다. 그는 가까스로 일어났으나 배가 흔들리는 바람에 곧장 다시 넘어졌다. 칼가는 아예 갑판을 기어서 도망치기 시작했다. 어떻게든 눈앞의 무시무시한 존재에게서 달아나기 위해 발버둥쳤다. 더이상 그녀와 가까이 있어서는 안 된다. 그녀는 참을 수 없는 고통을, 슬픔을 느끼게 한다. 세상에 태어나 처음으로 느꼈던 고통의 기억들을 떠오르게 한다.

기어서 갑판으로 도망쳐나갔을 때 칼가는 잠시나마 편안함을 느꼈다. 상대의 시선을 피한 것만으로도 살 것 같은 기분이었다. 그때 사람들의 찢어지는 비명 소리가 울려 퍼졌다.

"루드라의 재앙이다!"

밖은 난장판이었다. 엄청난 태풍이 몰아치는 가운데 배는 나뭇잎처럼 이리저리 흔들리고 있었다. 새까맣게 어두워진 하늘은 번개가 내리칠 때마다 한순간씩 밝아졌다가 다시 어두워졌다.

칼가는 잘 몰랐지만 저 리무 왕녀가 이 모든 것을 일으켰음을 알았다.

'이게 웬 날벼락이냐! 어떻게 이럴 수가 있단 말이냐!'

칼가는 비통하게 신에게 구원을 청했다.

"신이시여! 저를 구해주십시오! 제가 이런 엄청난 일을 당할 까닭이 어디에 있단 말입니까!"

그때 강물이 배 안을 한 차례 쓸었다. 칼가는 엄청난 물결에 휩쓸려 강물 속으로 떨어졌다.

"살려다오! 나를 살려다오!"

왕자의 비명을 들은 신하들이 그를 구하러 달려들었다. 그러나 그

전에 벼락이 먼저 배에 내리꽂혔다. 칼가는 눈앞에서 자신의 배가 엄청난 굉음과 함께 산산이 부서지는 것을 보면서 어두운 강물에 삼켜져 물밑 깊숙이 가라앉았다.

리무는 홀로 중얼거리고 있었다.

"아버지, 죽여주세요. 나에게 그를 죽이라 말하는 자들 모두를 죽여주세요."

이 순간 리무는 자신에 대한 모든 것을 기억해냈다. 폭풍신 루드라의 맏딸 리시프얀, 그것이 자신의 이름이다. 아버지가 남긴 폐허의 뒷자리에서 눈물 흘리는 존재, 어린아이의 모습으로 처음 그대로의 슬픔을 느끼던 존재, 그것이 자신이다.

"그 누구라 해도 이제 더는 제게 강요하지 마세요. 이제 저는 어린아이가 아닙니다. 아무것도 모르는 그때의 어린아이가 아닙니다!"

눈물이 넘쳐났다. 리무는 언제 처음으로 이 고통을 느꼈는지 생각했다.

그렇다, 아비뉴아…… 자신의 작은 고양이었던 그가 화살에 맞았을 때, 그를 잃었다고 생각했을 때 슬픔을 처음 느꼈다. 슬픔은 뱀처럼 몸을 감아 심장을 쥐어 부수는 고통과 함께 잃어버렸던 처음의 감정을 자신에게 되돌려줬다. 리무에게는 그 순간이 처음이었다.

그러나 동시에 리무는 훨씬 더 깊고도 깊은 과거의 기억을 떠올렸다. 리무로 태어나기 이전 루드라의 어린 딸, 리시프얀이라 불리던 시절의 처음의 감정만으로 이루어진 자신이 그 잔인한 압박 속에 고통받았던 기억이었다. 저도 모르게 그녀는 비명을 질렀다.

"어째서 제게 그를 죽이라 명하셨습니까, 천신들이시여!"

그들이 그리하였다. 신들의 왕 인드라를 선두로 하여 폭풍의 루드라, 불의 아그니, 바람의 바유, 바다의 바루니, 죽음의 야마, 그 외에도 수없는 천신들이 자신에게 강요했다.

제왕 쉬카르데, 그를 죽이라고!

"더이상은 누구도 제게 그를 죽이라 강요할 수 없습니다! 결코 더 이상은 안 됩니다! 시기와 질투에 미친 천신들이여, 당신들은 내가 그를 죽이게 만들었습니다. 나는 그에게 스스로 자신의 심장을 찌르도록 만들었습니다. 그런데 당신들…… 그가 죽은 후에도 그의 강함을 두려워하여 그의 영혼마저 찢어버렸습니다!"

배는 조각조각 부서져 물속으로 가라앉았다. 폭풍의 루드라는 여전히 공포스러운 죽음의 춤을 추었다. 살아 있는 존재들의 마지막 생명까지 쓸어버렸다. 그의 딸 리시프얀이 고통에 몸부림치고 있는 가운데 루드라의 폭풍은 계속되었다.

리무는 알고 있었다. 이대로라면 자신의 고통과 분노가 모든 사람들의 생명을 거두리라. 죽어가는 영혼들이 지르는 비명이 귀에 들렸다. 눈물이 흘러내렸다. 자신의 의지는 아버지 루드라의 의지와 그대로 통한다.

'아아, 그래. 내가 죽이고 있구나. 이 자리의 모든 사람들을……'

이대로도 좋은 걸까. 이대로 모두를 죽이고 그들의 영혼을 찢어도 좋은 것일까. 루드라의 피에 미친, 더없이 잔인한 파괴의 춤에 몸을 맡기고 이대로 바라만 보아도 좋은 것일까. 그때 과거에 들었던 어떤 말이 떠올랐다. 더없이 천진하고도 순수하게 흘러나왔던 그 말이 리무의 머릿속을 가득 채웠다.

'사람을 죽여야 할 때는 나에게 말해. 네 손에 피를 묻히는 건 보고 싶지 않으니까.'

리무는 저도 모르게 중얼거렸다.

"아비뉴아."

그는 언제나 그렇게 말해주었다. 그렇게 행동해주었다. 그러나 나는 이제 그렇게 살지 않으리라.

그러는 사이에 몸은 스르륵 물속으로 빠져들었다. 일단 물속에 잠기자 루드라가 추는 피의 춤은 더이상 보이지도, 들리지도 않았다. 물의 품은 너무나도 조용하고 부드러웠다.

"리시프얀, 돌아왔구나."

속삭임에 눈을 뜨자 물 밖으로 어두운 하늘이 언뜻 보였다. 리무는 곧 깨닫고 손을 뻗었다.

"아버지, 제가 돌아왔습니다."

그러자 세상에서 가장 부드럽고 인자한 아버지인 리무 강의 신이 자신의 딸을 감싸안았다.

리시프얀이 눈을 떴을 때 끝없는 푸른 하늘과 강, 그리고 인간의 제왕이 있었다.

쉬카르데의 눈이 조용히 그녀를 바라보았다.

"무슨 일이 있었습니까? 울고 있군요."

이유가 무엇일까. 이곳의 풀내음, 벌레 소리, 흙의 감촉이 너무도 낯설었다. 오감이 되살아나기까지 시간이 걸렸다.

'나는 꿈을 꾸고 있었던 것일까.'

리시프얀은 왕을 바라보았다. 왕의 눈은 잔잔한 강의 수면처럼 고요했다. 루드라의 어린 딸 리시프얀은 슬픈 마음으로 대답했다.

"아마르의 울음 소리를 들었습니다. 그들이 너무도 슬프게 울어서 저도 모르는 사이에 울었습니다."

쉬카르데는 잠시 묵묵히 있다가 물었다.

"아마르가 누구입니까?"

"아마르는 남자이기도 하고 여자이기도 하며, 하나이기도 하고 열이기도 합니다. 과거에는 천상의 요정이었으나 지금은 바람의 신 바유의 뒤를 좇는 존재가 되었습니다. 그들은 허공을 날아다니며 슬픈 예감을 느낄 때 비명을 지릅니다. 그들의 목소리는 어린아이들의 비명처럼 하늘을 울립니다. 그들의 소리를 들은 사람은 모두 곧 슬픈 일을 당하게 되지요."

왕은 더없이 잔잔한 리무 강을 바라보며 입을 열었다.

"나 역시 아마르의 소리를 들은 듯합니다. 언젠가 전차를 달리다 어린아이의 숨막힐 듯한 울음 소리를 들었지요. 사방을 바라보았으나 바유의 숨소리만이 느껴졌을 뿐입니다. 그 안에서 아마르가 울었던 것일까요. 루드라의 어린 딸이여, 당신이 지금 그들의 소리를 들었다면 또다시 폭풍의 루드라가 피의 춤을 추시려는 모양이군요. 나는 오늘 돌아가서 브라흐마나들에게 희생제를 준비하도록 명해야겠습니다."

리시프얀은 상대의 낯설음을 깨달았다.

"왕이시여, 왜 슬프신가요?"

이에 쉬카르데는 침묵했다. 그가 돌연 입을 열기까지 오랜 시간이 흘렀다.

"……리시프얀, 당신은 언제까지 그렇게 살 생각입니까?"

리시프얀은 자신에게 던져진 말을 얼른 이해하지 못하고 잠자코 상대의 말에 귀를 기울였다.

왕은 루드라의 어린 딸을 보고 있지 않았다. 그는 자신의 활 야나가를 쓰다듬으며 나직이 말을 이었다.

"당신의 아버지는 이 거대한 리무, 그 자체입니다. 그는 우리에게 비옥한 삶을 가져다주고 모든 생명을 포용하지요. 우리는 그를 가리켜 리무 강의 신이라 부릅니다. 그러나 그는 또한 루드라이기도 합니다. 징벌의 신이며 폭풍의 루드라지요. 강의 신은 보살피고 인내하고 감싸 안으나 폭풍의 루드라는 분노로 배를 뒤집고 마을의 인간들을 쓸어버리고 수많은 생명들을 죽입니다."

리시프얀은 낯선 사람을 바라보듯 왕을 바라보았다. 수년간을 함께했으나 아직도 그의 슬픔에 대해 제대로 알지 못한다는 사실이 마음을 아프게 했다.

쉬카르데는 이때 고개를 들어 리시프얀을 바라보았다.

"예전에 나는 몰랐습니다. 그의 풍요가 우리에게 생을 주었다면 그의 죽음 또한 우리가 받아들여야 하는 몫이라는 것을요. 그러기에 감히 폭풍신 루드라에게 대항하였지요. 당신과 만나기 전까지는 너무나도 많은 것을 알지 못했습니다. 죽음이 어째서 이 세상에 있는지, 왜 이 세상에 수많은 모순이 존재하는지. 그러나 당신을 알고나서 모든 것이 달라졌습니다. 나는 이제 모든 것을 이해하고 가슴을 짓누르는 슬픔을 잊었습니다 ……또다른 슬픔이 생겨나기 전까지 말입니다.

이제 나는 나의 괴로움이 무엇인지, 나의 소망이 무엇인지 알게 되었습니다. 나는 당신이 나를 위해 이 세상에 존재한다는 사실을 믿어 의심치 않습니다. 내가 이렇게 살아 있을 수 있는 건, 괴로움에 빠져 죽어버리지 않을 수 있는 건 당신 때문입니다. 당신의 존재 때문입니다. 그러나 당신은 나를 위해 존재하지만, 나만을 위해서 이 세상에 존재하는 건 아닙니다. 그 사실이 나의 심장을 찢어놓습니다."

젊은 왕은 자신의 활을 들고 일어섰다. 강의 표면에서 반사된 빛이 그의 검은 머리칼 끝에 깃들었다. 그가 말을 이었다.

"당신은 영원히 어린아이의 모습으로 언제나 처음의 감정을 가지겠지요. 처음에 나는 영원히 처음의 감정을 가진 당신이기에 당신을 사랑하였습니다. 그러나 나는 지금 당신의 그 처음의 감정을 부수더라도 얻고 싶은 것이 생겼습니다."

잠시 묵묵히 있다가 왕은 부드럽게 말을 이었다.

"……어째서 자라지 않습니까, 리시프얀?"

쉬카르데는 늘 하던 양 소녀의 손을 잠시 다정하게 쥐었다. 그리고 주저없이 그녀의 손을 놓고 돌아섰다.

그가 떠난 자리에 리시프얀은 홀로 남았다. 그녀는 강을 바라보았다가 하늘을 바라보았다. 소녀는 저도 모르게 물었다.

"왜 그리도 슬픈 울음을 저에게 들려주십니까?"

허공 안에서 아마르의 울음 소리는 더욱더 커져만 가고 있었다. 그 소리가 몸 안을 가득 채워 마음까지 멍하게 만들었다.

"저는 늘 당신의 울음을 들었습니다. 그 후에는 언제나 아버지께서 분노하시며 폭풍을 일으키셨지요. 그러나 당신은 이제껏 오늘처럼 슬프게 울지는 않았습니다. 그 울음에 제 영혼이 다칠 것 같습니다. 울지 마세요, 제발 울지 마세요."

눈물이 떨어져 강물의 흐름에 섞여들어갔다. 어린 소녀는 흐느껴 울었다.

무엇이 잘못된 것일까. 영원히 어린아이의 모습으로 처음의 감정을 가질 수 있게 된 것은, 그렇게 영원히 폭풍이 남긴 폐허의 뒤에서 눈물 흘릴 수 있게 된 것은 창조신 브라흐마 님에게서 자신이 받은 축복이었다. 이제까지 그것이 자신의 존재 가치였다.

그러나 지금 그는 자신을 떠났다.

왕은 다시는 소녀를 찾아 리무 강변에 나타나지 않았다. 그러나 소녀는 항상 그 자리에서 왕을 기다렸다. 아마르의 울음 소리는 계속해서 그녀의 귓가에 맴돌았다. 그 소리는 시간이 흐르면 흐를수록 점점 커져만 갔다. 그럴 때마다 리시프얀은 허공을 바라보며 중얼거렸다.

"아마르, 당신은 무엇을 예고하시는 건가요? 이보다 더 큰 슬픔이 저를 찾을 것이라 말씀하시는 건가요?"

어느 날 그녀가 리무 강의 한복판에서 하늘을 바라보고 있을 때 아마르의 울음이 찢어진 비명 소리가 되어 울려 퍼졌다. 리시프얀은 마침내 경고된 슬픔과 고통이 자신에게 닥쳤음을 깨달았다. 그 순간 신들의 왕 인드라를 위시하여 불의 아그니, 바람의 바유, 바다의 바루니, 죽음의 야마, 그 외에도 수없이 많은 천신들이 그녀 앞에 나타났다.

가장 먼저 입을 연 것은 뇌신 인드라였다.

"루드라의 어린 딸이여, 루드라의 뒤를 따르며 슬퍼하는 자여."

그의 말소리에는 천둥과도 같은 굉음이 울려 리시프얀은 두려움에 한 걸음 물러섰다.

"우리는 나도, 루드라도 할 수 없는, 야마조차 가능하지 않은 일을 그대에게 부탁하기 위해 찾아왔다. 그대에게 명하니 인간의 왕 쉬카르데를 죽여라."

리시프얀은 자신의 귀를 의심했다. 그녀가 멍하니 있는 사이 인드라뿐 아니라 모든 천신들이 돌아가며 명했다. 부드러운 회유도, 냉정한 명령도 있었다. 그러나 표현의 방식이 다를 뿐 모두가 똑같은 말을 내뱉기 시작했다.

"그를 죽여라. 그 강함으로 삼계를 위협하는 존재를!"

결국 리시프얀의 얼굴은 하얗게 질렸다. 메마를 줄 모르는 눈물이 강물 위로 떨어졌다. 그녀는 구원을 원하며 눈물 젖은 눈으로 팔을 들었다.

"아버지……."

그녀가 손을 뻗은 곳에 리무 강의 신이 서 있었다. 푸른 옷의 노인은 딸의 간청에 길고 긴 한숨을 내쉬었다. 그가 한숨을 내쉬자 물결이 따라 숨을 쉬었다. 노인은 그러나 천천히 고개를 내저었다.

"리시프얀, 나는 그의 존재를 용납할 수 있다. 그러나 나의 다른 면인 폭풍의 루드라는 결코 그 인간을 용서할 수 없구나. 나는 너에게 아무런 도움도 되어줄 수 없다."

마침내 리시프얀은 일어섰다. 더없이 창백한 그녀의 얼굴은 마르지 않는 눈물로 옷까지 흠뻑 젖었다.

"여러 천신들이시여, 누가 잘못하고 있는 것입니까? 세상의 전부이신 여러분께서는 언제나 옳으실 테니 제가 잘못하고 있는 것입니까? 혼자인 저는 올바름의 기준을 잃어버렸습니다. 시간을 주세요. 저는 시간이 필요합니다. 이제부터 저는 비슈누 님께 가서 여쭈어보겠습니다. 제가 정말 그를 죽여야만 하는 것인지에 대한 확답이 필요합니다. 저는 정말로 모르겠습니다. 그는 아름다운 마음을 가진 사람입니다. 어째서 여러분들께서는 그가 강하다는 이유만으로 그를 죽이려 하십니까. 저는 정말로 모르겠습니다. 제가 틀린 것일까요? 제가 잘못 생각하는 것일까요?"

이에 천신들은 서로의 얼굴을 바라보았다. 인드라가 무겁게 고개를 끄덕였다.

“그렇다면 좋다. 리시프얀, 열흘의 시간을 주겠다. 그러나 그 열흘이 지난 후 네가 반드시 그를 죽여야 함을 잊지 말아라.”

그리고 천신들은 소녀의 앞에서 사라졌다. 다만 그들 모두가 사라진 것은 아니었다. 그들 중 젊은이의 모습을 한 천신 하나가 남아 있었다. 금빛 갑옷을 입고 고귀한 기운에 둘러싸인 젊은이는 아까부터 어린 소녀에게 미안한 듯한 시선을 던지고 있었다. 모두가 사라진 후 그는 리시프얀에게 다가갔다. 그는 친절하게 입을 열었다.

“리시프얀, 내가 당신을 비슈누님께서 계신 곳까지 모셔다드리겠습니다.”

그러나 젊은이 또한 소녀의 앞에서 떳떳할 수는 없는 듯했다. 소녀의 눈물 젖은 눈과 마주쳤을 때 젊은이는 고개를 숙였다. 리시프얀이 그에게 물었다.

“가루라 님, 비슈누 님께서는 어디에 계시나요?”

젊은이는 대답했다.

“천상을 흐르는 강 갠지즈에 계십니다. 제 등에 타십시오.”

다음 순간 젊은이의 모습이 변했다. 잠시 뒤 금빛 갑옷을 입은 젊은이의 모습은 사라지고 그 자리에 찬란한 황금 깃털을 가진 신성한 새, 가루라가 날개를 펴고 있었다. 마치 강물 위에서 태양이 갑자기 솟아오른 듯한 모습이었다. 리시프얀은 자신을 향해 몸을 숙인 새의 등 위로 올라탔다.

잠시 뒤 가루라는 사뿐히 내려앉았고 리시프얀은 인사하고 새의 등에서 내렸다. 그곳은 천상을 흐르는 강 갠지즈였다. 리시프얀은 그 강물 속으로 몸을 내던지며 신 중의 신 비슈누의 이름을 불렀다.

“비슈누 님! 제가 틀린 것일까요? 제가 잘못하는 것일까요? 저는 그를 죽여야만 하는 것일까요?”

소녀는 목에서 피를 토할 정도로 부르짖듯 외쳤으나 사방은 조용했다. 아무런 대답도 나오지 않았다. 리시프얀은 무릎을 꿇었다. 그대로 그녀는 눈을 감고 기도를 올리기 시작했다. 시간이 흘러갔다. 인드라가 그녀에게 약속했던 열흘 동안 리시프얀은 계속해서 쉬지 않고 기도를 올렸다. 그대로 시간만이 흘러갔다. 모든 것은 그저 조용했고 천상을 흐르는 강에서 누구도 리시프얀의 기도에 대답하지 않았다.

마침내 열흘이 되던 날 리시프얀은 비틀거리며 일어섰다. 그녀는 금빛으로 빛나는 강물을 바라보며 쓸쓸하게 입을 열었다.

"이제야 제가 잘못 생각했음을 알겠습니다."

기도는 끝났다. 그녀는 리무 강으로 향했다. 리무에서는 석양이 지고 있었다. 하루의 마지막인 이때, 강은 더없이 고요하게 흘렀다. 태양은 붉은 달처럼 부드러운 빛을 던지고 낮 동안 허공을 춤추던 바람은 가볍게 가라앉아 있었다.

그곳에는 인간의 왕이 서 있었다.

"오랜만입니다, 리시프얀."

루드라의 어린 딸은 눈물에 젖은 얼굴로 쉬카르데를 바라보았다. 어째서 그는 이 순간 자신 앞에 있는가. 마치 자신을 기다리고 있던 것처럼 서 있는 것일까. 오랫동안 찾아오지 않던 그가 왜 하필 지금 이 순간 눈앞에 있는 것일까. 그녀는 석양빛 아래에서 더듬더듬 입을 열었다.

"왕이시여, 옛날 저에게 하신 약속을 기억하십니까? 저를 위하여 당신이 죽을 수 있다고 하신 그 약속을……."

왕은 조용히 대답했다.

"기억하고 있습니다."

한동안 침묵이 흘렀다. 그 사이 석양빛은 거의 사라지고 몇 줄기 붉은빛만이 강물 위에 미끄러졌다. 들리지도 않을 정도로 낮고 가냘 프게 루드라의 어린 딸은 입을 열었다.

"저는…… 지금 당신의 죽음을 원합니다."

왕은 놀라지 않았다. 그의 평온함이 소녀를 놀라게 하고, 또한 슬 프게 만들었다.

"리시프얀, 당신이 원하신다면 그렇게 될 것입니다. 내가 당신을 사랑하니까요. 다만 알아주시겠습니까? 나는 죽고 싶지 않습니다. 만일 당신이 허락하기만 하신다면 나는 나의 생명을 지키기 위해 그 무엇이라도 할 수 있습니다. 이 세상 모든 천신들에게 대항하겠습니 다. 신들의 왕 인드라와 싸우고 폭풍의 루드라와 다시 맞붙겠습니 다. 당신이 원하신다면. 그러나…… 당신은 결코 그것을 원하지 않 으시겠지요?"

멀리서 새가 우는 소리가 들려왔다.

소녀는 중얼거리듯 입을 열었다.

"왕이시여, 제가 할 수 있는 일이 있다면…… 제가 당신을 위해 할 수 있는 일이 있나요? 제가 할 수 있다면 당신이 바라시는 그 어 떤 일이든 들어드리겠습니다."

그러자 쉬카르데는 루드라의 어린 딸을 향해 미소지었다.

"……저에게 주시겠습니까, 당신이 가진 처음의 감정을?"

리시프얀은 멍하니 왕을 바라보았다.

"그런 것으로 되나요? 그것으로 당신께 사죄드릴 수 있나요?"

다음 순간 소녀는 왕에게서 한 걸음 물러서며 대답했다.

"그 무엇이든 당신께 드리겠습니다. 그러나 그 어떤 것으로도 저 는 당신께 사죄할 수 없겠지요. 대신 저는 제가 한 일을 기억하겠습니다, 영원히요."

잠시 침묵이 흘렀다. 왕은 무릎을 꿇고 소녀를 끌어당겨 품에 안고 속삭였다.

"슬퍼하지 마세요, 리시프얀. 우리는 언제고 다시 만나게 됩니다. 그리고 당신과 다시 만나게 되는 그 순간, 나는 당신에게서 내가 가져간 모든 처음의 감정을 다시 그대에게 돌려드리겠습니다. 당신의 신성과도 마찬가지인 그 감정을, 차라리 죽고 싶을 만큼의 아픔과 천 번을 다시 태어나도 심장을 찢어놓을 괴로움과 분노 또한 전해드리겠습니다. 처음의 감정만이 느낄 수 있는 행복, 참을 수 없는 달콤한 웃음과 행복한 기분까지 그 모두를 돌려드리겠습니다. 그럼 그때까지……."

왕은 팔을 풀고 일어서서 리무 강물 속으로 걸어들어갔다.

일몰이 내려앉은 강물, 석양은 마지막 햇살을 물 위에 뿌리고 그 빛 아래 보이지 않는 수많은 존재들이 숨쉬고 노래하며 살아가고 있었다. 물이 가슴까지 찼을 때 왕은 걸음을 멈추고 자신의 가슴에 단검을 찔러넣었다. 그의 몸이 어두운 강물 속 깊이 빨려들어갔다. 무거운 것이 물 안으로 떨어지는 소리가 난 순간 리시프얀은 자신도 모르게 소리를 질렀다.

"안 돼!"

리무의 새된 비명 소리에 강가의 모든 새들이 일제히 날아올랐다. 소리를 지른 순간 리시프얀은 땅에 쓰러졌다. 그러나 바로 다음 순간 그녀는 몸을 일으켰다. 그대로 기어가듯 움직여 물가에 닿았다. 찬 강물이 몸에 닿았을 때 슬픔으로 몸이 덜덜 떨려왔다. 태어나서 처음으로 느끼는 격한 슬픔이 차라리 죽고 싶을 만큼의 아픔이었고 천 번을 다시 태어나도 심장을 긁어낼 듯한 괴로움이었다.

목소리가 신음처럼 흘러나왔다.

"아버지, 그를 돌려주세요."

강의 신이 그녀의 뜻에 따랐다. 젊은 왕의 시체는 그녀에게로 흘러왔다. 그녀는 그의 시체를 껴안았다. 그대로 수면은 잔잔해졌다.

그렇게 시간이 흘러갔다.

깨달은 것은 물속에 잠긴 손을 보았을 때였다. 리시프얀은 조심스럽게 손을 들어 눈 가까이 가져갔다. 그것은 이제까지 자신이 보아온 자신의 것이 아니었다. 길어진 머리카락, 자라난 팔다리를 본 후에야 리시프얀은 알았다. 자신은 자라나 있었다.

다시금 팔 안에 감싸안은 젊은 제왕의 얼굴을 바라보았다. 무겁게 내려앉은, 다시는 떠지지 않을 눈꺼풀과 생기가 빠져나간 차디찬 얼굴을 쓰다듬어보았다.

사방은 너무도 조용했다. 비로소 실감했다.

'가버렸구나.'

주위를 둘러보았으나 찾을 리 만무했다. 그는 가버렸고, 감정은 사라져버렸다.

'그와 함께 가버렸구나.'

그리하여 처음의 감정만이 느낄 수 있는 처절한 슬픔은 사라져버렸다. 영혼을 상처 입힌 격렬한 감정 역시 사라져버렸다.

리시프얀은 계속해서 젊은 제왕, 그녀가 쉬카르데라 부른 그의 얼굴을 들여다보았다. 자신은 잃어버렸지만…… 모든 처음의 감정을 잃어버렸지만 기억하고 있는 한순간의 슬픔을 안타깝게 되살렸다. 그렇게 그날의 석양이 질 때까지 그녀는 그를 놓지 않았다.

이날 제왕 쉬카르데와 루드라의 어린 딸은 헤어졌다.

그때부터 리시프얀은 더이상 루드라의 어린 딸이 아니었다. 그녀는 더는 폭풍을 따라다니며 울지 않았다. 그녀는 히말라야 깊은 곳에 숨었다. 수많은 천신들과 현자들이 그녀를 다시 세상에 돌려보내려 애썼으나 리시프얀은 거절했다. 폭풍의 신 루드라조차 그녀의 딸을 두 번 다시 보지 못하리라 생각하고 슬퍼했다.

무수한 존재들이 루드라의 어린 딸을 잃고 슬퍼했다. 새들이 울고 짐승들은 머리를 숙였다.

오랜 세월이 흐른 어느 날 루드라의 막내딸 수와얌프라바가 리시프얀을 찾아왔다. 그녀는 리시프얀의 무릎에 얼굴을 묻고 흐느꼈다. 그녀는 실수를 저질러 큰 폭풍을 일으켰고 아버지의 노여움을 사 지옥으로 쫓겨나게 된 이야기를 언니에게 들려주었다. 리시프얀은 여동생을 일으켜 꼭 안아주었다. 수와얌프라바는 자신의 두려움을 언니에게 호소했다.

"잔드라, 마호다니, 사바르니, 다나, 아반티, 아디토야, 여섯 오빠들 모두 저를 위해 아버지께 간청을 드렸습니다. 그러나 아버지께서는 오히려 더 화를 내시고 오빠들까지 인계에 내쫓아버리셨어요."

리시프얀은 여동생을 어루만져주며 옛날을 떠올렸다.

옛날 쉬카르데와 함께였을 때 수와얌프라바는 리무의 물결 뒤에서 자신에게 손을 흔들곤 했다.

"사랑스러운 수와얌프라바, 염려하지 마세요. 내가 당신과 함께하겠습니다."

이후 리시프얀은 천신들을 찾아다니며 여동생의 실수를 매듭지었다. 아버지인 폭풍의 루드라 또한 그녀의 부탁을 거절하지 못했다.

"리시프얀, 너의 부탁이니 수와얌프라바의 지옥행을 면하게 해주마. 그 대신 수와얌프라바는 인계로 일정 기간 동안 추방하겠다."

리시프얀은 아버지에게 감사를 표한 후 여동생을 돌아보았다. 수와얌프라바가 울고 있는 모습을 보고 리시프얀은 다시 입을 열었다.

"감사합니다, 아버지. 그러나 역시 수와얌프라바 혼자 낯선 곳에 보낼 수는 없으니 저 또한 그애의 곁에 있으려 합니다."

루드라의 앞을 물러나온 후 수와얌프라바는 리시프얀의 손에 입 맞추며 말했다.

"언니는 모르시겠지요. 파우라바 왕국은 오래전에 사라지고 많은 나라들이 새로 생겨났습니다. 현재 리무 강 주위에는 아두르타자스라는 왕이 다스리는 왕국 탄타마사가 있어요 그 왕은 강하고 현명하며 아직까지 독신이라고 합니다. 저는 그에게로 가서 그의 아내가 될까 해요. 그곳에서 언니가 저에게로 오기를 기다리겠습니다."

수와얌프라바는 인계로 내려가고 루드라의 여섯 아들들도 그녀의 뒤를 따랐다.

리시프얀 자신은 새로운 생을 살아가기 전 창조주 브라흐마의 허락을 구하려 했다. 그녀가 기도했을 때 브라흐마와 그의 부인 사라스와티가 나타났다. 리시프얀은 강물을 떠올려 창조신의 발 밑에 뿌리며 절했고 창조의 신 브라흐마는 미소를 지었다. 그는 석양처럼 붉은 몸을 구부려 그녀의 머리 위에 길상초 한 가닥을 놓아주었다. 사라스와티는 강기슭에 앉아 강을 바라보며 슬프고 부드러운 노래를 불러주었다. 모든 것을 낳은 아버지 브라흐마가 입을 열었다.

"그래, 너는 그리 하기로 선택했구나. 너는 너무도 오랫동안 히말라야 깊은 곳에서 숨어 살았지. 나도 그렇게 사랑스러운 아이인 너를 잃어버리는구나 생각했단다."

리시프얀은 대답했다.

"창조의 신이시여, 당신은 저를 영원히 자라지 않는 어린아이로 만들어주셨습니다. 영원히 처음 그대로의 슬픔으로 슬퍼할 수 있도록요."

"그래, 그것이 이 세상에 처음 태어난 네가 나에게 원했던 소망이란다. 너의 아버지는 강의 신. 그는 평소에는 인간들을 위한 생의 터전을 만든다. 그러나 그가 돌보는 인간들이 신에 대한 공경의 마음을 잃어버릴 때 그는 징벌의 신인 폭풍의 루드라가 되어 수많은 생명을 죽이게 되지. 너는 루드라가 남긴 깊은 슬픔과 고통을 위해 울어주기를 원했다. 그리하여 너는 영원한 처음의 감정을 가진 채 폭풍이 만들어놓은 죽음과 상처를 따라다니게 되었지."

"브라흐마 님, 그것이 저의 슬픔이자 행복이었습니다. 그러나 그와 만난 후 모든 것이 변했습니다. 인간의 왕 쉬카르데, 그가 저를 변하게 만들었습니다. 그와 함께한 시간, 짧다면 극히 짧은 그 시간 속에서 저는 조금씩 변해갔습니다. 변하면서도 변한다는 그 사실을 몰랐지요. 저는 그를 죽게 한 후에야 제가 변했음을 알았습니다."

리시프얀은 잠시 말을 멈추고 쓸쓸히 강물을 내려보았다.

"그는 죽음의 대가로 제가 가진 처음의 감정을 원했습니다. 저는 처음의 감정을 빼앗기고 비로소 어른이 되었습니다. 처음의 감정을 잃고 나자 마음은 끝없이 담담하고 어떠한 깊은 감정도 더이상 느껴지지 않습니다. 세상은 무덤이 되었습니다. 저는 그에게 죽어달라고 부탁해서는 안 되는 것이었습니다. 아무리 모든 천신들이 저에게 강요하였다 해도 저만은 저의 행복인 그를 지켜야 했던 것입니다."

브라흐마는 조용히 대꾸했다.

"너는 나를 원망하겠구나."

"모르겠습니다, 창조의 신이시여. 당신은 끝없이 깊고도 넓으시며 앞으로 일어날 모든 일을 아십니다. 모든 생은 당신이 만들어놓으신 것이지요. 당신께서 그리 만드셨다면 그리 살아가는 것이 저희의 운명이니까요. 그러나 브라흐마시여, 내일 태양이 하늘 꼭대기에 이르는 때 저는 제 여동생 수와얌프라바의 몸을 빌려 어린아이로 새롭게 태어나게 됩니다. 부디 알려주세요. 저는 그와 다시 만날 수 있을까요?

그는 약속하였습니다. 제가 다시 그를 만나게 된다면 그가 가져간 제 처음의 감정을 돌려주겠다고. 저는 그리하고 싶습니다. 다시금 저의 처음의 감정을 되찾아 그가 받은 고통을 위해 슬퍼하고 싶습니다. 저는 세상의 어딘가에 그의 영혼이 있다는 사실을 압니다. 다시 그의 영혼을 만날 수 있을까요? 그는 또다시 크샤트리아로 태어나 어디선가 살아가고 있는 걸까요?"

그러자 브라흐마가 고개를 끄덕였다. 그는 부인을 바라보았고 사라스와티는 노래를 멈추고 일어섰다. 지혜의 신인 그녀가 리시프얀의 손을 가볍게 잡고 입을 열었다.

"리시프얀, 이제는 때가 되었으니 내가 너에게 알려주어도 좋겠지. 그의 영혼은 천계에 있단다. 그는 예전에 신들의 명에 따라 아수라의 왕을 죽였지. 아수라의 왕을 죽이고 인간의 한계를 벗어났단다. 그는 지금 대천신 시바의 아들 아비뉴아로 환생하였단다."

리시프얀은 고개를 떨구었다.

"그렇습니까? 그리 되었다면 그의 영혼이 더는 슬프지 않겠지요. 카르마의 굴레에서 벗어나 제가 주었던 그 깊은 고통도 잊었겠지요. 그렇다면 저도 그를 잊겠습니다."

사라스와티가 다가와 허리를 숙여 소녀의 이마에 입을 맞추었다.

"아니란다. 너는 그를 잊지 말렴. 네가 아직 그가 필요하듯 그 또한 네가 필요하단다. 네가 아니면 누구도 그의 영혼을 구할 수 없어.

찢겨서 고통받는 그의 영혼을…… 천신들이 그의 영혼을 둘로 찢어
놓았으니까."

순간 리시프얀은 망연자실하여 상대를 바라보았다. 그녀는 떨리
는 목소리로 되물었다.

"그의 영혼이 둘로…… 찢겼습니까?"

"유지의 비슈누 님은 천신들이 너를 이용해 쉬카르데를 죽인 것을
아시고 크게 노하셨단다. 당장 쉬카르데가 다시 환생하도록 천신들
에게 명하였지. 천신들은 파괴의 시바를 찾아 그의 영혼을 맡아달라
부탁하였다. 그러나 그들은 결코 쉬카르데의 영혼이 그 강함 그대로
되살아나도록 둘 수 없었지. 그래서 그들은 쉬카르데의 영혼을 시바
께 드리기 전에 둘로 찢어놓았다.

반쪽의 영혼은 이미 오래전 시바의 아들로 환생하였다. 그러나 나
머지 반쪽의 영혼은 천신들이 어두운 돌 아래 숨겨놓아 비슈누께서
발견하시기 전까지 계속해서 잠들어 있었지. 비슈누 님은 때가 되면
그 반쪽의 영혼 또한 환생시켜주실 것이다."

사라스와티가 말을 멈춘 사이 브라흐마가 떨고 있는 리시프얀을
안아 일으켰다.

"그러니 리시프얀, 너는 언제고 그의 찢어진 영혼과 만나게 될 것
이란다. 그렇게 된다면 둘 중의 하나를 선택하여 하나를 살리고 하
나를 죽여야 해. 둘 다 이 세상에 존재할 수 없으니 네가 하나를 선
택해주어야 그 하나가 완전한 하나가 되어 삶을 살아갈 수 있게 된
단다."

리시프얀은 고개를 저었다.

"어떻게 제가 그리할 수 있겠습니까? 저에게 또다시 그의 영혼을
죽이라 말씀하시는 것입니까?"

브라흐마가 대답했다.

"그래, 리시프얀. 그것이 그를 죽게 만든 네가 치러야 할 대가로구나. 언제고 네가 루드라의 어린 딸 리시프얀이었다는 사실을 깨닫게 되었을 때, 선택의 순간이 너에게 닥칠 것이다. 리시프얀, 그 순간이 왔을 때 나에게 기도하면 그때 내가 너의 선택을 도와주겠다. 그리고 죽음은 또다른 삶을 가져오는 영원한 윤회의 수레바퀴라는 것을 잊지 말기를. 한 영혼의 죽음으로 하나의 완전한 영혼으로 합쳐진다는 사실 역시 잊지 말아라."

# 8장 돌아온 리무

그 한 달간 리무는 강물 속에 잠겨 있었다. 아버지 그리고 바로 그 자신이기도 한 거대한 리무 안에서 그녀는 계속해서 멀고도 먼 옛날의 꿈을 꾸었다. 다시 리시프얀이 되어 슬프디 슬픈 과거의 꿈만을 꾸었다.

그 꿈이 모두 끝났을 때 그녀는 다시 리무로 돌아왔다. 인간으로 돌아가기 위해 그녀는 강물 속에 있는 자신을 찾아내줄 사람을 부르기 시작했다.

'나를 찾아주세요, 신을 모시는 자여. 나를 찾으세요.'

그리고 그녀의 말은 나보라는 이름의 브라흐마나가 듣게 되었다. 사라마유 왕실의 스승이자 리무와 다르마에 대한 세 가지 문답을 나누었던 바로 그 나보였다.

한때 거대한 부와 명예를 누리던 그였으나 지금은 리무 강변의 숲에서 작은 암자를 짓고 조용히 살고 있었다. 그곳에서는 세상이 어찌 돌아가는지 아무런 소식도 들려오지 않았다. 그는 그곳에서 고행하며 신을 공경하는 소박한 하루하루를 보냈다.

가끔 인접한 작은 마을에 살고 있는 사람들이 나보에게 화장을 부탁하러 찾아오곤 했다. 그 마을에 브라흐마나 집안이 없었던 것은 아니었다. 다만 그 브라흐마나들은 자존심이 워낙 센지라 신에 대한 희생제나, 축제, 혼례 등과 같은 격조 높은 일에 대한 주례는 다투어 맡았으나 화장 등과 같은 부정한 일은 좀처럼 하려 하지 않았던 것이다.

나보 역시 처음에는 자신에게 화장을 주도해줄 것을 부탁했을 때 기꺼운 마음이었던 것은 아니었다. 그는 속죄하는 셈치고 그 일을 맡았으나 시체가 땅에서 그냥 썩어가는 마을을 보고 마음을 바꾸었다. 이 일을 함으로 브라흐마나로서의 권위가 떨어진들 어떠하리.

그렇게 살면서부터 나보는 이상하리만치 마음이 가벼워지는 것을 느꼈다. 궁전에서는 수많은 대학자들이 있어 그들과의 경쟁에 노심초사하였으나 지금의 생활에서는 그런 숨막히는 경쟁이 없었다. 순박한 마을 사람들은 그를 존경하며 이렇게 표현하곤 했다.

"절대 출세할 수 없겠지만 덕망이 넘치는 분이야."

그 사실을 우연히 알았을 때 나보의 기분은 매우 미묘했다.

'덕망이라, 나에게 그런 말이 가당키나 한 말인가.'

그 순간에도 그의 머릿속을 떠나지 않는 얼굴이 있었다. 그것은 그가 죽게 만든 한 소녀였다. 그 기억은 언제나 마음을 무겁게 했고 자신을 다잡게 만들었다.

마을 사람들은 매일같이 마을의 고아 소녀 편에 음식을 보내었다. 몹시 추하게 생긴 벙어리 소녀였다. 나보는 그 소녀를 볼 때마다 지금쯤 왕녀 리무도 그녀와 비슷할 나이일 것이라 생각하며 슬퍼했다.

어느 날 그는 언제나처럼 강둑에 앉아 하늘을 향해 팔을 들고 기도를 할 때였다. 그는 자신을 부르는 희미한 목소리를 들었다. 나보에게 있어서 그것은 생전 처음으로 신의 부름을 받는 순간이었다.

'나를 찾아주세요, 신을 모시는 자여. 나를 찾으세요.'

그 놀라움은 이루 말할 수 없었다. 왕궁에 있었을 때는 신의 목소리를 들었다고 말하는 것이 하루 일과의 시작이었으나 실제로 머릿속에 울린 것은 이날이 처음이었다. 그는 목소리를 정신없이 따라가 리무 강에 도착했다.

처음 강물 안에 잠겨 있는 한 인간의 모습을 발견했을 때 나보는 눈을 의심했다. 물속에 전신의 피부가 푸르게 빛나 보이는 소녀가 가라앉아 있었다.

'푸른 피부는 천상과 가까운 분이라는 것이 아닌가.'

그러나 어쩌면 물에 비친 푸른 하늘빛인지도 모른다. 나보는 조심스럽게 손을 뻗어 소녀를 안아들어 물 밖에 내려놓았다. 그리고 또 한 번 자신의 눈을 의심했다. 분명 푸르게 빛나고 있던 소녀의 피부는 물 밖에 나온 순간부터 보통 인간의 피부색을 띠고 있었다. 더욱이 그 얼굴은 분명 낯익은 것이었다.

'아아, 그녀가 아닌가. 탄타마사의 왕녀 리무.'

그녀가 살아 있음을 확인하자 뜨거운 눈물이 흘러내렸다.

나보는 얼른 그녀를 안아 자신의 거처로 돌아왔다. 나보를 돌봐주던 벙어리 소녀가 리무도 돌봐주었다. 그 자신도 정성을 다해 기도했다. 신이 이렇게 그녀를 자신에게 보내준 것은 속죄의 기회를 준 것이이라.

리무는 눈을 뜨지 않았다. 나보는 분명히 그녀의 심장이 뛰고 있음을 알았다. 그녀는 마치 잠들어 있는 것 같았다.

사흘째 되는 날에도 그녀가 눈을 뜨지 않자 나보는 심히 걱정이 되었다.

'억지로라도 그녀를 깨워보는 것이 좋겠다. 이대로라면 그녀는 죽지 않을까.'

그는 향을 피웠다. 야마의 발걸음을 꺼리게 하는 향이 방 안에 퍼져나간 후 그는 경문을 외기 시작했다. 나보가 눈을 감고 있는 사이 벙어리 소녀가 조용히 들어와 리무의 손을 가볍게 잡았다.

나보는 하루 종일 주문을 외웠다. 석양이 질 무렵 마침내 리무가 눈을 떴다. 그녀는 일어나 앉아 잠시 울었다. 리시프얀의 기억은 전부 과거의 꿈이 되어 있었다. 나보는 그녀가 우는 것을 보고 자신도 따라 울었다.

"얼마나 고생이 많으셨습니까."

리무는 나보에게 깊이 합장했다.

"저를 구해주셨군요. 고맙습니다, 나보 님."

"공주님, 저를 기억하시는 겁니까. 제가 했던 일을 아신다면 저에게 그리 말씀하실 수 없으실 겁니다. 저는 살아서 당신께 사죄드릴 수 있는 날이 오리라고는 꿈에도 생각하지 못했답니다."

그때 벙어리 소녀가 살며시 나무 열매와 빵과 우유를 가지고 들어왔다. 리무는 공손히 절을 하고 벙어리 소녀가 건네는 음식을 받았다. 나보는 리무의 식사가 끝나기를 기다려 물었다.

"공주님, 그동안 무슨 일이 있으셨습니까?"

리무는 대답했다.

"사라마유에서 탄타마사로 돌아가는 길에 폭풍을 만났습니다. 나보 님께서 구해주시지 않았다면 영원히 그 안에 있었을지도 모릅니다."

그녀에게는 천 년의 세월이 흐른 듯한 느낌이었다. 실제로 자신이 떠올린 기억은 적어도 그만큼의 시간이리라.

리무가 강에서 잠든 사이 이미 계절은 바뀌어 있었다. 나보는 리무와 함께 있는 생활을 기꺼워하였으나 언제까지 그녀가 이곳에 있을 수는 없다고 생각했다.

"이제 어찌하시겠습니까?"

리무는 대답했다.

"탄타마사로 돌아가겠습니다. 그리고 그곳에서……."

그녀는 잠시 말을 멈췄다. 앞으로 해야 할 일을 떠올리니 심장이 조여왔다.

"제가 태어난 그 나라에서 선택하렵니다."

나보는 대답했다.

"탄타마사로 돌아가시려면 큰 도시로 가 배를 구하는 것이 좋을 듯합니다. 이곳에서 삼일 정도 떨어진 곳에 다사르라는 도시가 있지요. 그곳에서 배를 얻어 탄타마사로 돌아가는 것이 좋겠습니다. 제가 어디든 동행하지요. 공주님께서는 제 딸인 양 행세하시는 것이 좋겠습니다."

그때 벙어리 소녀가 가만히 리무의 손을 잡았다. 리무는 이에 무릎을 꿇고 상대의 손에 입을 맞추었다. 나보가 당황하여 바라보는 가운데 리무는 말했다.

"제가 정신을 잃었을 때 당신께서는 따뜻하게 제 손을 잡아주셨지요."

리무는 나보를 돌아보고 허락을 구했다.

"이분과 함께 여행을 떠나도 좋을까요?"

나보는 영문도 모르고 승낙했다.

이렇게 해서 리무는 나보와 시중들던 벙어리 소녀와 함께 길을 떠나게 되었다. 리무는 낡은 옷을 입고 장식품들을 버리고 수행중인 브라흐마나처럼 꾸몄다. 금목걸이 역시 풀어 품에 감추었다.

나보가 떠난다는 소식을 듣자 마을 사람들이 찾아와 아쉬움을 표하며 말했다.

"좋지 않은 때에 길을 떠나게 되셨습니다. 북에서는 이노아가 서에서는 탄타마사가 쳐들어와 전쟁이 한참입니다."

다사르 마을까지 삼일간 험한 길을 걸어야 했으나 여행은 더없이 순조로웠다. 배고플 때는 탐스러운 과일이 주렁주렁 열린 나무가 나타나고 목이 마를 때는 언제나 맑은 샘이 나타났다. 한번은 위험한 맹수가 나타났으나 머리를 숙이며 길을 피했다. 일이 이렇게 되자 나보는 강물 안에서 푸르게 빛나던 피부색을 기억해내고 리무에게 합장했다.

"신을 모시는 영광을 안게 되리라고는 꿈에도 생각해본 적이 없습니다. 이 기쁨을 어떻게 표현할 수 있을까요."

그러자 리무는 수수께끼처럼 대답했다.

"저도 그렇게 생각합니다."

리무는 벙어리 소녀를 뒤돌아보며 생긋 웃었다. 둘은 비슷한 또래이나 크게 달랐다. 훌륭한 가문에서 태어난 공주는 곱고 아름다우며 지혜로운 반면, 벙어리 소녀는 추한 외모에 자유롭게 말할 수 있는 능력조차 가지고 있지 않았다. 그럼에도 나보는 전부터 둘 사이에 흐르는 기묘한 유대감에 주목하고 있었다. 매일 밤 리무는 벙어리 소녀의 손을 잡고 오랫동안 이런저런 이야기를 하는 것이었다. 한 마디 대꾸도 할 수 없는 사람을 상대로 어떻게 저렇게까지 할 수 있나 의심이 들 정도였다.

다사르 마을에 도착했을 때 그들은 마을 바깥쪽의 우물에서 한 불가촉천민 노인을 만났다. 그는 물을 마시려 하다가 마을의 어린아이들에게 돌팔매질을 당했다. 이를 본 리무는 다가가 물을 길어 노인에게 건네주었다. 어린아이들은 리무가 브라흐마나의 복장을 한 것을 알고 돌팔매질은 멈추었으나 멀리서 욕을 퍼붓기 시작했다.

불가촉천민 노인은 리무 일행을 자신의 집으로 초대하였다. 나보는 신분이 낮은 자들과 어울리는 것에 곤혹스러움을 느꼈지만 리무는 초대를 받아들였다. 그녀는 감사를 표하고 노인이 권하는 음식을 먹었다. 나보는 물 한 모금 마시지 않고 단식을 했다. 신분이 다른 자들과는 식사를 할 수 없는 노릇이었다.

이날 마을의 브라흐마나들이 노해서 항의하러 왔다.

"이게 무슨 짓이더냐! 천한 불가촉천민에게 마을의 물을 마시게 하다니. 신께서 노여워하실 것이다."

나보는 어찌할 바를 몰라 당황했으나 리무는 부드럽게 입을 열었다.

"타는 목을 가진 사람에게 물을 주지 않는 것은 신의 뜻이 아닙니다. 무엇이 잘못되었습니까?"

이 말에 브라흐마나들은 일단 물러갔으나 이후 리무 일행은 배를 구하기가 곤란하게 되었다. 리무는 별로 신경쓰지 않고 천민 노인의 집에 머물며 며칠을 보냈다. 벙어리 소녀는 리무를 그림자처럼 쫓아다녔다. 나보는 천민들의 장례를 정화시키기 위해 바쁘게 이곳저곳에 끌려다녔다. 그렇게 며칠을 보내다 그는 걱정으로 어두워진 얼굴로 리무에게 입을 열었다.

"전쟁의 결과가 도착하였습니다. 마하사라마는 오래전 이노아에 넘어갔다 합니다. 사라마유 왕가 사람들은 옛 수도 사라마로 떠났다는군요. 결전 끝에 이유시크 전하께서 돌아가셨다는 소문이 도나 진위여부는 모르겠습니다. 공주님께서는 어서 탄타마사로 떠나시는 것이 좋을 듯합니다. 큰 배는 구할 수 없으나 작은 배는 구할 수 있을 듯합니다."

그러자 리무는 동쪽 하늘을 바라보며 입을 열었다.

"제 오빠들은 이미 강을 건넜습니다. 그러나 바로 탄타마사의 수도로 향하지는 않겠지요. 이국 땅에서는 서둘러 물러나나 강을 건너서는 얼마간의 휴식을 가질 것입니다. 제가 먼저 탄타마사에 도착할 수 있을 듯합니다. 그러나 돌아가서 무엇을 하지요? 전쟁은 제가 없는 사이에 시작되어 이미 끝났습니다. 이제 제가 해야 하는 일은 무서운 선택밖에는 없지요. 영원히 피하며 살 수는 없는 걸까요? 도망칠 수도 없나요?"

나보는 리무가 무엇을 그리 두려워하는지 몰라 침묵을 지켰다. 그때 벙어리 소녀가 다가와 리무의 손을 잡았다. 리무는 흘러내린 눈물을 닦고 말했다.

"감사합니다, 나보 님. 우선 이곳에서 해야만 하는 일이 있답니다. 그 일이 해결되면 탄타마사로 가겠습니다."

그로부터 며칠이 지났다. 리무는 나보, 벙어리 소녀와 함께 마을 밖으로 나갔다. 놀랍도록 화창하고 맑은 날이었다. 멀리 어린 소들이 어미를 따라 다니는 모습이 그지없이 평화로웠다. 한 커다란 나무 밑에서 아름답게 지저귀는 새들의 노랫소리를 듣다가 리무는 나지막하게 신을 위한 찬가를 부르기 시작했다. 세상을 유지시키는 신 중의 신 비슈누를 찬송하는 노래였다.

그때 멀리서 누군가가 그들에게 다가왔다. 그는 오른손에 고삐를 잡고 말을 끌며 천천히 걸어오고 있었다.

놀랍게도 순간 벙어리 소녀가 입을 열어 찬가를 따라 부르기 시작했다. 손에서 모래알이 흩어지듯 벙어리 소녀의 매혹적인 웃음 소리가 공기 중에 흩어졌다.

"그분이 오셨습니다. 얼마나 이 순간만을 기다려왔던 것일까요."

리무가 기쁘게 말을 했다. 소녀는 뛰어나가 다가오는 청년의 품에 안겼다. 나보는 갑작스러운 일에 얼떨떨하여 리무에게 물었다.

"이것이 도대체 어찌된 일일까요?"

리무는 조용히 대답했다.

"신 중의 신 비슈누께서는 수많은 화신의 모습으로 세상에 나타나시지요. 그럴 때마다 언제나 부인이신 부와 미의 여신 락슈미께서도 그 뒤를 따라 현신하신답니다. 비슈누 님께서 동물이 되면 락슈미 님께서도 동물이 되십니다. 비슈누 님께서 불구가 되시면 락슈미 님께서도 불구가 되는 것이지요."

청년이 환하게 웃으며 벙어리 소녀의 손을 잡고 걸어왔다. 그는 더없이 추한 용모를 한 꼽추였다. 리무는 공손히 합장하고 꼽추 또한 인사했다.

"공주님, 그대가 나의 아내를 이곳까지 데려다주셨군요."

그는 바로 카르타, 예전에 리무, 아즈나, 아비뉴아에게 머리가 둘인 새의 이야기를 들려주었던 그였다. 리무는 그를 보자 옛 기억에 가슴이 뭉클해짐을 느꼈다. 그때 비슈누의 축제가 열린 사라마유의 수도는 얼마나 아름다웠던가.

"네, 저는 이 순간을 위해 이곳에 온 것 같습니다."

벙어리 소녀는 이제 다시 입을 다문 상태였다. 그러나 여전히 더없이 사랑스럽게 미소지으며 카르타를 바라보고 있었다. 카르타는 이윽고 계속해서 꿇어 엎드려 있는 나보를 일으켜 세우고 리무에게 부드러운 시선을 던졌다.

리무는 웃으려 했으나 자신도 모르는 사이에 눈물을 뚝뚝 떨어뜨리고 말았다. 벙어리 소녀는 옷자락으로 리무의 눈물을 닦아주었다. 카르타 또한 다정하게 말했다.

"그대는 머나먼 옛날의 기억을 떠올리셨군요."

리무는 고개를 끄덕였다.

"나를 원망하시는 건가요?"

이에 리무는 입을 열었다.

"신 중의 신이시여, 옛날 저는 당신께 기도를 드렸습니다. 어째서 그때 제게 해답을 주시지 않으셨습니까?"

카르타는 대답했다.

"비슈누는 그때 또아리진 999마리의 코브라 위에서 여덟번째 환생을 막 끝마치고 잠들어 있었습니다. 누구도 깨울 수 없는 잠이었지요. 유지의 비슈누가 깨어나 모든 사실을 알고 분노하자 천신들은 그들이 해한 인간의 영혼을 구원할 것을 약속하였습니다. 그들은 파멸의 시바에게 그 인간의 영혼을 부탁했고 그 영혼은 시바와 사티 사이에서 태어났습니다. 그러나 그때 그 순간에도 천신들은 시기와 질투를 버리지 못한 것입니다. 그들이 시바에게 전달한 영혼은 반쪽에 불과했습니다. 반쪽만이 신의 아들로 다시 태어난 것이지요. 나머지 반쪽은 비슈누가 그를 찾아낼 때까지 어둠 속에서 잠들어 있었습니다."

리무는 조용히 카르타의 이야기에 귀를 기울였다. 카르타는 미소지었다.

"나는 강을 따라 이노아의 수도로 올라가기 위해 이 마을에 왔습니다. 그러나 당신이 원하신다면 마하사라마로 되돌아가지요. 그곳에서 그가 당신을 기다리고 있습니다. 그를 만나시겠습니까?"

리무는 한참 동안 대답하지 못했다. 그녀는 동쪽을 바라보았다가 다시 서쪽을 바라보았다.

"아니오, 저는 그를 만나지 않겠습니다. 탄타마사로 돌아가 그곳에서 결정하겠습니다."

카르타는 조용히 대답했다.

"그럼 그렇게 하십시오. 제가 준비해드리겠습니다."

다음날 리무는 사라마유를 떠났다. 벙어리 소녀는 카르타 옆에 남았다. 나보도 사라마유를 떠나기를 원하지 않았기에 남았다. 리무는 둘과 작별을 고했다. 카르타는 리무를 배웅하며 말했다.

"정이란 얼마나 부드럽고도 강한 것일까요. 나는 당신을 보내는 것이 안타깝습니다. 나의 어린 동생은 언제나 그대를 그리워하였습니다. 더이상 어리지 않은 지금도 마찬가지입니다."

리무는 대답했다.

"저 역시 아주 오랫동안 그를 그리워하였습니다."

그리고 리무는 사라마유를 떠났다.

한편 탄타마사 군은 패전의 아픔을 안고 고국으로 향하고 있었다. 여섯 형제들은 처참한 기분이었다. 돌아가서 어떠한 얼굴로 왕을 대해야 좋을까. 무슨 낯으로 부모님을 뵈야 하는 것일까.

탄타마사의 왕성에는 이미 패전의 소식이 전해져 있었다. 승리의 기쁨에 취해 함성을 지르며 꽃과 깃발을 흔들리라는 희망은 사라졌다. 아두르타자스 왕은 참담한 심정으로 동생 바수에게 말했다.

"결국 이리 되었구나. 잔드라들은 최선을 다한 것이다. 이제부터 탄타마사의 존망이 불투명하다 해도 우리는 그저 신이 부여하는 운명 안에서 최선을 다할 수밖에 없겠지."

아두르타자스 왕은 패전해서 돌아오는 왕자들을 따뜻하게 맞이할 것을 명했다. 그리고 그들이 되돌아오기를 기다리며 하루하루를 보내던 때였다.

어느 날, 왕실의 치안을 담당하는 신하 하나가 숨도 못 쉬고 달려와 왕에게 보고했다.

"전하, 돌아오셨습니다! 드디어 돌아오셨습니다!"

아두르타자스 왕은 드디어 여섯 왕자들이 돌아왔구나 생각했다. 그는 신하에게 어서 수와얌프라바 왕비와 바수 왕제, 야요드얀 왕제비를 모두 모시고 오라 일렀다.

그러나 신하는 왕자들은 아무래도 좋다는 듯 외쳤다.

"리무 공주님께서 돌아오셨습니다!"

아두르타자스 왕은 귀를 의심한 나머지 멍하니 있다가 되물었다.

"누가 왔다고?"

그러나 대답을 듣기도 전에 그는 벌떡 일어나 달리기 시작했다. 달려가다가 그는 정원 맞은편에서 걸어오는 외동딸 리무의 모습을 발견했다. 왕은 그만 멍해져서 딸의 모습을 보다 부르짖었다.

"어서, 어서 왕비를! 서둘러 모셔오너라!"

이것이 도대체 얼마만의 만남일까. 왕은 곧장 딸에게 단걸음에 달려갔으나 정작 가까이 가서는 마음이 떨려 섣불리 안아보지도 못하고 멀거니 바라만 보았다. 먼저 왕의 품으로 뛰어들은 것은 딸이었다.

"아버님, 제가 돌아왔습니다."

왕이 딸을 품에 안고 뭐라 말해야 좋을지 몰라 감격에 겨워 있는데 누군가 왕을 떼밀기라도 할 듯 무시무시한 기세로 달려와 리무를 껴안았다.

"리무, 리무, 나의 리무야……."

당연히 그녀는 수와얌프라바 왕비였다. 그녀와 함께 달려온 야요드얀 왕제비 또한 기쁨의 눈물을 흘렸다. 곧 왕제 바수도 달려와 기쁨의 자리에 함께했다.

공교롭게도 탄타마사의 여섯 형제들 또한 왕성에 도착하여 왕을 알현하기 위해 내궁의 정원으로 들어서고 있었다. 그들은 너무 놀라 눈을 둥그렇게 뜨고 있다가 약속이나 한 듯 우르르 달려갔다. 아두르타자스 왕은 딸을 안을 권리를 왕비에게 빼앗기고, 기쁨에 싱글벙글 웃다가 왕자들이 돌아온 것을 발견하고 마음을 진정했다.

"돌아왔느냐?"

"네, 전하."

잔드라는 리무만 바라보며 대답했고 다른 형제들은 인사도 잊고 리무만 바라보고 있었다. 그러다 잔드라가 정신을 차리고 땅에 엎드리자 다들 그 뒤를 따라 엎드렸다.

"죽여주십시오. 전쟁에서 패하고 말았습니다."

잔드라가 아뢰자 아두르타자스 왕의 표정이 어두워졌다.

"그래, 그 이야기는 이미 들었다. 이제부터 그 처리에 대한 이야기를 해야겠구나."

재회의 기쁨이 다소 가라앉았다. 모두들 앞으로의 일을 이야기하기 위해 자리를 옮겼다. 그날 바로 왕실 회의가 열리자 모든 왕실 식구들이 모였다. 모두들 패전의 여파가 어찌될지 궁금해하고 리무 공주가 돌아왔다는 사실이 정말인가 의심하며 모여들었다.

잔드라는 어전에서 왕에게 전쟁의 결과를 보고한 후 절했다.

"패한 책임을 물어 저를 죽여주십시오."

왕은 이에 신하들에게 물었다.

"왕자들의 책임에 대해 어찌들 생각하시오?"

신하들은 이에 약속이나 한 듯 머리를 숙였다.

"지금 중요한 것은 상황을 타결하는 일입니다. 패배한 이상 사라마유에서 어떻게 나올지 아무도 모릅니다."

왕은 긍정했다.

"나도 그렇게 생각하는 바이오. 이제부터 우리는 앞으로의 대책을 강구해야 하오."

왕은 여섯 형제들을 보고 물었다.

"너희는 어찌 생각하느냐?"

왕자들은 조심스러운 눈길을 서로 주고받다가 대답했다.

"전하, 저희는 패했습니다. 그러나 저희와 동행한 이노아 또한 패했는지는 아직 모르는 일입니다. 원래 사라마유는 이십만 대군이었는데 그 중 십오만으로 저희를 쳤습니다. 나머지 오만이 이노아를 상대했을 터이니 아마 그 전투는 이노아의 승리로 돌아갔을 것입니다. 남은 것은 그 후의 전투가 어느 나라의 승리로 돌아갔느냐 하는 것입니다."

이 회의에서는 섣부른 단정이 내려지지 않았다. 우선은 전투의 결과가 어떻게 끝났는지를 기다려야 하는 것이다. 탄타마사는 리무의 동녘에서 날아올 소식에 귀 기울이며 기다림의 세월을 보냈다.

약 한 달 후 전쟁의 결과가 탄타마사에 전해졌다.

"사라마유와 이노아는 휴전했다 합니다. 사라마유의 이유시크 왕이 죽고 아비뉴아 왕자는 마하사라마를 잃고 사라마에 갔다고 합니다. 아즈나 왕은 현재 마하사라마에 머물고 있고 마하사라마 위쪽의 땅은 전부 이노아가 차지했다고 합니다."

이 소식에 온 탄타마사가 크게 술렁였다.

"결국은 아즈나 왕이 해냈구나."

대부분 그렇게 생각했으나 그 중에는 달리 생각하는 자들도 있었다.

"그러나 사라마유는 아직도 강한 나라입니다. 그의 뒤를 잇는 아비뉴아 왕자의 명성이나 자질도 아즈나 왕의 그것에 뒤지지 않지요."

결국 전쟁은 또다시 일어날 것이다. 그 전쟁의 승패야말로 리무 강을 둘러싼 모든 나라들의 운명을 결정지을 것이다.

아두르타자스 왕은 쓴웃음을 지으며 말했다.

"어쨌든 전쟁에 패한 우리로서는 그 운명을 주도할 힘이 없지. 이제 전쟁은 사라마유와 이노아 양국의 대결로 넘어갔다. 이노아는 사라마유의 수도를 차지하고 지금보다 더욱더 강국이 될 것이다. 사라마유 또한 아무리 수도를 빼앗겼어도 여전히 무시할 수 없는 대국이다. 이 두 나라는 이제 백중지세(伯仲叔勢)구나."

이후 리무 강의 모든 나라들이 조용하나 긴장 어린 평화를 누렸다. 하루가 멀다하고 사절들이 오고가며 소식을 전했다. 이노아와 사라마유에 언제 다시 전쟁의 불꽃이 타오르는가에 주목하며 모두가 겨울이 끝나고 봄이 돌아오는 순간을 숨죽여 기다렸다.

탄타마사에 휴전의 고요는 그리 길지 않았다. 어느 날 이노아의 왕 아즈나의 사절이 탄타마사에 도착했다. 그는 과거에도 탄타마사에 사절로 왔던 브라흐마나 샤마였다. 탄타마사의 여섯 형제들에게는 뜻밖의 일이었다. 그들은 그 소식을 듣자마자 허둥지둥 베란다로 뛰쳐나가 이노아의 사절단이 오는 것을 확인하고 급히 어전으로 뛰어갔다.

그들이 도착했을 때 샤마는 아즈나 왕의 극히 정중한 전갈을 아두르타자스 왕에게 전하고 있었다.

"그동안 얼마나 심려가 크셨습니까. 이노아는 마침내 사라마유를 치고 마하사라마를 점령하였습니다. 이는 모두가 탄타마사의 조력에 힘입은 결과입니다."

탄타마사의 입장은 극히 난처해지고 말았다. 아두르타자스 왕은 무어라 대답해야 좋을지 몰라 망설였다.

'우리의 패배로 이노아와의 동맹은 깨어진 것이 아니었던가?'

그러나 지금 이노아는 전혀 그런 기색을 내비치지 않고 있었다.

왕은 고민하다 입을 열었다.

"알다시피 탄타마사는 패배하였소."

샤마는 공손히 합장하며 대답했다.

"예, 잘 알고 있습니다. 아즈나 왕께선 무슨 일이 있어도 탄타마사의 도움이 되겠노라 말씀하셨습니다. 탄타마사의 여섯 왕자님들이 이노아를 돕지 않았다면 어찌 아즈나 왕께서 왕 중의 왕 이유시크를 죽일 수 있으셨겠습니까. 그러나 두 나라는 무사히 위기를 넘겼습니다. 이것들은 이노아에서 감사의 뜻으로 탄타마사에 드리는 예물입니다."

샤마가 가져온 예물은 하나같이 귀중한 물건들이었다. 여섯 형제들조차 예물의 화려함에 입을 딱 벌렸다. 태양처럼 찬란한 황금 왕관, 연꽃이 수놓아진 천 위에 수북이 쌓인 진주, 금은 팔찌와 황금 항아리…… 그러나 선물은 이것만이 아니었다. 샤마는 아즈나 왕이 보내는 일천 마리의 소 떼가 왕성 밖에 있음을 덧붙였다.

"이 선물을 부디 기쁘게 받아주시기 바랍니다. 아즈나 전하께서는 전쟁이 끝난다면 훨씬 더 값진 선물을 드리겠노라 말씀하셨습니다."

그러나 아두르타자스 왕은 기쁘기보다는 덜컥 걱정부터 앞섰다. 샤마는 그러고도 남은 선물이 있다며 아름다운 상자를 품에서 꺼내 왕 앞에 열어 보이는 것이었다.

그러면서 그는 사뭇 천연덕스럽게 덧붙였다.

"이는 곧 이노아의 왕비가 되실 리무 공주님께 드리는 선물입니다. 죄송하오나 제가 직접 공주님에게 이 선물을 전할 수는 없겠습니까? 아즈나 전하께서 그분의 안위를 몹시도 걱정하시는지라."

그제야 탄타마사의 형제들은 아즈나 왕의 의사를 확실히 알게 되었다. 그들은 더이상 난처할 수 없으리만치 난처해져 서로의 얼굴만 보았다.

"참으로 고마운 일이오."

아두르타자스 왕은 일단 말은 했으나 하나도 고맙지 않았다.

'이를 어쩌면 좋을까. 우리는 분명 전쟁 전 아즈나 왕과 리무의 혼례를 고려한 일이 있다. 그러나 그것은 동맹의 일환으로 리무의 안전을 보장받기 위함이었다. 그러나 지금 아즈나 왕에게 리무를 시집 보낸다면 탄타마사의 입장이 극히 난처해진다. 사라마유에 무릎 꿇은 이상 이제 우리는 그들의 속국이나 다름없는 처지인데.'

일단 왕은 샤마에게 혼기가 된 공주를 함부로 보일 수는 없는 노릇이라고 둘러대었다.

샤마는 순순히 자신의 무례를 사과하면서 물러났다.

이제 문제는 다음이었다. 이제부터 탄타마사는 어찌 행동해야 좋을까? 아두르타자스 왕은 수와얌프라바 왕비와 왕제 내외와 딸 리무를 불러오라 명했다. 그들이 모두 도착한 다음 그는 우선 여섯 왕자들을 향해 걱정스럽게 물었다.

"너희는 어찌하는 게 좋다 생각하느냐?"

다들 얼굴만 쳐다보다 결국 가장 나이 어린 왕자부터 대답을 시작했다. 아디토야의 대답은 매우 신중했다.

"아즈나 왕은 탄타마사와 이노아의 동맹이 여전히 유효함을 선언하였습니다. 그러나 탄타마사로서는 한 번 대패한 이상 어디의 싸움에도 낄 명분도, 여력도 없습니다. 중립을 지키는 것만이 최선의 방법이라 생각합니다."

쌍둥이들의 의견도 막내와 비슷했다. 사바르니는 이렇게 대답했다.

"중립을 지킬 수만 있다면 가장 좋겠지만 앞으로 일이 어찌될지 저도 전혀 알 수가 없습니다. 좀더 상황을 지켜보는 게 좋겠습니다."

발언이 가장 나이 많은 잔드라에게 올라갔을 때 잔드라는 이렇게 대답했다.

"패배를 선언한 것은 저입니다. 달리 방법이 없기도 했지만 저는 사라마유의 새로운 왕 아비뉴아, 그를 믿어보자고 생각했습니다. 만일 제가 항복해야 할 사람이 이유시크 왕이었다면 저는 어쩌면 탄타마사 군이 전멸할 위험을 무릅쓰고 사라마유에게 끝까지 대항했을 것입니다. 그러나 아비뉴아 왕자는 이유시크 왕과는 다릅니다. 이유시크 왕은 자신의 야망을 위해서라면 모든 것을 쳐부술 수 있는 자이나 아비뉴아 왕자는 그리 하지 않으리라 생각됩니다."

아디토야가 조심스럽게 덧붙였다.

"아비뉴아 왕자는 전쟁이 시작되기 전에 리무를 무사히 돌려보냈습니다. 이제 탄타마사는 사라마유를 믿어볼 수도 있지 않습니까."

왕자들이 말할 동안 왕제 내외는 서로를 바라보며 걱정스러운 눈빛을 주고받았다.

왕비 수와얌프라바는 딸을 꼭 껴안으며 눈물지었다.

"이 아이가 제게 돌아온 지 얼마나 되었다고 다시 빼앗으려드는군요. 저는 슬픔으로 죽을 것 같습니다. 하루하루가 애타는 그 세월들을 생각하면 아직도 눈물이 납니다. 무서운 그리움에서 간신히 빠져나왔다 생각하였는데……."

아두르타자스 왕은 아내의 눈물에 마음이 아파 달래려 하였으나 왕비는 그전에 눈물을 닦으며 말했다.

"사라마유이건 이노아이건 누구도 이제는 이 아이를 제게서 떨어뜨릴 수 없습니다. 절대로 안 되고 말고요."

그러자 왕제비 야요드얀이 왕비를 달랬다.

"부디 슬픔을 거두세요. 리무는 이미 혼기가 찬 나이입니다. 리무의 나이가 되면 딸을 떠나보내야 하는 것이 모든 어머니들의 슬픔이지요. 그애를 볼모로 보내야 했던 과거와는 다릅니다. 이제는 슬퍼할 때가 아니니, 슬픔을 참아야 합니다."

리무는 자신의 이야기가 나오는 사이 계속 고개를 숙이고 있었다. 그러다 처음으로 그녀는 입을 열었다.

"아버님, 부디 저에게 스스로 자신의 길을 선택할 수 있게 해주세요."

모두 놀라 리무를 바라보는 가운데 리무는 어머니의 눈물을 닦으며 말했다.

"어머니, 어머니께서는 처음의 감정을 가지지 못한 제가 삶의 의미마저 가지지 못한다고 슬퍼하셨지요. 그리고 옛날 저를 떠나보내실 때 이제부터는 저 자신을 위해 살라고 말씀하셨지요. 저는 어머니의 말씀대로 스스로의 행복을 찾아보려 합니다."

리무는 다음으로 아버지에게 절했다.

"부디 저의 스바얌바라를 열어주세요. 그것이 가장 좋은 방법이라 생각합니다."

모두가 놀랐다.

스바얌바라는 공주의 남편을 정하기 위해 마련되는 무예시합이다. 어떤 나라의 공주가 혼기가 되었을 때 그 왕국에서는 스바얌바라를 열어 여러 나라의 왕과 왕자들 중에서 후보를 받는다. 공주는 그 중 가장 무예가 뛰어나고 인물이 출중한 왕이나 왕자를 골라 화관을 건네주게 된다.

리무는 지금 그 전통적인 방식으로 자신의 남편을 고를 것을 결정한 것이다. 그녀는 자신의 생각을 밝힌 후 물러갔다. 아두르타자스왕은 옛 기억을 떠올리지 않을 수 없었다. 그녀는 과거에도 지금처럼 자신의 앞날을 스스로 결정짓고 타국으로 갔던 것이다. 그는 씁쓸하게 여섯 왕자들을 돌아보았다.

"너희들은 어찌 생각하느냐?"

먼저 대답한 것은 사바르니였다.

"저는 리무의 의견을 지지합니다."

"어째서냐?"

"우리는 이노아와 동맹을 맺은 바 있습니다. 그러나 지금 우리는 사라마유에 패배를 인정한 상태입니다. 결코 사라마유의 새로운 왕 아비뉴아의 뜻을 거스릴 수 없습니다. 그러나 될 수 있는 한 이노아의 심기 또한 건드리지 않는 범위 내에서 이루어져야 합니다. 탄타마사는 이제 두 나라에서 미묘한 줄다리기를 해야 할 입장입니다."

사바르니는 한번 숨을 몰아쉬고 말을 이었다.

"그러니 스바얌바라를 여는 것이 분쟁을 피할 제일 좋은 방법인 듯합니다. 탄타마사는 공정하고 전통 있는 방식으로 왕녀의 상대자를 고르는 것이니 어느 나라에서 이의를 제기할 수 있겠습니까. 어쩌면 이노아와 사라마유, 둘 중 하나나 둘 모두 이 스바얌바라에 참석할 수 없을 것입니다. 마하사라마에 주둔해 있는 이노아 군이나 사라마유에 있는 사라마유 군이나 팽팽한 긴장 상태에 놓여 있으니까요. 그들 중 어느 한쪽이라도 불참한다 해도 참석하지도 않은 스바얌바라에 대해 무어라 말할 수 없을 것입니다. 저는 될 수 있는 한 그리 됐으면 합니다."

왕이 대답했다.

"물론 나 또한 그랬으면 싶다. 그러나 사라마유와 이노아, 둘 다 참석하게 될 경우에는 어찌 되느냐?"

왕자들은 서로의 얼굴을 바라보았다.

"될 수 있는 한 그런 일이 없기만을 빌어야지요. 그러나 그리 된다면 우리는 최종 선택권을 리무에게 넘길 수밖에 없습니다. 달리 둘 중 하나를 선택할 수 있는 방법이 떠오르지 않으니까요. 어쨌든 스바얌바라의 정통성을 누구도 부인하지는 못할 것입니다."

이로써 모든 것이 결정되었다. 이노아의 사절 샤마는 리무 왕녀가 스스로 스바얌바라를 열기로 결정했다는 통보를 받고 물러설 수밖에 없었다. 그러나 그는 떠나기 전에 탄타마사 측에 스바얌바라의 날짜를 물었다. 아즈나 왕이 반드시 그 스바얌바라에 참석할 것이라는 뜻이기도 했다.

리무는 자신의 스바얌바라 날짜를 스스로 결정했다.

"저는 저의 생일이 오기 전에 스바얌바라를 치르려고 합니다."

그녀의 뜻에 따라 바산타의 계절을 한 달 남겨두고 스바얌바라의 날짜가 결정되었다. 탄타마사의 왕녀 리무의 스바얌바라 소식은 이렇게 겨울 동안 리무 강 주위의 모든 나라에 퍼지기 시작했다.

리무의 스바얌바라 소식은 사라마유의 새로운 왕 아비뉴아에게도 전해졌다. 그는 새로운 수도가 된 사라마에서 탄타마사의 사절을 맞았다. 처음 그 소식을 들었을 때 그는 탄타마사의 사절에게 몇 번이고 되물었다.

"그대들의 왕녀는 무사한 건가? 별 탈 없이 되돌아간 것인가?"

그는 곧장 이 소식을 전하기 위해 어머니에게 갔다. 소마사 왕비는 그 이야기를 듣더니 가만히 미소지었다.

"그래, 리무 공주가 무사하다니 다행이구나."

아비뉴아는 오랜만에 보는 어머니의 미소를 보자 가슴이 뭉클해졌다. 그는 손을 뻗어 어머니의 손을 어루만지며 이야기했다.

"어머니, 저는 그 스바얌바라에 참석하고 싶습니다. 그녀를 얻을 수 있다면 탄타마사가 사라마유에 한 항복은 훨씬 더 굳건한 것이 되겠지요."

소마사 왕비는 슬픔이 담긴 눈으로 아들을 보았다.

"너는 원래부터 리무 공주를 좋아했지. 나도 네가 그곳에 가리라는 사실을 잘 안다. 그러나 아비뉴아, 그 자리에는 그도 오겠지?"

아비뉴아는 조용히 대꾸했다.

"……그렇겠지요. 그렇기 때문에 저는 더욱 가야 합니다."

소마사 왕비가 한참이나 묵묵히 자신을 바라보자 아비뉴아의 마음은 어두워졌다. 그는 어머니를 껴안으며 속삭였다.

"저는 무사히 돌아옵니다. 약속드리겠습니다. 저는 목숨을 함부로 할 수 없는 왕입니다. 어머니를 홀로 두지는 않을 것입니다."

"네 아버지도 그리 약속하고 나를 떠나갔단다."

이 말에 아비뉴아는 갑자기 눈시울이 뜨거워지는 것을 참았다. 자신이 부왕의 자리를 메꾸고 군대를 이끌어 사라마로 왔던 순간의 일이 떠올랐다. 왕 중의 왕이었던 부왕은 이제 없다. 수도 마하사라마는 이노아에 빼앗겼다. 그러나 사라마를 지키던 소마사 왕비는 눈물 한 방울 없이 아들을 맞아들였다.

"아버지는 거짓말쟁이셨군요."

아비뉴아는 자신이 이렇게 말할 때 어머니가 무어라 대답할지 알고 있었다. 예상대로 이번에도 어머니의 대답은 같았다.

"아니, 그건 내가 억지로 강요한 대답이란다. 그때 참 이상했지. 평소의 네 아버지였다면 내가 무어라 조르든 무사히 돌아오겠다는 대답을 해주지 않았을 거다. 수십 년간 전쟁터에 나갈 때마다 나에게 크샤트리아의 아내, 크샤트리아의 어머니가 못 될 여자라고 투박을 주곤 했는데…… 이상도 하지, 그때만큼은 무사히 돌아오겠노라 대답해주었거든. 나는 지금도 그 대답을 들었던 때를 생각하면 너무도 기뻐 눈물이 난단다."

어머니의 말을 들으며 아비뉴아는 불안해졌다. 자신은 이러한 어머니를 홀로 두고 탄타마사에 갈 수 있을까.

그는 쓸쓸히 중얼거렸다.

"어찌되었든 간에 아버지는 거짓말을 하셨군요."

소마사 왕비는 아들이 고개를 떨구는 모습을 보고 그의 기분을 짐작했다. 그녀 자신이 또다시 치밀어 오르는 슬픔에 몸이 떨릴 지경이었지만 그녀는 눈물을 억눌러 참았다. 그녀는 갑작스레 명랑한 목소리로 입을 열었다.

"그러나 나 또한 거짓말을 했더랬지. 아비뉴아, 나도 너의 아버지에게 거짓말을 했단다. 멀고도 먼 옛날, 그리고 그 거짓말을 수십 년간이나 계속해왔지. 궁금하지 않니?"

"무슨 거짓말을 하셨는데요?"

"그는 세상 다른 모든 남자들처럼 자기가 나를 선택한 줄 알았다. 자기가 나를 되돌아봐준 순간부터 내가 자신의 아내가 되었는 줄 알았어. 그러나 아니란다. 사실은 처음부터 내가 그를 선택했단다. 아주 어릴 때 그를 보고 그와 결혼하기로 결심했단다. 나의 고집은 누구도 꺾을 수 없었지. 아버지조차도…… 그래서 그는 나의 남편이 되었지."

아비뉴아는 어머니가 환하게 웃는 것을 보고 놀랐다. 왕비는 말을 이었다.

"사람들은 그가 왕이 된 다음 나의 아버지의 선택에 감탄했다. 라바 왕의 아들들 중 가장 총애받지 못하는 자식에게 딸을 준 것이 이리 현명한 선택이 되었을 줄 누가 알았겠느냐면서. 심지어 네 아버지도 그리 알았어. 네 외할아버지가 자신을 선택한 줄 알았지. 그러나 아니야. 처음부터 끝까지 내가 오직 나 혼자만의 의지로 네 아버지를 선택했단다. 사랑하고 사랑해서 그를 선택한 거야. 그리고 결국은 그의 사랑을 끝까지 독차지했다. 왕 중의 왕이었던 네 아버지는 끝까지 나 하나만을 사랑해주었지."

아비뉴아는 그만 눈이 흐려지는 것을 느끼며 힘없이 웃어 보였다.

'어머니, 어째서 그 사실을 저에게만 말씀해주시는 겁니까. 아버지가 그 사실을 아셨더라면 더 행복해하셨을 텐데. 아버지도 어머니도 서로를 기쁘게 해줄 말을 숨기고 사셨군요.'

그러나 그는 생각을 입 밖에 내지 않고 묵묵히 있을 따름이었다.

그 후 사흘 뒤 아비뉴아는 스바얌바라에 참석하기 위해 사라마유를 떠났다.


시간은 강물처럼 흘러 스바얌바라의 날짜가 하루하루 다가왔다. 탄타마사의 왕실 사람들은 어쩔 수 없이 모든 나라에 초대장을 보내놓고 매일 가시방석 같은 나날을 보냈다. 특히 여섯 형제들은 사라마유와 이노아, 양국의 왕 중 어느 한쪽이라도 오지 않기를 바랐다. 그러나 이노아와 사라마유에서는 약속이나 한 듯 참석하겠다는 정중한 답장이 날아왔다. 이노아의 아즈나 왕과 이제 새로운 사라마유의 왕이 된 아비뉴아가 참석한다는 소식이 전해진 때부터 스바얌바라에 관한 모든 것이 극히 신중하게 이루어졌다.

사바르니는 특히 장소를 조심스럽게 선택했다.

"기우가 되기를 바라지만 아무래도 불안합니다. 설마 군대를 이끌고야 오지 않겠지만 호위병들의 수만해도 어마어마할 것입니다. 될 수 있는 한 수도에서 떨어진 성스러운 장소를 고르는 편이 좋겠습니다."

탄타마사에는 수도에서 백 요자다 정도 떨어진 곳에 창조신 브라흐마를 모시는 사원이 있었다. 숲으로 둘러싸인 그 사원 앞에는 넓은 광장이 있었는데 그곳이 식을 거행할 성소로 선택되었다. 그 주위에 스바얌바라에 몰려들어올 사람들을 위한 거처가 준비되었다.

식장은 그다지 화려하지 않은, 그러나 검소하지 않을 정도로 아름답게 꾸며졌다. 남쪽을 향해 단이 세워지고 나뭇가지 위에는 아름다운 천에 감싸인 크고 작은 종이 걸렸다. 땅에는 조각상들이 가득 세워졌다. 스바얌바라의 날짜가 다가옴에 따라 바산타의 계절도 함께 다가왔다. 숲은 신록으로 채워지고 꽃들도 앞다투어 피어났다.

어느 날 아침 아두르타자스 왕은 왕실 식구들을 모이게 하여 스바얌바라의 후보자들에게 어떤 시험을 치르게 하는 편이 좋겠느냐고 물었다. 모두 언짢고도 근심스러운 얼굴이 되었다. 왕제 바수가 입을 열었다.

"이는 매우 까다롭기 짝이 없는 일입니다. 어차피 후보자들의 연령대를 생각할 때 단연 뛰어난 인물이 아즈나 왕과 아비뉴아 왕이란 건 자명한 일입니다. 문제는 어떻게 해야 가장 평화로운 방식으로 그 둘의 우열을 가릴 수 있냐는 것입니다."

잔드라가 말을 받았다.

"그렇습니다. 스바얌바라의 시험은 결코 불가능해서도 안 되고 평화를 흐려서도 안 됩니다. 아즈나 왕과 아비뉴아 왕은 둘 다 강합니다. 저희 형제들은 직접 그 강함을 체험했기에 너무나도 잘 알고 있습니다."

잔드라가 잠시 전쟁터에서의 일을 생각하며 얼굴을 찌푸린 사이 아디토야가 말했다.

"저는 과연 그 둘에게 우열이 있을지가 더 궁금합니다."

수와얌프라바 왕비는 딸에게 직접 물었다.

"너는 어찌 생각하느냐? 어떠한 방식으로 너의 배우자를 고르고 싶지?"

그러자 리무가 대답했다.

"어머니, 걱정하지 마세요. 저는 그날 직접 난제를 낼 생각입니다. 저는 선택하지 않을 수 없으니까요."

그 대답에 리무를 돌아보던 가족들은 그녀의 얼굴이 몹시도 창백하다는 것을 알았다.

아두르타자스 왕이 놀라 물었다.

"네 얼굴이 어찌 이리 창백하냐? 꼭 금방이라도 쓰러져 죽을 사슴 같구나."

모두들 리무가 스바얌바라가 다가오자 긴장으로 건강이 나빠졌다고 추측했다. 다들 걱정으로 웅성거리는 사이 왕비 수와얌프라바가 딸의 손을 잡고 밖으로 나갔다.

정원은 얇은 안개에 뒤덮인 채 희미한 태양빛을 받고 있었다. 연못 앞에 멈춰서서 수와얌프라바는 딸을 찬찬히 바라보았다.

"리무야, 사랑하는 딸아. 너는 금방이라도 사라질 듯 그리 서 있구나. 너의 슬픔을 부디 나에게 말해주지 않으렴. 스바얌바라를 치르

고 싶지 않다면 그리 해도 좋단다. 이제는 너의 의사만을 존중할 것
이야. 누가 무어라 해도 네가 희생할 필요는 없어."

리무는 대답했다.

"어머니, 이것은 제가 선택한 일입니다. 제가 결정하는 저의 운명
이지요. 어머니께서 예전에 말씀하셨지요. 저의 행복을 위해 살아가
라고. 그러나 어머니, 이 생에서 저는 과연 행복할 수 있을까요?"

왕비는 저도 모르게 눈물을 흘렸다.

"물론이란다. 너는 어째서 그런 눈을 하고 있는 거니?"

리무가 왕비의 손을 잡았다.

"그것은 제가 리시프얀이라 불리던 시절의 모든 기억을 되찾았기
때문이랍니다."

그 말에 왕비는 그만 눈물을 흘렸다. 그는 딸을 껴안으며 가만히
속삭였다.

"어째서 그리 되었습니까? 당신은 인간으로 다시 태어나면 모든
기억을 잊고 결코 생각해내지 않겠노라 말씀하셨잖습니까."

리무는 대답했다.

"나의 소중한 누이 수와얌프라바여, 처음에 나는 당신을 위해 이
생을 가지게 되었다고 생각하였습니다. 인간으로 태어나기로 결심
한 것은 인간 세계로 추방된 당신을 홀로 둘 수 없어서였기 때문이
니까요. 나는 기억한답니다. 내가 그와 함께 리무 강변에 있었을 때
당신은 리무의 물결 뒤에서 손을 흔들곤 했지요. 그가 죽고 홀로 된
나를 찾아 함께 눈물 흘리며 위로해주었지요. 그런 당신이 홀로 인
계에 떨어지도록 어찌 놓아둘 수 있었겠습니까."

리무는 손을 뻗어 왕비의 눈물을 닦아주었다.

"그러나 아니었습니다. 나의 생은 나를 위해 준비된 것이었지요.

278

다른 누군가를 위해 살아가는 생 같은 건 처음부터 없었습니다. 저를 보세요. 처음의 감정이 모두 돌아왔습니다. 이제 저는 슬픔으로 죽을 수 있는 사람이 되었습니다. 참을 수 없는 즐거운 웃음 또한 가질 수 있게 되었지요. 나와 다시 만난 그가 모든 것들을 돌려주었습니다. 이제 저는 선택해야 합니다. 다만 그 선택이 너무도 마음 아파 끊임없이 울고 슬퍼하게 됩니다. 하지만 더는 미룰 수 없겠지요. 이제부터 저는 브라흐마의 신전에 가려 합니다. 가서 기도하고 해답을 구하려 합니다."

연못가에서 조금 떨어진 곳에서는 뒤따라 나온 여섯 형제들이 수와얌프라바 왕비와 리무를 바라보고 있었다. 그들은 제각기 근심에 가득 차서 두 모녀를 바라보았다. 잔드라가 무겁게 입을 열었다.

"이 스바얌바라가 끝난 다음 리무는 멀리 가버리겠지. 나의 맹세는 무엇을 위한 것이었을까. 그녀를 지키고자 했는데 무엇 하나 해놓은 것이 없구나."

이윽고 리무는 왕비의 손을 잡고 그들에게 다가와 말했다.

"내일 저를 브라흐마의 신전에 데려다주세요. 스바얌바라의 날짜를 계산하니 이제 예배를 올릴 때가 된 것 같습니다."

여섯 형제들은 똑같이 안타까운 기분을 느꼈다. 마치 스바얌바라가 끝나면 영영 그들의 누이를 잃을 것만 같았다. 그들은 한참 동안 말없이 서로를 바라보고 서 있었다.

# 9장 스바얌바라

　다음날 아침 다나와 아반티가 리무를 브라흐마의 신전으로 데려다주었다. 리무는 스바얌바라가 열릴 광장을 지나 브라흐마의 신전으로 들어갔다. 왕녀의 예배 의식을 위해 궁녀들은 준비해온 연꽃과 화환, 금관 등을 바쳤다. 예배가 끝난 후 리무는 신전의 브라흐마나에게 부탁했다.

　"부디 제가 오늘 하루 동안 이곳에서 홀로 기도할 수 있도록 해주시지 않겠습니까."

　그녀의 뜻에 따라 리무는 하루 동안 신전에서 기도하게 되었다. 그녀는 홀로 남게 되자 무릎 걸음으로 브라흐마의 신상으로 향했다. 그 앞에 무릎 꿇고 그녀는 나직이 입을 열었다.

　"창조의 신이시여, 제가 당신에게 왔습니다. 당신께서 말씀해주실 때입니다. 저는 줄곧 생각했습니다. 누구를 선택해야 좋을지 생각했습니다. 그러나 저는 모르겠습니다. 어떻게 선택할 수 있을까요. 두 사람 모두 제게 있어 너무나 소중합니다. 저는 도저히 선택할 수 없습니다."

　리무는 그대로 계속해서 기도를 올렸다. 시간이 흘러 어느덧 석양이 느릿느릿 방 안으로 밀려들어오기 시작했다. 녹아내리는 붉은 황금빛이 어두워지는 방 안에서 리무의 시선을 끌었다. 석양빛에 눈

앞에 있었어도 눈에 들어오지 않던 신전의 기둥이 자세히 보이기 시
작했던 것이다. 기둥에 세겨진 섬세한 조각이 눈에 들어왔다.

정면으로 보이는 방향에 조각되어 있는 상은 양쪽으로 쪼개진 큰
알이었다. 바로 그 옆에는 커다란 새 한 마리가 조각되어 있었다. 새
의 왼쪽 날개는 활짝 펼쳐진 데 반해 오른쪽 날개는 대조적으로 축
늘어져 있었다. 그리고 그 머리는 영원히 들어올릴 수 없을 듯 무겁
게 처져 있었다.

자신이 앉은 쪽에서는 조각의 일부분밖에 보이지 않았다. 일어서
서 오른쪽으로 한 발자국을 옮겼다. 그러자 곧 두 어린 새의 머리를
볼 수 있었다. 두 머리는 서로의 머리를 부리로 쪼고 있었다.

새의 모습을 자세히 보기 위해 기둥을 돌아 다시 한 걸음 옮기려
할 때, 석양빛이 갑작스럽게 눈을 찔렀다. 빛을 피해 고개를 돌려 바
닥을 바라보니 기둥의 그림자가 바닥에 길게 드리워져 있었다. 그
그림자를 보자 갑자기 누군가의 목소리가 떠올랐다.

'갑자기 생각이 나는군요. 잊고 있었던 이야기가. 머리가 둘인 새
의 최후에 관한 이야기가 떠올랐습니다.'

새는 분명 한 마리였으나 머리는 두 개였다.

그것은 세상 모든 새들의 왕인 독수리 하바가 낳은 알에서 태어
난, 하나의 몸에 두 개의 머리를 가진 새의 이야기.

순간 석양 아래서 점점 길게 늘어지던 기둥의 그림자에서 새의 조
각이 떨어져나와 살아 움직이기 시작했다. 커다란 독수리가 서서히
머리를 들었다. 검은 날개가 경련하듯 떨리며 어미새의 고통스러운
신음이 벌어진 부리 사이에서 흘러나왔다.

'나의 사랑스러운 아가야, 너를 아니 너희를 어떻게 해야 좋은 걸
까.'

어미 새는 커다란 날개를 완전히 펼치고 울부짖었다.

어미 새의 울부짖음이 잠시 낮아진 순간 길게 드리워진 기둥의 그림자 속에서 작은 새끼 새가 꿈틀거리며 천천히 기어나왔다. 새끼 새는 밤처럼 어두운 날개를 파닥이고 있었다. 어미를 따라 그림자 속에서 빠져나온 새끼 새의 몸은 하나였지만, 머리는 두 개였다. 그들은 어미를 향하여 기어갔다. 한쪽 머리가 먼저 어미 쪽으로 길게 고개를 빼었다.

"나를 살려주세요. 나를 선택해주세요. 저 아이를 죽이세요."

다른 쪽 머리 역시 고개를 높이 쳐들었고 몸뚱아리는 그와 또다른 머리의 흥분된 의지에 따라 두 날개를 세차게 파닥거리기 시작했다.

"나를 살려주세요. 이것은 나의 몸이에요."

두 머리는 금세 세차게 다투기 시작했다. 그들은 아직 어려 덜 성숙된 부리로 서로의 눈알을 노리며 날카롭게 서로를 쪼아댔다.

어미 새는 하늘을 덮을 듯 커다란 날개를 펼쳤다. 그는 그대로 날갯짓을 시작했다. 어미의 그림자는 곧 까마득히 높은 곳으로 날아갔다. 날개를 활짝 펴며 어미 새는 비통하게 울부짖었다.

"아아, 신이시여, 신이시여, 만물을 유지하는 신이시여, 부디 저에게 해답을 내려주십시오. 저는 어찌해야 좋은 것입니까."

그림자는 계속 날아올랐다. 붉은 하늘을 향해 단숨에 천상까지 날아오를 듯, 날고 또 날았다. 그가 풀어야 할 답을 찾기 위해.

'신이시여: 제게 길을 보여주십시오.'

어느 순간 날개의 움직임은 딱 멈췄다. 그대로 그림자는 떨어지기 시작했다.

빛은 하늘에, 그림자는 땅에 있어야 할 것.

있어야 할 곳을 벗어난 그림자는 땅으로 곤두박질쳤다. 둔탁한 소리와 동시에 날개가, 며칠 만에 온 인계를 돌고도 남을 크고 단단한 날개의 한쪽이 부러져나갔다.

그러나 잃어버린 한쪽 날개를 애통해할 시간도 없었다. 어미 새는 남아 있는 왼쪽 날개를 펼치고 울부짖었다.

'신이시여, 신이시여.'

이 모습을 지켜보던 리무의 시선이 새의 꺾여진 한쪽 날개에 닿았을 때였다. 갑자기 모골이 송연해졌다. 그녀가 돌아보았을 때 새끼 새가 서로의 머리를 세차게 쪼고 있었다. 그 둘은 이미 알고 있는 것이다. 자신들에게 한 가지 길만 주어져 있다는 것을……

'두 머리 중 하나는 죽어야 하지요.'

분명히 어미 새도 그 사실을 알고 있을 것이다. 그러나 한쪽 날개를 잃은 어미 새는 망연히 사랑하는 새끼를 바라볼 뿐이었다. 둘 다 사랑스러운 자식, 어찌 하나를 죽이고 하나를 택할 수 있을까. 그러니까 어미는 선택할 수 없었고 스스로 죽일 수도 없었던 것이다.

새끼 새가 자라기 시작했다. 어두운 그림자가 순식간에 바닥을 덮어나갔다. 그의 몸이 자라면서 날개 또한 어미의 그것만큼이나 커지고 움직임도 세차졌다. 부리는 성숙해 쇠처럼 단단해지고 날카로워졌다. 새끼 새는 자신이 자라기를, 상대를 죽일 힘이 생길 때까지 기다린 것이다. 자신에게 힘이 생겼음을 알았을 때 두 머리는 상대의 목줄기를 세차게 물어뜯었다. 둘은 동시에 서로의 숨통을 단숨에 끊었다.

사방이 너무나도 조용했다. 흘러내리던 붉은 석양도 완전히 사라져버리고 점점 사방에 어둠이 깔리기 시작했다. 그림자 역시 서서히 천공에서 떨구어지는 어둠에 먹히기 시작했다. 그것이 완전히 먹히기 전 리무는 어미 새를 보았다. 결국 어느 한쪽도 선택하지 못하고 둘 모두를 잃어버린 어미를 보았다.

신은 어미의 한쪽 날개를 부러뜨림으로써 답을 가르쳤다. 하나를 잃어야만 하나를 얻을 수 있다는 해답이었다. 그러나 어미는 답을 알았지만 따를 수 없었고 그 결과 두 머리는 동시에 서로를 죽였다. 두 개의 머리가 달렸던 몸은 이제 하나의 머리도 남지 않은 채 싸늘하게 식어갔다. 그렇게 해서 세상에 단 하나 존재했던 하나이자 둘인 새가 죽었다.


고개를 들었을 때 브라흐마의 석상이 눈앞에 있었다. 리무는 바닥에 앉아 세 번 절했다. 고개를 들었을 때 신을 위해 준비한 공물 위로 눈물이 떨구어졌다.

"저도 알고 있습니다. 결코 다른 길은 없겠지요. 그러나 아직 모르겠습니다. 누구를 선택해야 좋을까요? 누구에게 죽어달라고, 저를 위해 죽어달라고 말할 수 있을까요. 모르겠습니다. 저는 정말로 모르겠습니다. 또다시 그에게 죽어달라고 말해야 할 제 혀를 끊어버리고 싶습니다. 브라흐마여, 제 기도를 들어주세요. 단 한 번만 제가 쉬카르데의 모습을 볼 수 있게 해주세요. 다시 한번 그를 만나 저의 마음을 정하게 해주세요. 그렇지 않고는 저는 결코 무엇도 결정할 수 없을 것 같은 무서운 기분이 듭니다."

주위는 어두웠다. 시간이 지나자 달의 신 찬드라의 희미한 빛이 옅게 깔리기 시작했다. 리무는 어둠 속에서 힘없이 일어섰다. 가지고 온 연등에 불을 붙이자 눈앞에 있던 신상도, 신상 앞에 쌓아둔 공물도 사라졌다. 아까까지 자신이 있던 신전은 자취도 없이 사라지고 자신은 넓고 황량한 벌판에 서 있었다. 가까스로 리무는 깨달았다.

'이곳은 인계가 아니구나.'

주위는 해 진 직후처럼 희미하게 어둡고 아무 소리도 들리지 않았다. 나무가 있으나 생기가 없었다. 바람도 불지 않았다. 하늘에는 태양도 달도 없이 희미한 어둠만이 존재했다. 모든 것이 멈춰진 정적인 세계였다.

'그는 이곳 어디에 있는 것일까. 아아, 그를 찾아야 한다.'

리무는 눈물을 닦고 걸음을 옮기기 시작했다. 방향을 알 수 없기에 그저 앞을 향해 걸었다.

얼마나 오래 걸었을까. 리무는 끝없이 걸었다. 먼 옛날 사라스와티가 불러준 슬픈 노랫가락이 그녀의 귀에서 맴돌고 있었다. 리무는 언젠가는 그를 만날 수 있을 것이라고 확신할 수 있었다.

마침내 리무는 멀리서 다가오는 사람의 모습을 보게 되었다. 멈춰서서 그가 다가오기를 기다리며 리무는 생각했다.

'아아, 슬퍼하지 말아야지. 나는 단 한 번도 그에게 행복한 모습을 보이지 않았는데.'

이렇게 탄타마사의 왕녀 리무는 제왕 쉬카르데와 다시 만났다.

쉬카르데는 스무 살 전후로 보이는 청년이었다. 그의 훤칠한 키와 곧은 자세는 일견 곧게 자란 수목을 연상시켰다. 피부는 황혼의 그림자처럼 어둡고 머리카락은 어두운 밤처럼 짙었다. 허리에는 장검과 단검, 두 개를 함께 찬 채 등에는 큰 전통을 메고 있었다. 그런데 그에게서는 역겨운 피비린내가 물씬 풍겨나고 있었다. 흰색이었을 성싶은 옷은 본래 빛깔을 알아보기 힘들 정도로 검붉은 피에 젖어 있었다. 어깨 위로 늘어진 머리카락에서도 핏방울이 흘러내리며 땅을 어둡게 적시고 있었다.

리무는 한참 동안 그의 모습을 망연히 보았다.

'그는 나를 알아볼까, 다른 모습이 된 나를 알아볼까.'

슬픔이 혀를 굳게 만들었다. 리무는 아무 말도 못하고 한참 동안 상대를 바라볼 뿐이었다. 그때 그가 입을 열었다.

"……리시프야?"

리무는 한동안 대답하지 못했다. 그녀는 잠시 눈물을 참기 위해 숨만 쉬었다. 이제야 리무는 알 수 있었다. 눈앞의 그가 바로 온전한 그였다. 반드시 그의 영혼을 본래대로 되돌려놓으리라. 어떠한 고통과 슬픔이 따르더라도 그를 온전하게 돌려놓아야 한다.

"아니오, 저의 이름은 리무입니다"

리무는 떨리는 목소리로 대답했다. 그리고 한참만에야 인사할 수 있었다.

"위대한 왕이시여, 저는 아두르타자스와 수와얌프라바의 딸 리무라고 합니다. 당신께 부탁이 있어서 당신을 찾게 되었습니다."

리무는 그의 대답을 기다렸다. 쉬카르데는 한참 아무 말도 없다가 그녀를 바라보며 대답했다.

"당신의 소망이 무엇이든지 들어드리겠습니다. 당신은 저에게 무엇을 원하십니까?"

리무는 침묵했다. 어떻게 자신이 또다시 그를 죽일 수 있을까. 또다시 그에게 죽어달라고 말할 수 있을까. 눈앞의 그는 자신이 기억하는 온전한 그이다. 그러나 아비뉴아 또한, 아즈나 또한 그였다. 그들 중 하나에게 어떻게 죽어달라고 말할 수 있을까. 그러나 말해야 한다. 이 순간을 위해 신 중의 신 비슈누가 자신에게 머리가 둘 달린 새의 최후에 대해 들려주지 않았는가.

리무는 입을 열었다.

"당신의 활이 필요합니다. 왕이시여, 그것을 저에게 빌려주실 수 있으십니까?"

그는 주저 없이 자신의 활을 내밀었다.

"그대가 왜 이것이 필요한지 모르겠으나 원하신다면 드리겠습니다."

리무는 무서운 독을 바라보듯 커다랗고 낡은 활, 야나가를 바라보았다. 슬픔은 마르지 않는 샘처럼 솟아났다.

그녀는 자신도 모르게 중얼거렸다.

"아니오. 왕이시여, 이것을 제게 주지 마세요. 저는 이 활로 저에게 너무도 소중한 사람을 죽게 할 선택을 해야 합니다."

상대의 반응은 평온했다. 그는 가만히 웃더니 리무의 손을 잡아 활을 쥐어주었다.

"그대가 원하시는 걸 가져가세요. 나의 말로 그대의 마음이 편해질 수 있을까요. 그 사람은 그대의 선택을 결코 원망하지 않을 것입니다. 수백 번의 죽음을 맞이한다 해도요. 그는…… 카르마의 긴 여정 속에서 결국은 그대와 다시 만날 수 있다는 사실을 알고 있으니까요."

이에 리무는 야나가를 품에 안고 한참을 울었다. 이제 자신의 생에서 눈물은 이것으로 끝이리라.

'그는 내가 단검을 내밀었던 그 순간에도 이렇게 말해주었다. 그는 언제나 나에게 이렇게 웃어주겠지. 이런 선택을 해야 하는 것은 내가 치러야 하는 대가이다. 무엇을 더 슬퍼할 수 있을까. 결국 나는 그와 다시 만나는구나.'

리무는 고개를 들어 쉬카르데를 바라보았다.

"왕이시여, 제가 당신을 위해 할 수 있는 일이 있나요? 할 수 있다면 당신이 바라시는 그 어떤 일이든 들어드리겠습니다."

그러자 상대는 가만히 리무의 손을 잡았다.

"아니오. 저에게는 이제 소망이 없습니다."

그 손이 떨어졌을 때 쉬카르데의 모습은 조용히 사라져버리고 없었다.


밖에서는 다나와 아반티가 걱정스러운 얼굴로 누이를 기다리고 있었다. 그들은 밤이 깊어가는데도 리무가 나오지 않자 매우 불안해하고 있었다. 마침내 리무가 나오자 그들은 안도하며 누이를 데리고 왕성으로 돌아갔다. 돌아가는 길에 아반티가 물었다.

"늦었구나. 기도중에 무슨 일이 있었던 거니? 네가 가지고 있는 이 낡은 활은 무엇이지?"

분명 들어갈 때는 없었던 물건을 가지고 나오자 신에게 바쳐진 공물 중 하나를 가져왔나 싶어 의아해하며 묻는 말이었다.

"이것은 제왕 쉬카르데의 활 야나가입니다. 저는 이것으로 스바얌바라의 후보자를 선택하려 합니다. 이 활의 시위를 거는 사람이 저의 배우자가 될 것입니다."

이 말은 쌍둥이들에게 너무나 충격적이었다. 그들은 서로의 얼굴을 바라보며 놀람을 삼켰다. 리무는 다나에게 그 활을 내밀며 스바얌바라가 열리는 그날까지 이 활을 맡아줄 것을 부탁했다.

왕성에 돌아가자마자 쌍둥이들은 곧장 다른 형제들에게 이 사실을 알렸다.

"제왕 쉬카르데의 활 야나가라고? 리무가 어째서 그걸 가지고 있는 거지?"

형제들은 하나같이 놀라 자세히 활을 살펴보았다. 활은 너무나 평범해 보여서 그저 크고 낡은, 시위가 풀어진 활에 불과했다. 적갈색이 도는 활대의 표면은 낡아서 반질반질했다. 크기에 비해 그다지 무겁지도 않았다.

잔드라가 중얼거렸다.

"옛날 사나가 들려준 이야기 속에서는 나가 족 여인의 껍질로 활대를 만들고 그녀의 머리카락으로 시위를 걸었다고 하는데 그것은 그저 전설이었나 보다."

사바르니가 말했다.

"이것이 정말 야나가라면 리무는 도대체 어떻게 이 활을 얻었을까?"

마호다니는 중얼거렸다.

"모르지. 나는 이것이 혹 끊어지지나 않을까 두렵다."

그는 시험 삼아 활의 시위를 걸어보려 했다. 우선 활을 굽혀보려 했으나 좀처럼 마음대로 굽혀지지 않았다. 있는 힘껏 힘을 주었으나 여전히 결과는 마찬가지였다. 활은 마치 돌과도 같이 단단했다.

이번에는 잔드라가 조심스럽게 시위를 당겨보았다. 그 역시 실패했다. 다나와 아반티, 아디토야까지 해보았으나 결과는 마찬가지였다. 사바르니는 아예 시위를 당겨볼 생각조차 않았다. 그는 활을 들어 살피며 당혹스러운 표정을 지었다.

"혹시 정말로 야나가인가."

마호다니가 곤혹스럽게 말했다.

"만약 아무도 활의 시위를 걸지 못한다면 이걸 어떻게 후보자들에게 내놓을 수 있지?"

모두들 난처한 얼굴이 되어 활을 바라보았다. 결국 아반티가 이렇게 말했다.

"이것이 야나가이건 아니건 간에 결국 누군가가 사용하던 활이었겠지. 그렇다면 이 세상에는 이 활에 시위를 걸 사람이 반드시 존재

한다는 뜻이잖아."

사바르니가 힘없이 대꾸했다.

"그러나 모두가 실패한다면 사태는 좋지 않은 방향으로 흐를 거야."

그러자 다나가 나직이 말했다.

"오히려 나는 성공하는 사람이 많이 나올까 두려운걸. 이 활은 바로 리무의 뜻이야. 우리는 결국 그녀의 선택을 쫓아야 해."

아반티가 활을 천에 쌌다. 형제들의 침묵 속에 밤이 깊어갔다.

바산타의 계절이 돌아오자 리무 강 주위의 모든 나라에서 왕과 왕자, 혹은 고귀한 가문의 용사들이 탄타마사에서 열리는 스바얌바라에 참석하기 위해 몰려들기 시작했다. 그들 대부분이 순수한 목적의 후보자들은 아니었다. 이 스바얌바라에 사라마유의 아비뉴아 왕과 이노아의 아즈나 왕이 참석한다는 소문이 겨울 사이에 모든 나라에 퍼졌던 것이다. 그 둘이 참석하는 이상 타국에서 함부로 나설 수 없는 입장이었다.

사라마유와 이노아는 비록 잠시 휴전중이나 조만간 다시 전쟁이 일어날 것이 자명했다. 주위 여러 나라들은 그 두 나라의 일에 촉각을 곤두세우고 있었다. 그렇기에 두 나라의 왕이 참석하는 이 자리에 동석하여 상황을 살펴봐야 함은 물론이었다.

두 대국이 전쟁중이고 이유시크 왕이 죽어 왕 중의 왕의 자리가 공백으로 남은 지금, 어부지리를 노리고 다른 나라들이 머리를 들 법도 했다. 그러나 적어도 탄타마사에는 그럴 힘도, 의지도 없고 또한 라자수야에 대한 야심도 없었다.

스바얌바라를 열흘 앞두고, 모인 사람들을 위한 축제가 시작되었다. 그 열흘간 사람들을 위한 연극과 여러 공연이 열렸다. 각종 시합을 보는 사람들로 스바얌바라가 열리는 식장이 떠들썩해졌다. 하지만 축제의 흥겨움도 전쟁의 여파를 완전히 몰아낼 수는 없었다. 탄타마사의 수도에는 신분이 확인된 왕과 왕자, 용사들 외에는 들어설 수 없었다.

마침내 스바얌바라가 열리는 날, 주최국인 탄타마사 측은 혹시 일어날지도 모르는 불미스러운 사태를 피하기 위해 몇 가지 제한을 두었다. 일단 후보자 당사자들 외에는 무기 착용이 금지되었다. 또 식장에 들어올 수 있는 호위병들의 수도 제한되었다.

하늘은 맑고도 화창했다. 식장을 둘러싼 나무들은 화관과 화려한 천으로 장식되었다. 땅에 뿌려놓은 재스민 꽃의 향기가 물결치고 악사들이 연주하는 흥겨운 음악이 파도를 이루었다. 귀빈들을 맞이하기 위해 식장의 북쪽 방향으로 각 나라의 왕실과 가문을 상징하는 기들이 나란히 땅에 꽂혔다. 바람이 불 때마다 길이와 높이가 다른 기들이 춤을 추며 장대한 풍경을 이루었다.

이 풍경을 보고 스얌바라의 왕자 사나가 한마디했다.

"수만으로 보면 이제까지 개최된 스바얌바라 중 가장 많은 후보자가 참석했다고 볼 수도 있겠군요."

본인은 후보자가 될 생각이 없지만 그는 꽤 이 스바얌바라를 기다린 편이었다.

아디토야가 그 이유를 묻자 그는 이렇게 답했다.

"아무래도 이 스바얌바라의 승자가 전쟁에서 승리할 가능성도 높지 않겠습니까. 모두들 그렇게 생각하고 이 결과를 보기 위해 이 먼

길을 달려온 것이지요."

아디토야는 편치않은 얼굴로 대답했다.

"어차피 탄타마사는 몇 년간은 어느 나라의 편도 들래야 들 수 없는 형편입니다."

"그래도 팔은 안으로 굽게 되지요. 스얌바라와 탄타마사처럼 말입니다. 그나저나 껄끄러운 일입니다. 얼마 전까지만 해도 전쟁터에서 죽자살자 싸우던 사람들과 마주쳐야 한다는 건요."

사라마유 인들과 사라마유를 조력한 나라 사람들을 가리켜 한 말이었다.

이윽고 그는 잔드라가 부르는 소리에 맏형이 있는 곳으로 갔다.

잔드라는 오늘 리무를 안내하는 역을 맡게 되는 만큼 예복 차림으로 말끔하게 차려입고 있었다. 그는 사람들을 접대하느라 신경이 곤두선 채였고 다른 형제들도 마찬가지였다. 그들은 각 나라의 일행들이 식장에 도착할 때마다 신분에 맞는 사람들을 찾아 인사했다. 왕들은 아두르타자스 왕이 맞았고 왕자들은 여섯 형제들이 맞았다. 시간이 지나자 과연 사나의 말대로 껄끄러운 만남이 시작되었다.

우선 마호다니가 데바누를 보고 화를 낸 것이 계기가 되었다. 파르슈바는 마호다니에게 있어 활을 가르쳐준 스승이었다. 그런 파르슈바가 데바누의 손에 죽었으니 마호다니로서는 확실이 화가 날 만한 상대임에 틀림없었다. 참으려 했지만 그만 벼락같이 화가 그의 입에서 터져나왔다.

"너는 전쟁이 일어나기 전에 뭐라 했느냐. 하바라는 중립을 지킬 수 없어 부득이하게 싸우게 되었다고? 그 말을 믿고 네 목을 치지 않은 내가 바보다. 우리가 어쩌자고 너를 믿었는가 모르겠다. 너는 형의 빈 자리를 틈타 왕세자의 자리나 차지하는 그런 비열한 녀석이다. 언제고 내가 너에게 스승의 원수를 갚을 날이 올 것이다!"

데바누는 얼굴이 하얗게 질리다 못해 새파래졌다. 잔드라가 마호다니를 크게 꾸짖고 대신 사과하는 것으로 사태는 일단락되었다. 데바누는 끝까지 아무 말 없이 있다가 자리를 피했다.

한편 이노아와 사라마유의 일행은 거의 동시에 도착하여 식장을 긴장 상태로 몰아넣었다. 이노아 측은 동쪽에서, 사라마유 측은 서쪽에서 나타났는데 두 나라의 일행이 식장에 들어서자 그토록 시끄럽고 부산스럽던 식장이 잠시 조용해질 정도였다. 양쪽 일행 모두 스바얌바라의 예를 완벽히 지킨 모습이었다. 후보인 왕이 검을 찬 것을 빼면 호위병들에게는 무기가 없었고 인원수도 탄타마사에서 요구한 수를 맞추었다.

문제는 두 일행 모두 거의 동시에 도착하여 어느 쪽을 먼저 맞아야 하는 것인지 판단하기 어렵게 되었다는 것에 있었다. 아두르타자스 왕은 난처한 상황을 맞고 당황해했다. 신하들은 놀라 제각기 어느 쪽이 먼저 도착했는지에 대한 다른 의견을 내놓았다. 이 사태에 난처해진 것은 아즈나와 아비뉴아 또한 마찬가지였다. 이것은 일단 아비뉴아가 한 걸음 뒤로 물러섬으로 해결되었다. 아즈나는 이를 보고 자신이 먼저 한 걸음 내딛었다. 아두르타자스 왕이 이노아 일행에게 먼저 인사하고 사라마유로 몸을 돌렸다. 지켜보던 모든 사람들이 한숨을 내쉬었다.

일이 해결된 이후에도 식장에는 무거운 긴장감이 가득했다. 파도치듯 식장을 채운 흥겨운 음악도, 평화를 기원하기 위해 브라흐마나들이 피워놓은 향도 사람들의 마음에 차 있는 무거운 긴장감을 덜어주지 못했다. 분위기가 이상하리만치 가라앉아 누구도 쉽사리 입을 열지 못했다.

드디어 리무가 등장했다. 잔드라가 그녀의 손을 잡고 식장 안으로 들어섰다. 그녀가 나타나자 브라흐마나들은 땅에 쌀가루를 뿌려 축복을 상징하는 도형을 그렸다. 그 도형의 중심에 신성한 성화가 붙여졌을 때 리무는 단 위에 올라섰다. 왕과 왕자들은 이번 스바얌바라의 주인공을 서로 보기 위해 앞으로 나갔다.

리무는 찬란한 황금빛 신부복을 입고 있었다. 가닥가닥 올려진 머리카락 사이로 흩뿌려진 금빛 가루가 빛났다. 영롱한 붉은 귀걸이, 수십 개의 팔찌 등 아름다운 장신구들 또한 함께 빛을 발해 그녀의 모습은 작은 태양과도 같았다. 손에 든 금빛 화관 또한 천상의 꽃마냥 아름다웠다. 그녀의 몸짓 하나하나에 깃든 여신과도 같은 기품에 사람들은 감탄했다.

대신 쟈안이 이 모습을 보고 외손자에게 중얼거렸다.

"저 왕녀를 보니 옛날 전하의 어머님 혼례식이 생각납니다."

아비뉴아는 이상하리만치 가라앉은 목소리로 대답했다.

"옛날의 어머니처럼 그녀 또한 행복할 수 있으면 좋겠습니다."

대답하며 그는 생각했다.

'그녀는 정말로 무사했구나.'

이제서야 아비뉴아는 깊은 근심이 풀어지는 것을 느꼈다.

그때 잔드라가 리무의 베일을 걷어올렸다. 모두가 왕녀의 얼굴을 보기 위해 다투듯이 고개를 내밀었다. 리무의 사슴처럼 고운 눈과 연꽃과 같은 얼굴이 베일 속에서 태양이 뜨는 것마냥 서서히 드러났다.

그 순간 이상한 일이 일어났다. 모두들 갑자기 가슴이 덜컹 내려앉는 것을 느꼈다. 그들은 약속이나 한 듯 이상한 기분에 사로잡혔다. 어떤 사람들은 리무를 본 순간 세상에 태어나 가장 행복했던 순간에 느낀 감정이 고스란히 되살아났다. 그들은 넘치는 행복에 그만 눈물이라도 글썽거릴 기분이 되었다.

그러나 어떤 사람들은 정반대로 까마득히 어린 시절 느꼈던 슬픔을 기억해냈다. 대수롭지 않은 일이라도 그 옛날에는 얼마나 크게 괴로워했던가. 또 어떤 이들은 고통스러워했다. 절망하는 이들도 있었다. 다들 과거 자신의 감정 중 가장 기억에 남는 감정을 새삼스레 떠올리며 도대체 지금 왜 그런 감정이 드는지 몰라 스스로도 의아해했다.

그러다 잔드라가 리무의 베일을 다시 본래대로 씌웠다. 사람들은 마치 꿈이었던 것마냥 방금 전까지 자신들이 느끼던 감정을 잊어버렸다. 그들은 제각기 속으로만 이상해할 뿐이었다.

아반티가 나아가 리무가 서 있는 단 아래에 활을 놓자 잔드라가 리무의 손을 잡은 채 입을 열었다.

"후보자들께서는 이 활에 시위를 걸어주십시오. 제 누이의 배우자는 이 활 스스로가 선택할 것입니다. 그 사람이 이 활의 주인이 되고 또한 제 누이의 남편이 될 것입니다."

사람들은 잔드라의 말에 어리둥절했다.

후보자들 하나가 물었다.

"그 활이 어떤 활이기에 그렇습니까?"

"이 활은 과거 리무의 제왕이라 불리던 쉬카르테의 활, 제왕의 권위라 불리던 그 활입니다."

잔드라의 대답에 큰 웅성거림이 일어났다. 모두들 놀라는 한편 크게 의심했다. 그저 평범하게 보이는 커다란 활의 외양도 그들의 불신감을 부추겼다. 그것을 입 밖에 낸 것은 수바트라 왕국의 다르한 왕자였다. 그는 일어나 정중하게, 그러나 불쾌한 어조로 말했다.

"야나가는 이미 아주 오래전에 사라진 활입니다. 도저히 믿을 수가 없군요, 잔드라 왕자. 굳이 저 활이 야나가가 아니더라도 그대의 누이동생은 정말로 아름답습니다. 누가 그녀를 원하지 않겠습니까."

이 자리에 참석한 사람들 모두 리무 공주와 결혼하게 될 왕이 갖게 될 이점을 잘 알고 있었다. 탄타마사의 유일한 적자인 왕녀와 결혼한다면 탄타마사의 원조를 얻는다는 얘기이고 고로 전쟁에서 승리할 확률이 높아지는 것이다. 탄타마사 측에서 그 정도로 모자라 야나가를 들먹이면서까지 후보자들의 경쟁심을 부추기냐고 비꼬는 것이었다.

사바르니가 이에 싸늘하게 대꾸했다.

"저희로서는 신의 선택에 맡기는 것일 뿐입니다."

그때 아즈나 왕이 일어나자 다르한은 고개를 숙이고 자리에 앉았다. 웅성거림은 가라앉았다.

아즈나는 줄곧 리무를 바라보던 터였다. 그는 리무 또한 자신을 보고 있음을 알았다.

'나는 오랫동안 이 순간을, 그녀를 다시 만나 나의 아내로 맞아들일 순간을 기다려왔지. 그러나 이상하게도 나의 마음은 그저 슬프기만 하다. 그녀는 어째서 저런 눈으로 나를 보고 있을까. 또 왜 저런 눈으로 그를 보고 있을까.'

"만일 두 사람 이상이 야나가의 시위를 걸었을 때는 어찌되는 것입니까?"

그것이 잔드라가 가장 꺼림칙하게 생각하는 부분이었다. 그들 여섯 형제들은 전날밤까지도 이 문제를 두고 고민했다.

"만에 하나 모든 사람이 이 활의 시위를 걸지 못한다면 어찌되는 것이지? 그렇게 될 경우 우리는 시합을 통해 후보자를 고를 수밖에 없다. 그건 매우 곤란한 일이다. 피가 흐를 경우 사태가 겁잡을 수 없는 방향으로 흐를 수 있으니."

어젯밤 잔드라가 이렇게 말했을 때 입을 연 것은 스바얌바라의 당사자인 왕녀 그 자신이었다.

"그때는 제가 직접 화관을 줄 상대자를 선택하겠습니다. 결국 선택은 저의 의지니까요."

아즈나는 리무의 대답을 듣고 기분이 참담해졌다.

'나는 그녀에게 선택을 강요할 생각은 아니었다. 이는 마치 옛날 그가 들려준 이야기와도 같은 상황이구나.'

그는 카르타를 돌아보고 아무 말 없이 자리에 앉았다.

이윽고 후보자들이 자리에서 일어나 활의 시위를 걸기 시작했다. 처음 일어선 사람은 모인 사람들 중 가장 나이가 어린 나르 왕국의 아소카 왕자였다. 그는 조심스럽게 활을 집어들었다.

'도대체 이게 어디가 야나가라는 것이지?'

그러나 반신반의하며 활을 굽히려 했을 때 아소카는 크게 놀라고 말았다. 활은 전혀 굽혀지지 않았다. 마치 돌덩이를 굽히려고 시도하는 느낌이었다. 그는 최선을 다했으나 실패하자 얼굴을 붉히고 물러났다.

이후로 몇몇 왕자들이 나섰으나 모두가 실패했다. 이윽고 아비뉴아와 아즈나의 차례가 동시에 찾아왔다. 잔드라는 이렇게 말했다.

"두 분은 공교롭게도 나이와 생일, 태어난 시각이 같으십니다. 어느 분께서 먼저 활 시위를 거시겠습니까?"

아비뉴아와 아즈나는 서로를 응시했다. 먼저 입을 연 것은 아비뉴아였다.

"아즈나 왕이시여, 아까 저는 한 걸음을 양보하였습니다. 그 권리를 지금 찾겠습니다."

아비뉴아는 단으로 걸어나와 활을 들었다.

모든 사람들이 긴장해서 그를 바라보았다. 여섯 형제들 또한 긴장으로 신경이 타버릴 듯했다. 아비뉴아는 힘을 주어 활을 잡더니 그대로 시위를 걸어버렸다.

사람들이 놀람으로 웅성거릴 때였다. 아즈나가 앞으로 나섰다. 그는 잔드라의 허락을 구하더니 아비뉴아가 내려놓은 활을 들어올렸다. 그는 활을 굽혀 아비뉴아가 걸어놓은 시위를 풀었다. 그리고 그 자신이 다시 시위를 걸었다.

모두 그만 기가 질려버렸다. 잔드라는 마른 침을 삼키고 물었다.

"또 시위를 거실 다른 분은 안 계십니까?"

아무도 나서지 않았다. 아즈나와 아비뉴아, 감히 이 두 왕과 겨루어보려 생각하는 왕과 왕자는 없었다. 있다 해도 상대가 되지 않음을 모두가 알고 있었다. 한참이 지났으나 아무도 나서지 않자 잔드라가 공표했다.

"이제 스바얌바라의 기회는 이노아의 왕 아즈나와 사라마유의 왕 아비뉴아, 두 분에게로만 돌아가겠습니다. 다른 분들은 더는 나서실 수 없습니다."

아비뉴아가 조용히 물었다.

"이제 어찌하시겠습니까, 리무 공주?"

리무가 베일을 걷어올리고 아비뉴아와 아즈나를 잠시 바라본 후 대답했다.

"두 분께서 시위를 걸어주셨으나 저는 하나입니다. 두 분께서는 내일 아침 저 활을 쏘아주시기 바랍니다. 저는 화살을 가장 멀리 쏜 사람의 아내가 되겠습니다."

대답을 마치고 리무는 다시 베일을 썼다.

잔드라가 당혹스러운 표정을 지우고 입을 열었다.

"여러분! 보시다시피 스바얌바라는 내일까지 이어지게 되겠습니다. 오늘은 이만 돌아가셔서 쉬십시오. 연회를 준비해두었습니다. 마음껏 즐기시고 신의 축복을 받은 평안한 하루가 되시길 바랍니다."

그는 리무의 손을 잡고 단을 내려왔다. 리무는 아반티에게로 인도되어 코끼리를 타고 자리를 떠났다.

아비뉴아와 아즈나는 서로를 바라보다가 물러났다. 웅성거림과 긴장 속에 이날의 스바얌바라는 결국 신랑을 정하지 못하고 끝을 맺었다.

제3권으로 이어집니다

리무 2 ─ 아즈나, 불멸의 전설

ⓒ 정해리 2002

| | |
|---|---|
| 초판인쇄 | 2002년 9월 23일 |
| 초판발행 | 2002년 9월 30일 |

| | |
|---|---|
| 지 은 이 | 정해리 |
| 펴 낸 이 | 김정순 |
| 펴 낸 곳 | (주)북하우스 |
| 출판등록 | 1997년 9월 23일 제1-2228호 |

| | |
|---|---|
| 주　　소 | 110-795 서울시 종로구 운니동 98-78 가든타워빌딩 802호 |
| 전자메일 | editor@bookhouse.co.kr |
| 홈페이지 | www.bookhouse.co.kr |
| 전화번호 | 741-4145~7 |
| 팩　　스 | 741-4149 |

ISBN　89-5605-024-4　04810
　　　　89-5605-021-X　(세트)

✻ 잘못된 책은 바꿔드립니다.